엿듣는
벽

박 현 주

고려대학교 영어영문학과와 동 대학원을 졸업하고 일리노이 대학교에서 언어학 박사 학위를 취득했다. 현재 고려대학교에서 강의하고 있으며 작가, 번역가, 칼럼니스트로도 활약하고 있다. 도러시 L. 세이어 즈 『탐정은 어떻게 진화했는가』, 조이스 캐럴 오츠 『악몽』, P.D. 제임스 『죽음이 펨벌리로 오다』 등을 번역했으며 에세이 『로맨스 약국』을 집필했다.

THE LISTENING WALLS
by Margaret Millar

이 도서의 국립중앙도서관 출판예정도서목록(CIP)은 서지정보유통지원시스템 홈페이지(http://seoji.nl.go.kr)와
국가자료공동목록시스템(http://www.nl.go.kr/kolisnet)에서 이용하실 수 있습니다.
CIP제어번호 : CIP2015018170

THE
LISTENING
WALLS

엿듣는
벽

마거릿 밀러

박현주 옮김

벽 너머로는 들리지 않는 진실

엘릭시르

THE
LISTENING
WALLS

The   Listening   Walls   Margaret   Millar

자기만의 휴식 공간인 청소 도구 벽장 안에서 콘수엘라는 404호에 묵는 미국인 부인 두 명이 말다툼하는 소리를 들었다. 벽장은 천국으로 이르는 길처럼 좁았고 가구 광택제와 염소 냄새에 더하여 콘수엘라의 몸 냄새까지 났다. 하지만 콘수엘라가 시에스타를 취하지 못한 까닭은 몸이 불편해서가 아니었다. 이 미국인 손님들이 무엇 때문에 말다툼을 하는지 알아들으려고 애쓰느라 신경이 곤두섰기 때문이었다. 돈 때문인가? 사랑? 그것 말고 또 뭐가 있겠니. 콘수엘라는 생각하며 정각 6시에 객실 욕실에 가져다 놓아야 하는 깨끗한 수건을 집어 이마와 목에 흐르는 땀을 닦았다.

벌써 7시였다. 콘수엘라는 수건을 접은 후 다시 수건 더미 위에 올려놓았다. 지배인은 깨끗한 수건을 준비하고 정확히 시간을 지켜야 한다며 열을 올렸지만 콘수엘라는 그러거나 말거나 상관없었다. 세균 몇 마리 있다고 죽는 것도 아니잖아. 특히 세균이 있는지 아무도 모를 때는. 게다가 영원 앞에서 한 시간 정도야 뭐 대수겠어?

지배인인 세뇨르 에스카미요는 매달 짜증 많은 양치기 개처럼 뒤에서 캉캉 짖어대며 청소 직원 모두를 연회장 한곳에 몰아넣곤 했다.

"자, 잘 들어요. 나한테 불평이 들어왔어요. 그래, 불평이란 말이지. 그래서 또 한 번, 우리가 여기 모인 거예요. 또 한 번, 우리에게 가장 귀중한 고객은 미국인 손님이라는 것을 말하겠다 이겁니다. 그러니까 미국인 손님들이 계속 우리 호텔에 오시도록 해야 하는 겁니다. 항상 미국 영어로 말하고, 항상 미국식으로 생각하세요. 자, 미국 손님들이 뭘 가장 질색하시는 줄 아세요? 세균입니다. 그러니까 절대 세균이 있으면 안 되겠죠. 하루에 두 번, 세균 하나 없는 깨끗한 수건을 갖다드리세요. 그리고 물. 손님들이 물에 관해서 질문을 하죠? 그러면 수돗물이 멕시코시티에서 가장 깨끗한 물이라고 대답을 하세요."

콘수엘라는 물어보고 싶은 것이 많았다. 그렇다면 어째서 지배인은 사무실에서 병에 든 생수를 마시는가 같은 질문. 하지만 자기 보호 본능에 따라 잠자코 있을 따름이었다. 이 일자리는 꼭 필요했다. 콘수엘라의 남자친구는 경마장에서는 꼴등 말을, 복권에서는 꽝을, 하이알라이* 경기에서는 가장 못하는 선수를 뽑는 데 탁월한 재주가 있었다.

두 부인의 말다툼은 계속되었다. 사랑 때문에 다투나? 별로 그럴 것 같지는 않은데. 콘수엘라는 확신했다. 엘리베이터 보이이자 주된 첩보원인 페드로가 이 부인들을 세뇨라라고 불렀으니, 이들은 남편을 다른 데 두고 휴가를 즐기러 온 것 같았다.

돈 때문인가? 그것도 별로 그럴듯하지 않았다. 둘 다 부유해 보였다. 키가 큰 쪽(친구가 부르는 이름으로는 윌마)은 기다란 진짜 밍크 코트를 항상 입고 다녔다. 아침 식사를 하러 오면서도 코트를 걸치고 나올 정도였다. 게다가 복도를 지나갈 때는 손목에 주렁주렁 찬 팔찌를 쩔렁이면서 전차처럼 요란하게 다녔다. 하지만 방에는 자물쇠로 잠근 여행 가방 말고 아무것도 남기지 않았다. 콘수엘라는 버릇대로 매번 화장대 서랍을 샅샅이 뒤졌지만 서랍은 죄인의 심장처럼 텅텅 비어 있을 뿐이었다. 당연히 콘수엘라에게는 큰 실망이었다. 호텔에서 일한 몇 달 동안 콘수엘라는 옷장을 상당히 풍성하게 재정비해오고 있었다. 남는 옷가지 몇 개 좀 가져온다고 절도라고 할 순 없었다. 그건 상식의 문제, 심지어 정의의 문제에 더 가깝다. 어떤 사람들은 아주 부자고 다른 사람들은 아주 가난하다면, 약간 균등하게 나눠 가져야 하지 않을까? 그런 면에서 콘수엘라는 자기 역할을 다하고 있는 것이다.

"모두 다 잠겼어." 콘수엘라는 빗자루들 사이에서 중얼거렸다.

● **하이알라이** _ 스페인과 라틴아메리카에서 인기 있는 구기 종목.

에스파드리유 Espadrilles

밀짚이나 삼베를 꼬아서 밑창에 댄 신발.
스페인 카탈루냐의 농부들이 억새로 만들어 신었던 것에서 유래했다.

"팔찌는 전부 차고 다니고. 쩔렁쩔렁."

콘수엘라는 더미 맨 위에 놓인 목욕 수건 네 장을 집어 왼쪽 어깨에 휙 걸쳐 메고 복도로 나왔다. 머리를 오만하게 휙 치킨 예쁜 아가씨. 자신 있는 걸음걸이와 수건을 어깨에 무심히 걸친 모습이 마치 테니스코트나 운동장에서 하루 잘 보내고 샤워하러 돌아가는 운동선수 같았다.

404호 문 앞에서 콘수엘라는 잠깐 멈춰 엿들어보려고 했다. 그러나 그녀가 여우의 귀를 가졌다고 한들 아래 아베니다[*]를 지나는 차 소리 말고는 아무것도 들을 수 없었다. 이 도시의 사람들은 다 어디론가 가는 모양이었고 콘수엘라도 계단을 뛰어 내려가 그들과 함께 떠나고픈 심정이었다. 밀짚 에스파드리유를 신은 크고 넓적한 발이 뛰고 싶어서 근질거렸다. 하지만 발은 404호 바깥에 얌전하게 서 있었고 마침내 키가 큰 부인, 윌마가 문을 열어주었다.

윌마는 저녁 식사를 하러 나가려는지 빨간 실크 정장을 차려입고 있었다. 구불거리는 머리카락 한 올, 반지 하나, 팔찌 하나까지 다 제자리에 딱 맞아떨어졌지만 화장은 반쯤 하다 만 듯했다. 한쪽 눈은 생선 눈알처럼 멍하고 흐릿해 보였지만, 다른 쪽 눈은 화사하게 잘 그린 둥근 눈썹 아래 눈꺼풀에 황금색을 바르고 반짝이는 검정색으로 아이라인을 그려놓아 빛이 났다. 화장이 끝나면 멋있겠네. 콘수엘라는 인정할 수밖에 없었다. 웨이터의 시선을 받으려 애쓸 필요도 없을 그런 여자로 보이겠지. 이미 이 여자에게 눈이 가 있을 테니까.

하지만 엠브라*는 아냐, 콘수엘라는 생각했다. 가슴이라곤 하나도 없이 절벽처럼 납작하잖아. 속옷 따위 꽁꽁 숨겨두라지. 어차피 나한텐 안 맞을 테니. 콘수엘라는 통통하긴 해도 어찌 보면 풍만하다고 할 만큼 엠브라였으므로 뽐내듯 가슴에 공기를 크게 불어넣고 룸바춤을 추듯 살랑살랑 문안으로 들어갔다.

"아, 당신이군. 또 왔네."

윌마가 말했다. 그녀는 갑작스레 언짢은 양 등을 휙 돌리더니 친구를 보고 말했다.

"이곳에선 내가 한숨 돌리려 하면 꼭 누가 살금살금 들어와서 침대를 뒤집어놓고 수건을 갈고 한다니까. 여긴 정말 병실만큼이나 사생활 보장이 안 돼."

창가에 서 있던 에이미 켈로그는 당황해서 나무라는 뜻의 무슨 소리를 냈다. "쉿"과 "어머, 얘"를 섞은 듯한 소리였다. 에이미만이 낼 수 있는 그 소리는 그녀의 성격을 고스란히 담고 있었다. 전문가라면 에이미가 평생 부모님에게든, 오빠 길에게든, 남편 루퍼트에게든, 오랜 친구 윌마에게든 차마 하지 못한 모든 소리의 메아리가 그 속에 깔려 있음을 감지할 수 있을지도 몰랐다. 오빠 길이 종종 지적하듯 에이미는 이제 젊지 않았다. 이제 에이미도 입장을 확실히 정하고 결정을 내리며 똑부러지게 굴어야 할 때였다. 사람들이 너를 마음대로 밟아 누르도록 가만 놔두면 안 돼. 오빠는 이렇게 말하면서도 부츠 신은 발을 쿵쿵 구르면서 에이미를 짓누르고 밟아 댔다. 네가 스스로 결정해야지. 길은 말했다. 하지만 에이미가 스스로 결정을 내릴 때마다, 아이가 만든 장난감처럼 조잡하고 흉한 물건인 양 결정을 빼앗아 갖다 버리거나 더 나은 걸로 고쳤다.

월마는 다른 쪽 눈꺼풀에도 금색 아이섀도를 바르면서 말했다.

"나를 훔쳐보는 기분이 든단 말이야."

"여기 사람들은 그저 좋은 서비스를 제공하려는 거야."

"오늘 아침에 저 여자가 놓고 간 수건에선 냄새가 나던데."

"난 모르겠던데."

"넌 담배 피우잖아, 그러니까 후각이 망가진 거지. 내 코는 멀쩡하거든. 냄새났어."

"제발 그러지 좀 마. 저 여자애가 있는 앞에서 꼭 그런 식으로 말해야겠니?"

"어차피 무슨 말인지도 모를걸."

"하지만 여행사는 호텔 직원들 전부가 영어를 할 줄 안다고 했잖아."

"여행사는 샌프란시스코에 있잖니. 여기 있는 사람은 우리고."

월마는 꼭 '여기'라는 단어를 '지옥에'라는 말처럼 들리도록 발음했다.

"쟤가 영어를 할 줄 안다면 왜 아무 말도 안 하는 건데?"

어디 가르쳐주나 봐라, 콘수엘라는 태연하게 세면대 주변에서 차가운 물을 찰랑거리면서 생각했다. 내가 영어를 할 줄 모른다고, 하! 콘수엘라는 한때 로스앤젤레스에서 살았지만 아버지가 이민국 직원에게 잡히는 바람에 온 가족이 밀입국 노동자들로 빽빽이 들어 찬 버스에 실려 추방당했다. 지금은 순수 미국인 남자친구를 사귀고 있어서 온 동네에 부러움을 사고 있었다. 언젠가 남자친구가 제대로 된 우승마나 복권 당첨 번호, 좋은 하이알라이 선수를 뽑기만 한다면 로스앤젤레스로 돌아가서 영화배우들 사이에서 걸어 다닐 팔자가 될 테니까. 이런 내가 영어를 못 해? 웃기시네, 윌마. 가슴도 절벽인 게!

에이미가 말했다.

"예쁜 아가씨네. 그렇지 않아?"

"난 모르겠는데."

"아냐. 무진장 예뻐."

에이미는 되풀이하며 욕실 거울에 비친 콘수엘라의 모습에서 어디 알아들은 기색이 있지 않나 살폈다. 얼굴을 붉힌다든가, 눈을 반짝인다든가. 하지만 콘수엘라는 가짜로 꾸미는 데 선수였고 에이미는 가짜를 분간할 능력이 없었다. 콘수엘라는 건조하게 미소 지으면서 욕실에서 나와 트윈 베드를 하나씩 정리하며 베개를 탕탕 두드려 부풀렸다. 콘수엘라에게 연극은 일종의 게임이었다. 이 미국인 손님들이 지배인에게 불평이라도 하면 위험할 수도 있었다. 지배인은 콘수엘라가 영어를 완벽하게 한다는 사실을 알고 있었으니까. 하지만 예쁜 나일론 슬립이나 화려한 허리띠, 레이스 팬티만 보면 슬쩍하고 싶은 충동을 참을 수가 없듯이 영어를 못 하는 척 놀려주고 싶은 마음을 억누를 수 없었다.

게임 역시 잘 모르는 에이미가 물었다.

"이름이 뭐예요? 영어 할 줄 알아요?"

콘수엘라는 생긋 웃으면서 어깨를 으쓱하고 두 손바닥을 폈다. 재빨리 등을 돌리자 항의라도 하듯 에스파드리유에서 끽 소리가 났다. 그리고 콘수엘라는 복도를 달려 청소 도구 벽장 속으로 들어갔다. 얼굴에선 웃음이 뚝 떨어졌고 목은 병 안에 든 코르크처럼 꽉 죄어왔다. 콘수엘라는 좁은 암흑 속에서 자기도 모르게 성호를 그었다.

월마가 말했다.

"난 저 여자애 못 믿겠어."

"그럼 다른 호텔로 옮기면 되지."

"그래봤자 다 똑같아. 온 나라가 마찬가지야. 다 썩었어."

"우리 여기 온 지 이틀밖에 안 됐어. 그런 생각은······."

"생각할 필요도 없어. 냄새가 나잖아. 썩었으면 냄새가 나는 법이지."

월마는 자기 생각이 틀렸거나 자신이 없을 땐 언제나 그러듯이 단호한 말투였다. 월마는 양쪽 눈꼬리 안쪽에 립스틱을 한 점씩 찍어 화장을 마쳤고 그동안 에이미는 월마의 '신경질'이 다시 폭발하지 않기를 바랐다. 곧 폭발할 화산에서 한줄기 연기가 피어나듯이 징조는 온통 널려 있었다. 떨리는 손, 거칠고 빠른 숨소리, 여차하면 솟구치는 의심.

월마는 괴로운 한 해를 보냈다. 이혼을 하고(그것도 두 번째), 비행기 사고에서 부모님을 여의었으며, 폐렴 발작까지. 월마가 멕시코 여행을 계획한 것은 이 모든 일에서 벗어나고 싶어서였다. 하지만 벗어나기는커녕 죄다 끌어안고 왔다. 나까지 포함해서 말이지, 에이미는 우울하게 생각했다. 뭐, 내가 굳이 올 필요는 없었는데. 루퍼트는 실수라고 했고 길 오빠는 나보고 백치냐고 했잖아. 하지만 월마에겐 나 말고 아무도 없으니까.

월마가 화장대 거울에서 몸을 돌렸다.

"내 꼴이 쭈그렁 할망구 같다."

연기가 모여 구름이 되었다.

"아니야. 그렇지 않은걸. 그리고 너한테 감정적으로 군다고 해서 미안해. 내 말 뜻은……."

"이 옷을 입으니 천막 걸친 것 같네."

"예쁜 옷인걸."

"물론 예쁜 옷이지. 고급 정장이야. 하지만 쭈그렁 할망구가 입어서 망쳤네."

"그런 식으로 말하지 마. 넌 이제 겨우 서른셋인걸."

"겨우라니! 요새 살이 너무 많이 빠졌어. 막대기 같아." 월마는 갑자기 침대 가장자리에 걸터앉았다. "몸이 안 좋아."

"어디가? 또 머리 아프니?"

"속이 안 좋아. 아, 맙소사. 마치…… 마치 독을 먹은 것 같아."

"독이라니? 자, 월마. 그런 식으로 생각하지 마."

"알아, 안다고. 하지만 속이 너무 안 좋은데."

월마는 두 손으로 배를 움켜쥐며 침대에 모로 누웠다.

"의사 불러올게."

"아니, 아니야. 난 못 믿겠어. 외국인들이란……."

"여기 앉아서 네가 아파하는 모습을 보고만 있을 순 없잖아."

"아, 세상에. 나 죽겠다. 숨도 못 쉬겠어……."

월마의 신음 소리가 청소 도구 벽장까지 다다랐다. 콘수엘라는 햇볕이 따뜻하게 내리쬐는 바위 위에 엎드린 도마뱀처럼 꼼짝도 않고 엿듣는 벽에 몸을 바싹 갖다 댔다.

의사는 8시 전에 도착했다. 체구가 작고 말쑥한 남자로 단춧구멍에 빨간 동백꽃을 꽂고 있었다. 의사는 결과를 빤히 알고 있는 듯 보였다. 진료는 형식적이었고 질문은 짤막했다. 의사는 월마에게 빨간 캡슐을 하나 주고 끈적끈적한 복숭아빛 물약을 한 숟가락 먹인 후 나머지는 나중에 복용하라며 화장대 위에 올려놓았다.

진료 후, 의사는 침실 옆에 붙은 응접실에서 에이미와 이야기를 나누었다.

"친구이신 와이엇 부인은 신경이 아주 예민하시군요."

"네, 그렇죠."

"환자 주장으로는 독에 중독되었다고 하던데요."

"아, 그건 그저 신경이 날카로워진 탓이에요."

"그런 것 같지 않던데요."

"불쌍한 윌마에게 누가 독을 먹이려 하겠어요?"

"그럴 사람이 없다고요? 뭐, 그건 제가 이러쿵저러쿵할 이야기가 아니지요."

의사가 미소를 지었다. 그의 눈은 친절했다. 호어하운드 사탕* 같은 갈색 눈동자에 윤기가 흘렀다.

"독에 중독된 건 사실입니다. 부인의 증상은 여행객에게 흔하게 나타납니다. 소위 물갈이라고 하지요. 그나마 알려진 이름으로 말하자면."

"물이 안 맞아서……?"

"그겁니다. 음식이 바뀌어서일 수도 있어요. 생각 없이 먹었다든가 고도 때문이라든가. 방에 남겨둔 약은 새 항생제인데 불편한 속을 달래줄 겁니다. 하지만 고도는 다른 문제죠. 관광객들 비위를 맞추고 싶어도 우리 맘대로 바꿀 수 있는 게 아니니까요. 지금 해발 2300미터에 계신 겁니다. 부인들은 해수면 높이에 익숙하시겠죠? 샌프란시스코, 거기서 오셨다고 말씀하신 것 같은데요?"

"네."

"친구분은 고혈압이라 더 힘들 겁니다. 그런 분들은 천성적으로 지나치게 활동적인데 이런 고도에서 과잉 활동은 현명하지 못한 행동이죠. 와이엇 부인은 더 조심하셔야 합니다. 친구분에게 꼭 일러

두세요."

에이미는 지난 몇 년 동안 윌마에게 이래라저래라 할 수 있는 사람은 아무도 없었다는 말은 꺼내지 않았다. 다만 한숨을 내쉬었다. 의사는 이해하는 듯했다.

"어쨌든 조금이라도 설명을 해주세요. 우리 나라 사람들이 만화에 나오는 것처럼 게을러서 시에스타를 취하는 게 아닙니다. 시에스타는 우리 같은 생활환경에선 합리적인 보건 수칙이에요. 친구분에게도 그렇게 충고를 해주세요."

"윌마는 낮에 누워 있는 것을 좋아하지 않아요. 그건 빈둥거리는 거라고."

"바로 그겁니다. 약간 빈둥거리는 것이 부인에게 꼭 필요해요."

"음, 최선을 다해볼게요."

에이미는 자기가 최선을 다해봤자 최악보다 아주 약간만 더 나아질 뿐이라는 말투로 말했다. 사실 에이미에게는 종종 이 둘이 섞여버렸다. 그녀의 최선은 재앙을 불러오기도 하고 최악은 그렇게까지 나쁜 결과로 이어지지 않을 때도 있었다.

의사의 눈은 글을 읽듯 에이미의 얼굴을 이리저리 훑었다.

"방법이 하나 더 있긴 한데요. 시간에 쫓기지 않으신다면."

"뭔가요?"

"며칠 동안 쿠에르나바카에서 지내며 친구분에게 기후에 점차 익숙해질 기회를 드리는 겁니다."

● **호어하운드 사탕** _ 씁쓸하고 상쾌한 맛의 박하로 만든 사탕. 서양에선 오래전부터 목이 아플 때 민간요법으로 섭취했다.

"어떻게 쓰죠?"

의사는 철자를 불러주었고 에이미는 자석 붙은 펜이 달린 철판 수첩에 글자를 받아 적었다. 이 필기도구는 루퍼트의 선물이었다. 펜 둔 곳을 늘 잊어버리는 에이미가 눈썹연필이나 립스틱으로 메모를 적곤 했기 때문이었다. 립스틱으로 쓸 땐 필연적으로 줄여 써야 했다. ㄹㅍㅌ: 맥, 골.게.공. 곧 돌. ㅇㅇㅁ. 오직 루퍼트만이 이 약자를 해독할 수 있었다. 애완견 맥을 데리고 골든게이트 공원으로 산책하러 갔다가 곧 돌아오겠다는 뜻이었다.

"쿠에르나바카는 차로 고작 한 시간 정도 거리입니다만 해수면에 팔백 미터는 가까워지죠. 아름다운 마을이고 기후도 좋습니다."

"와이엇 부인이 깨어나면 얘기를 해볼게요."

"내일 아침까지는 깨어나지 않으실 텐데요."

"저녁도 안 먹었는데요."

"끼니를 걸러도 아쉬워하지 않으실 겁니다." 의사는 건조한 미소를 살짝 띠며 말했다. "반면 부인이야말로 얼굴을 보니 뭣 좀 드셔야겠는데요."

에이미는 윌마가 아픈데 자신은 배가 고프다고 인정하면 너무 무정한 듯해서 고개를 저었다.

"아, 저는 별로 배고프지 않아요."

"식당은 자정까지 문을 엽니다. 생과일과 채소는 피하세요. 스테이크라면 괜찮을 겁니다. 향신료는 치지 마시고요. 소다를 섞은

스카치는 괜찮지만 이것저것 섞인 칵테일은 안 됩니다."

"월마만 놔두고 갈 순 없어요."

"왜 안 되죠?"

"깨어나면 도와줄 사람이 필요할지도 모르잖아요."

"내일 아침까지 깨어나지 않으신다니까요."

의사는 왕진 가방을 챙기고 성큼성큼 걸어가 문을 열었다.

"안녕히 계십시오, 켈로그 부인."

"전…… 우리는 아직 진료비를 안 드렸는데요."

"진료비는 호텔 숙박비에 합산되어 청구될 겁니다."

"아, 그래요. 무척 감사합니다. 성함이……?"

"로페스입니다."

의사는 명함을 내밀고는 단정하게 살짝 목례를 했다. 나갈 때 문을 어찌나 세게 닫던지 월마는 깨어나지 않을 것이라는 주장을 증명하는 것 같았다.

명함에는 에르네스트 로페스, 파세오 레포르마 501번지, 전화번호 11-24-14라고 적혀 있었다.

의사가 떠난 자리에 희미한 소독약 냄새가 감돌았다. 의사가 방 안에 있을 때 에이미는 그 냄새에 안도감을 느꼈다. 세균은 죽고 바이러스는 저멀리 밀려나며 작은 해충들은 마지막 숨을 거둔다는 느낌이 들었다. 하지만 의사가 떠나고 냄새만 남으니, 희미하게 풍기는 오래된 고기 썩은 내를 덮으려고 뿌린 양념처럼 거슬리기만 했다.

에이미는 방 저편으로 가서 발코니의 창살문을 열었다. 아래 아베니다에서 올라오는 소리는 귀가 멀 정도로 시끄러웠다. 이 도시의 모든 사람들이 시에스타를 푹 취하고 가뿐해진 나머지 기운이 뻗쳐 시끌벅적해진 것만 같았다. 늦은 오후에 잠깐이긴 했지만 억수 같은 비가 내렸었다. 거리는 아직도 물기로 반짝거렸고 공기는 가볍고 상쾌하며 신선했다. 에이미에게는 무척 건강한 공기처럼 느껴졌다. 하지만 이내 윌마의 고혈압이 떠올랐다. 그래서 방을 밀폐하면 압력을 높이고 유리판과 철창살로 고도를 막을 수라도 있는 양 재빨리 문을 닫아버렸다.

"불쌍한 윌마."

에이미는 소리 내어 말했지만 목소리는 뜻대로 나오지 않았다. 잇새로 꽉 눌린 소리가 작게 흘러나올 뿐이었다. 에이미는 자기 목소리에 밴 우정과 어울리지 않는 기운에 죄책감을 느끼며 서둘러 침실로 향했다.

윌마는 아직도 빨간 실크 정장에 팔찌를 찬 채로 금색 눈꺼풀을 감고 잠들어 있었다. 땅에 묻어도 될 만큼 죽은 사람 같았다.

에이미는 전등을 끄고 다시 거실로 갔다. 8시였다. 아베니다 건너편에서 울리기 시작한 성당 종이 딸랑딸랑 지나가는 전차나 택시 경적 소리를 누르려 했다. 집은 아직 6시겠네, 에이미는 생각했다. 루퍼트는 아직도 정원에서 일할 거야. 근처에서 맥은 나비나 꼽등이를 따라다니면서 잡았다 놓아주고 있겠지. 스코치테리어는 무척 온순한 종이라 한 마리나 잡을까 모르겠지만. 아니면 샌프란시스코 만에서 안개가 밀려와 둘 다 집안에 있을지도 몰라. 루퍼트는 서재 공간에서 일요일 자 신문을 읽을 거고, 맥은 의자 뒤에 앉아 세상에서 무슨 일이 일어나는지 어렴풋이 아는 양 루퍼트의 어깨 너머를 넘겨다보고 있겠지.

덩치 큰 어른 남자와 작은 개의 모습이 생생하고 가깝게 느껴졌다. 그때 밖에서 누가 문을 두드렸다. 에이미는 자기만의 은밀한 세계를 침입하는 소리에 화들짝 놀라 펄쩍 뛰었다.

에이미는 아까 그 아가씨가 다시 수건을 들고 왔으리라 예상하며 문을 열었다. 하지만 밖에 서 있는 사람은 나이든 멕시코 남자였다. 신문지로 대충 싼 물건을 들고 있었다.

"여기 세뇨라께서 오늘 오후에 주문한 상자를 가져왔습니다."

"난 상자 같은 걸 주문한 적 없는데요."

"다른 세뇨라가 하셨는데요. 머리글자를 새겨 오라고 하셔서요. 쓸모없는 사위 녀석은 믿을 수가 없어서 제가 직접 들고 왔구먼요." 노인은 제막식이라도 하듯 신문지를 조심스레 벗겼다. "아름다운 상자입니다요. 모두들 그렇게 생각하겠죠?"

"예쁘네요."

"순은입니다. 다른 건 하나도 안 섞였어요. 얼마나 무거운지 들어보시지요."

노인은 에이미에게 망치로 두드려 만든 은상자를 건넸다. 노인

스코치테리어 Scotch terrier
/
대체로 털빛이 검고 턱수염처럼 보이는 털이 입 주변에 나 있다.
몸집이 작고 움직임이 날래 오소리 사냥에 쓰였다.
경계심이 많고 충성심도 높은 종.

이 경고를 했지만 예상보다 무게가 더 나가서 에이미는 하마터면 은상자를 떨어뜨릴 뻔했다.

노인은 흡족해서 씩 웃었다.

"보셨죠? 순은이구먼요. 그 세뇨라는 이게 바다 같다고 하셨지요. 전 바다를 한 번도 본 적 없지만요. 바다같이 보이는 상자를 만든 제가 바다를 한 번도 본 적이 없다니. 참 알다가도 모를 일이죠."

"와이엇 부인…… 그 세뇨라는 지금 자는 중이에요. 깨어나면 건네주죠." 에이미는 잠깐 머뭇거렸다. "상잣값은 치렀나요?"

"상잣값은 내셨지요. 제 배달비는 안 주셨지만. 저야 늙은이 아닙니까. 그런 제가 쓸모없는 사위 놈을 믿을 수가 없어서 거리를 번개처럼 달렸구먼요. 세뇨라에게 오늘밤까지 아름다운 상자를 갖다드리려고 여기까지 한숨도 쉬지 않고 뛰어왔지요. 세뇨라가 말씀하셨습죠. '세뇨르, 이 상자는 얼마나 아름다운지 하룻밤이라도 손에서 놓치면 참을 수 없을 것 같아요.'"

월마라면 죽었다 깨어나도 그런 말을 할 리 없겠지만 에이미는 지금 말씨름할 기분이 아니었다.

"세뇨라들을 위해서라면 어디든 가지요." 노인은 마땅히 그래야 한다는 듯 덧붙였다. "노인네긴 해도 펄펄 뛰어다닙니다요."

"사 페소 정도라면……."

"제가 아주 늙은 노인네긴 해도 말입니다. 집안에 골칫거리도 많고 신장도 나쁘지만."

그 나이에 병든 몸으로 거리를 줄곧 뛰어왔다고 하면서도 노인은 한참 지껄일 기세였다. 에이미는 과하다는 것을 알면서도 그를 쫓아버리려는 마음으로 육 페소를 주었다.

에이미는 상자를 커피 탁자에 올려놓았다. 비행기를 탈 때 무게 초과로 추가 요금을 청구당하면 항상 길길이 뛰는 월마가 어째서 이렇게 무거운 물건을 샀는지, 누구에게 주려는 건지 의아하게 여기면서.

어쩌면 자기가 쓰려고 샀는지도 모르지, 에이미는 생각했다. 월마는 기분이 한껏 좋을 때가 아니면 다른 사람에게 인심을 쓰는 법이 없었고 이번 여행에서는 그런 내색을 한 번도 보인 적이 없었다.

에이미는 상자를 열어보았다. 머리글자는 뚜껑 안쪽에 새겨져 있었다. 어찌나 복잡하게 새겼던지 해독하기가 어려웠다. R.J.K.

"R.J.K."

에이미는 글자를 확인하며 그에 걸맞은 이미지를 불러내려는 듯 소리 내어 되뇌었다. 하지만 에이미가 생각해낼 수 있는 R.J.K.는 오직 루퍼트뿐이었다. 월마가 루퍼트를 위해 그렇게 비싼 선물을 샀을 리도 없었다. 여자의 남편과 가장 친한 친구는 보통 서로에게 호의적인 적이 별로 없으니까.

월마가 긴 잠에서 깨어났을 때는 일요일 오후였다. 여전히 기운이 없고 배가 고팠지만 밤 동안에 쓸고 지나간 폭풍이 몸안의 공기를 신선하고 깨끗하게 바꾼 듯 정신만은 특별히 맑았다.

월마는 샤워를 하고 옷을 입었다. 몇 년 만에 처음으로 삶이 무척 단순하고 논리적으로 보였다. 그녀는 이런 갑작스러운 깨달음을 함께 나눌 수 있는 사람이 옆에 있었으면 좋겠다고 생각했다. 하지만 에이미는 4시에 돌아온다는 쪽지만 남기고 나가버렸고 식사를 날라준 젊은 웨이터는 삶이 얼마나 단순한지 월마가 설명하려 하자 불안하게 씩 웃기만 할 따름이었다.

"피곤하면 자면 돼요."

"네, 세뇨라."

"배고프면 먹으면 되죠. 단순하고 논리적이고 기본적으로."

"네, 세뇨라. 하지만 전 배고프지 않은데요."

"아, 젠장, 뭐야. 나가요."

웨이터 때문에 깨달음을 망칠 뻔했지만 완전히는 아니었다. 월마는 발코니 문을 열고 따뜻하고 화창한 오후를 향해 말을 걸었다.

"온종일 아주 기본만 지키며 지내야지. 소란도 피우지 않고 공연한 가식도 부리지 않고 짜증도 내지 않겠어. 오직 본질에만 집중할 거야."

첫 번째 본질은 분명 음식이었다. 배가 고프니 먹어야지.

접시 뚜껑을 열었더니 햄과 달걀이 나왔다. 음식이 검어지도록 후추를 잔뜩 뿌렸고 토마토 주스에선 라임 맛이 강하게 났다. 세상에, 여기 사람들은 왜 모든 음식에 라임 주스를 넣는 거지? 길모퉁이를 돌 때마다 바보와 무능력자를 마주치지 않는다고 해도 '기본만 지키며' 살기는 충분히 어렵건만.

'배고프니까 먹을 거야' 하는 마음은 '배고프니까 먹어야 해'로 바뀌었다가 마침내는 '먹다가 죽어도 먹어야지'가 되었다. 새로 얻은 깨달음은 이전의 수많은 깨달음들과 함께 망각 속으로 사라졌고 삶은 다시 한번, 월마에겐 언제나 그랬듯이, 복잡하고 당혹스러운 것이 되었다.

오후 늦게 에이미는 꾸러미를 한아름 안고 돌아왔다. 월마는 응접실에서 《멕시코시티 뉴스》를 읽으며 소다를 섞은 스카치를 마시고 있었다.

월마가 안경 너머로 넘겨보았다.

"뭐 재미있는 거라도 샀니?"

"길 오빠네 애들에게 줄 것 몇 개. 가게에 사람들이 득시글하더라. 재미있지, 일요일에 다들 나와 쇼핑을 한다는 게."

에이미는 꾸러미를 커피 탁자 위 은상자 옆에 놓았다.

"기분은 어때?"

"좋아. 의사가 쓰레기 같은 약을 준 이후에 정신을 완전히 잃었었나 봐."

"그래."

"넌 엊저녁에 뭘 했니?"

"아무것도."

월마의 얼굴에 살며시 짜증이 떠올랐다.

"뭘 아무것도 안 해. 아무것도 안 하는 사람이 어디 있니."

"여기 있잖아. 난 아무것도 안 했어."

"저녁 식사는 어땠어?"

"안 먹었어."

"왜 안 먹었어?

"기분이 좀 안 좋아서." 에이미는 녹색 가죽 의자 가장자리에 뻣뻣하게 앉았다. "상자가 배달됐더라."

"그런가 보네."

"비싸게 생겼던데."

"비쌌지. 하다 못해 포장은 해서 오는 성의를 보일 것이지. 내가 뭘 샀는지는 내 사생활이라고."

"이건 아니잖아."

"확실히 아니지."

월마는 신문지를 바닥에 던지며 안경을 벗었다. 원시가 된 이후로 안경 없이는 글자를 읽을 수 없었지만, 방 건너편을 볼 때는 안경이 없는 편이 훨씬 잘 보였다. 에이미의 얼굴은 창백하고 멍했다.

"머리글자 봤나 보지?"

"그래."

"그리고 루퍼트와 내가 불타는 사랑에 빠졌다고 결론을 내렸겠지. 우리가 사실은 몇 년 동안이나 네 뒤에서 불륜을 저지르고 있었다고……"

"그만해. 침실에 그 여자애가 있는 것 같다고."

콘수엘라는 자기 열쇠로 들어와서 침대를 정리하고 있었다. 밤새 남자친구와 싸웠기 때문에 피곤해서 어깨가 굽고 발이 질질 끌렸다. 싸움의 원인도 콘수엘라 입장에선 무척이나 어이가 없었다. 411호에서 고작 검은 나일론 슬립 하나 슬쩍했을 뿐인데, 남자친구는 노발대발하면서 그런 짓을 하다가는 일자리를 잃을 거라고 기회만 있으면 염소한테서 냄새까지 훔치겠다고 비난했다. 게다가 슬립은 콘수엘라에게 너무 작아서 억지로 엉덩이를 밀어넣으려다 솔기가 우두둑 찢어지고 말았다.

인생은 불공평했다. 인생은 쇠뿔처럼 잔인했다. 콘수엘라는 시트를 갈면서 끙 신음했고 세면대에서 물을 튀기면서 작게 앓는 소리를 냈다. 내가 염소한테서 냄새를 훔쳐서 뭐하겠어?

윌마가 부드럽게 말했다.

"넌 질투를 하는 거야. 그런 거 아니겠어?"

"절대 아니야. 그저 내겐 점잖은 행동같이 보이지 않을 뿐이라고. 길 오빠가 알면 얼마나 야단법석을 떨지."

"그럼 길에게 말 안 하면 되겠네."

"내가 말한 적은 없어. 오빠는 항상 어떤 식으로든 알아내니까."

"넌 왜 아직도 오빠가 뭐라 생각하는지 신경쓰는 거야? 그 나이에, 그 몸무게에?"

"오빠는 사람을 골치 아프게 하니까. 게다가 항상 루퍼트를 의심했는걸. 이유는 모르겠지만."

"이유야 내가 말해줄 수 있지만 네가 좋아하지 않겠지. 아마 들으려고도 안 할걸?"

"그럼 굳이 뭐하러 말하니?"

"안 말해줄 거라고." 윌마는 자기 술을 다 마셔버렸다. "그러니까 넌 내가 루퍼트에게 상자를 주든 말든 괜찮다 이거구나. 길 오빠가 알아내지만 않는다면. 그거 아주 웃긴데."

"나한텐 안 웃겨. 그리고 애초에 네가 비싼 선물을 산 것도 이해가 안 가."

"사고 싶었으니까. 너야 이해 못 하겠지. 넌 평생 살면서 뭔가를 하고 싶다고 한 적이 없었으니까. 난 그렇게 살았고. 지금도 그러지. 작은 가게 진열장에서 이 상자를 보니까 루퍼트가 예전에 한 말이 생각나더라. 바다는 망치로 두드린 은 같다고. 그때는 무슨 뜻인지 몰랐는데, 상자를 보니까 알겠더라고. 그래서 산 거야. 그냥 안으로 들어가서 상자를 샀어. 돈이나 네 생각은 안 하고. 길이나 네 이상하고 복잡한……."

"큰 소리 내지 마. 저 여자애가……."

"저 여자애 따위가 무슨 상관이야. 상자도 무슨 상관이냐고. 이 망할 거 발코니 밖으로 던져버려!"

에이미가 조용히 말했다.

"그렇게 할 순 없어. 거리에 지나다니는 사람이 너무 많아. 누가 다칠지도 모르잖아."

"네가 하고 싶은 게 그거 아니니?"

"모르겠는데."

"아, 인정해. 간만에 뭐라도 인정해보라고. 넌 상자를 버리고 싶잖아."

"그래, 하지만……."

"그러면 해. 이걸 난간 너머로 던져버려. 그럼 다 끝날 거야. 속이 후련할걸."

　침실에 있던 콘수엘라는 못마땅한 마음에 작게 푸념했다. 은상자를 쓰레기처럼 거리에 던져버리는 건 끔찍한 죄악이었다. 어떤 부자가 하늘에서 떨어지는 은상자를 잡아서 더 부자가 된다고 해보자. 콘수엘라는 그 부당함에 끙 하고 신음하며 두 부인 앞에서 영어를 못 하는 척했던 자신의 어리석음을 저주했다. 이제는 앞에 나서서 자신의 상황을 설명할 수도 없었다. 전 가난하고 초라한 시골뜨기예요. 가끔은 물건을 훔치고 싶은 유혹이 들기도…….

　아니, 그래봤자 상자는커녕 되레 물건을 훔쳤다는 오해만 받기 십상이었다. 영어를 못 하는 척했던 게 나을 수도 있었다. 그저 가난하고 불쌍하며 정직해 보이는 표정으로 부인들을 쳐다보면 먼저 상자를 주겠다고 할지도 몰랐다.

　콘수엘라는 화장대 위의 거울을 슬쩍 보았다. 어떻게 하면 정직해 보이지? 쉬운 일이 아니었다.

　콘수엘라는 양탄자용 빗자루를 들고 벌써부터 은상자를 어떻게 할지 계획을 세우면서 응접실로 향했다. 상자를 팔아서 내일 저녁에 추첨하는 복권을 살 작정이었다. 그러면 화요일 아침에는 당첨 번호가 신문에 날 테니 남자친구에게는 염소랑 잘 놀라고 말하고 호텔 지배인을 흥 하고 비웃어준 후 곧장 할리우드로 가서 머리를 염색하고 영화배우들 사이를 걸어 다닐 수 있겠지.

　콘수엘라는 스페인어로 아주 가난하고 불쌍하게 들리도록 말했다.

"사모님들 실례합니다. 청소를 해야 하는데요."

"이 여자에게 꺼지고 다음에 오라고 해."

윌마가 말했다. 에이미는 고개를 저었다.

"어떻게 말하는지 몰라."

"고등학교에서 스페인어 배웠잖아."

"십오 년 전 일인데다 딱 한 학기만 배운 거야."

"아, 관광객을 위한 쉬운 회화책 같은 거라도 찾아봐."

"우리…… 내가 비행기에 두고 왔나 봐."

"아, 정말. 어쨌든 저 여자 쫓아버려."

콘수엘라는 탁자 위에 놓인 상자를 발견했다. 상자의 아름다움과 섬세한 공예, 그 액수에 걸맞은 복권 장수 생각에 흥분해서 큰 소리로 떠들기 시작했다.

"상자 얘기를 하는 것 같은데."

에이미가 말했다.

"얘기하든가 말든가."

"정말 이걸 던져버릴 생각이면 차라리 이 여자에게 줄 수도 있어."

"그럴 수도 있지. 하지만 주지 않을 거야. 게다가 내가 던져버린다고 누가 그래?"

"네가 그랬잖아. 그러겠다고 선언한 거나 다름없잖아."

"그런 거 아냐. 네가 던져버리겠다면 마음껏 해보라고 한 거지.

하지만 넌 그럴 용기가 없으니까 기회는 끝난 거야. 이 상자는 내 거야. 내가 루퍼트를 위해 샀으니까 루퍼트에게 줄 거라고."

금발 영화배우가 될 기회를 빼앗겨버린 콘수엘라는 시위하듯이 꽥 소리를 지르며 심장이 부서진 사람처럼 손을 가슴에 갖다 댔다.

윌마가 콘수엘라를 째려보았다.

"꺼져. 우린 바쁘다고. 나중에 다시 와요."

"아, 사악한 인간 같으니." 콘수엘라는 스페인어로 끙끙댔다. "이기적인 인간, 못된 인간. 평생 지옥에서 썩어라."

"당신이 뭐라고 하는지 하나도 못 알아듣겠다고."

"아, 알아들으면 좋을 텐데. 사악한 눈을 가진 검은 마녀 같으니. 당신이 쳐다보면 애들은 허옇게 질리고 병에 걸릴걸. 개들은 가랑이 사이로 꼬리를 감고 슬슬 도망가고……."

"이제 질렸어." 윌마가 에이미를 향해 말했다. "난 바에 가야겠다."

"혼자?"

"따라온다면 기꺼이 환영하지."

"시간이 너무 일러. 아직 5시도 안 됐는데."

"그럼 여기 있으시든가. 고등학교 때 배운 스페인어를 열심히 떠올리면 이 여자애랑 꽤 즐거운 시간을 보낼 수 있을 거야."

"윌마, 그런 기분으로 너무 많이 마시면 안 돼. 그러면 기분이 더 우울해져."

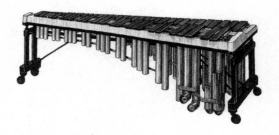

마림바 Marimba

라틴아메리카의 민속 악기. 실로폰과 달리 공명관이 있다.
소리는 부드럽고 풍만하며 여러 명이서 동시에 연주하기도 한다.

"벌써 우울한데." 월마가 말했다. "너 때문에 우울해."

7시에 에이미는 월마를 찾으러 나섰다.

호텔에서 운영하는 바는 두 군데였다. 하나는 옥상에 있는 세련
된 곳으로 음악을 연주하는 악단이 있었고, 다른 곳은 로비와 식당
사이에 있는 작은 술집으로 음악 없이 마티니만 마시기를 선호하는
사람들을 위한 곳이었다. 에이미는 엘리베이터 보이에게 이 페소를
주고 월마가 어느 방향으로 갔는지 물었다.

"밍크코트 입으신 친구분요?"

"그래요."

"먼저 옥상정원으로 올라가셨어요. 금방 다시 내려오시던데요.
마림바 소리가 너무 시끄러워서 얘기할 수 없다고 하셨어요."

"얘기?" 에이미가 물었다. "누구와?"

"미국 사람요."

"무슨 미국 사람?"

"바에 죽치고 사는 남자요. 그 사람은 뉴욕에 가고 싶어서 향수
병인가에 걸렸대요. 다른 미국 사람과 얘기하는 거 좋아해요. 위험
하지 않은 사람이에요." 그는 어깨를 으쓱하며 덧붙였다. "별 볼 일
없는 사람."

두 사람은 붐비는 술집 구석 탁자에 앉아 있었다. 월마와 위험
하지 않다는 미국인. 피부가 거무스름한 그는 금발인 젊은 남자로

번쩍거리는 녹색에 갈색 줄무늬가 있는 스포츠 코트를 입고 있었다. 윌마가 주로 얘기하고 남자는 귀를 기울이며 미소를 짓고 있었지만 따뜻함이나 흥미라고는 없는 연습한 미소일 뿐이었다. 확실히 위험해 보이지는 않는다고 에이미는 생각했다. 어쩌면 그럴지도 몰랐다. 윌마에겐 예외일 수도 있지만. 두 번의 결혼과 두 번의 이혼을 겪었지만 윌마는 여전히 남자를 몰랐다. 의심도 많았지만 그만큼 속기도 쉽고, 잘 덤비기도 했지만 너무 연약하기도 했다.

에이미는 자신 없이 술집 안쪽으로 들어갔다. 돌아가고 싶었지만 윌마가 괜찮은지, 술에 취하지 않고 신경증에 시달리지 않는지 확인하고픈 마음이 더 컸다. 여긴 윌마에게 좋지 않아. 내일은 의사가 추천한 대로 쿠에르나바카에 가자. 거긴 훨씬 쉬기도 좋고 향수병에 걸린 미국인도 없을 거야.

"어머, 너 왔구나." 윌마가 명랑하게 호들갑을 떨었다. "이리와, 앉아. 우리 동향 샌프란시스코 친구를 소개할게. 조 오도널이야. 이쪽은 에이미 켈로그."

에이미는 가볍게 고개를 끄덕이며 소개를 받아들이며 앉았다.

"그래, 샌프란시스코에서 오셨다고요, 오도널 씨?"

"그렇습니다. 그냥 조라고 부르세요. 다들 그러니까요."

"첫인상으로는 뉴욕에서 오신 분 같았는데."

오도널은 웃더니 편안하게 받아넘겼다.

"여자의 직감인가요?"

"부분적으로는요."

"부분적으로는 이 스포츠 재킷 때문이겠죠. 뉴욕에서 맞췄거든 요. 브룩스 브라더스에서."

브룩스 브라더스 좋아하네, 에이미는 생각했다.

"정말요? 흥미롭네요."

"술이나 한잔하자." 윌마가 끼어들었다. "너 너무 멀쩡해, 에이 미. 멀쩡하면서도 미쳤어. 넌 항상 미친듯이 화가 나 있잖아. 나나 다른 사람처럼 티를 내지 않을 뿐이지."

"그만해, 윌마. 나 화 안 났어."

"안 나기는." 윌마는 오도널을 보며 한 손을 그의 소매에 얹었 다. "얘가 뭐 때문에 화가 났는지 알아요? 알고 싶어요?"

"말해줘도 그만, 아니어도 그만입니다."

"분명 알고 싶을걸요."

"취하셨군요."

"약간. 아주 아주 아주 약간. 마음을 정해요. 얘가 뭐 때문에 화 가 났는지 알고 싶어요?"

"좋습니다. 말해버리고 넘어갈까요."

"얘 생각은요. 얘는 항상 생각을 많이 하거든요. 나쁜 습관이 죠. 얘 생각엔 내가 자기 남편을 가로챌 꿍꿍이를 품고 있다는 거예 요. 내가 얘 남편 주려고 은상자를 샀다고."

오도널은 씩 웃었다.

"정말 그랬어요?"

"물론 아니죠." 윌마는 씩씩하게 말했다. "루퍼트는 나한테 친오빠나 마찬가지예요. 그리고 난 남들에게 선물 사주는 걸 좋아해요. 가끔은, 기분이 좋을 땐 그렇다고요. 우울할 때는 쫀쫀해져서 장님을 만나도 적선 한 푼 하지 않죠."

"지금은 기분이 좋은 거죠?"

"아주 좋아요. 내가 당신에게 술 한 잔 사죠. 아니면 은상자를 줄까요?"

"먼저 술부터 시작하죠."

"좋아요, 웨이터! 웨이터! 라임 넣은 테킬라 세 잔."

"윌마." 에이미가 말렸다. "내 말 좀 들어봐. 저녁부터 먹으면 어때?"

"나중에, 나중에. 난 지금은 배고프지 않다고."

"난 배가 고파."

"그럼 너 혼자 가서 먹든가."

"싫어. 기다릴 거야."

"좋아, 그럼 기다려. 하지만 화난 얼굴을 하고 앉아 있지 마. 명랑하게 굴어보라고."

"노력하고 있어. 네 생각보다 더."

에이미가 뚱하게 말했다.

오도널의 미소는 약간 긴장되었다. 오늘 저녁은 그의 계획대로 흘러가지 않았다. 공짜 술 몇 잔 얻어먹고 수다나 떤 다음 돈을 좀 빌려볼까 했던 건데. 여자가 한 명이면 수월하게 다룰 수 있었다. 하지만 두 여자, 특히 사이가 좋지 않은 두 여자는 부담스러웠다. 그는 여자들의 감정을 상하게 하지 않으면서 빠르고 조용하게 내뺄 수 있는 방법이 있길 바랐다.

감정을 상하게 했다가는 지배인에게 불평이 들어갈 게 뻔했다. 오도널은 여기서 눈 밖에 나 쫓겨나는 건 원치 않았다. 이 바는 그의 근거지였다. 지금까지 문제를 일으킨 적은 없었다. 여기 오는 미국인들은 동향 사람과 술 한잔할 수 있다고 반가워했다. 샌프란시스코 사람, 뉴욕 사람, 시카고 사람, 로스앤젤레스 사람, 밀워키 사람, 덴버 사람. 고향이라고 말하고 다니는 도시들 중 몇몇은 가보기는 했다. 다른 곳은 그냥 읽거나 들어본 정도였다. 샌프란시스코에는 한 번도 가본 적 없었지만 골든게이트브리지라든가 피셔맨스워프, 전차 사진은 많이 봤다. 그 정도면 진짜 정보는 충분했다. 나머지는 가짜로 꾸며낼 수 있었다. 가령 주소를 물어봐도 얼마든지 대답할 수 있었다. 그는 항상 가든 스트리트라는 똑같은 주소를 사용했는데 어느 도시에나 가든 스트리트는 있기 때문이었다.

"가든 스트리트 1125번지입니다." 그는 에이미에게 대답했다. "아마도 들어본 적 없으실 거예요. 시내 동쪽 너머에 있거든요. 아니, 있었죠. 요샌 전 지역을 다 철거하고 호텔이나 백화점을 세웠을 테니까요. 전차는 아직도 다닙니까?"

"몇 대는요."

에이미가 대답했다.

"생각만 해도 그립네요."

"그러세요?"

에이미는 대체 그가 그리워한다는 곳이 어딜까 궁금했다. 어쩌면 미네소타의 농가나 애리조나의 사막 소도시 같은 거겠지. 에이미는 절대 알아낼 수 없으리라고 생각했다. 그녀는 물어보지 않을 테고 그는 대답하지 않을 테니까.

"집에 가지 못하는 이유라도 있으신가요, 오도널 씨?"

"돈 문제가 약간 있어서요. 경마에서 운이 좋지 않았거든요."

"아."

그의 미소는 점점 더 퍼져 거의 진심처럼 보일 정도였다.

"네, 전 불량한 소년이죠, 켈로그 부인. 저는 도박을 합니다. 해야만 하고요."

"그래요?"

"그게 아니면 다른 식으로는 돈을 벌 길이 없어요. 취업 비자가 없으니 취직도 할 수가 없고요. 지금까지 취업 비자를 얻을 수가 없었거든요. 어이쿠, 점점 얘기가 '조 오도널에게 온정을'로 흐르는 것 같은데요. 그건 치워버립시다. 두 분 얘기를 해주세요. 두 분은 멕시코시티에서 무슨 재미있는 일이 있으셨어요?"

월마가 눈살을 찌푸렸다.

"재미요? 난 더이상 그 말뜻을 모르겠네요."

"그럼 주제를 바꿔야 하겠네요. 여기 얼마나 계실 겁니까?"

"우린 내일 떠나요." 에이미가 대답했다. "쿠에르나바카로."

"그것참 안됐네요. 보여드리고 싶은 게 있……."

"쿠에르나 뭐?"

윌마가 큰 소리로 물었다.

"쿠에르나바카."

"내일 떠난다고?"

"그래."

"너 정신 나갔니? 우리 여기 막 왔잖아. 어째서 내가 듣도 보도 못한 곳으로 떠나야 하는 건데? 쿠에르나뭔지 거시기인지."

"쿠에르나바카야."

에이미는 참을성 있게 대답했다.

"그만 좀 반복해. 마치 척추 질환 같은 이름이다."

"아주 아름다운 곳이래. 그리고……."

"거기가 에덴동산이라고 해도 관심 없어. 난 안 가. 대체 뭣 때문에 그런 미친 생각을 한 거니?"

"의사가 추천했어. 네 건강을 위해."

"내 건강은 괜찮아. 고맙네. 네 건강이나 신경써."

술이 나오고 윌마가 돈을 치르는 동안 오도널은 부끄러움도 없이 앉아 있었다. 일 년 전, 혹은 이 년 전이라면 약간 부끄러워했을지도 몰랐다. 이젠 그저 피곤했다. 두 여자는 그가 예상했던 대로 점점 부담스러워지고 있었다. 그들이 쿠에르나바카로 가버렸으면 좋겠다 싶었다. 당장, 오늘밤.

그는 강하게 말했다.

"멕시코에 오셨다면 쿠에르나바카를 놓쳐선 안 되죠. 코르테스의 궁전이 거기 있고 대성당도 있습니다. 이 나라에서 가장 오래된 성당이죠. 게다가 새들도 있어요. 수천 마리나 되는 새들이 노래를 부릅니다. 새를 좋아하시면 말이지만."

"난 새가 싫은데."

윌마가 말했다.

오도널은 쿠에르나바카의 기후와 열대우림, 아름다운 광장에 대해 설명을 늘어놓았지만 두 여자 다 조금도 관심을 보이지 않는다는 것을 눈치챘다. 두 사람은 길이라는 남자에 관해 다시 말싸움을 시작했다. 지금 길이 들어오면 뭐라고 생각할지, 길이 알아내기라도 하면 뭐라고 할지.

오도널은 일어서서 나왔다.

콘수엘라는 8시에 일을 마치고 남자친구와 만나기로 한 직원용 출입구로 내려갔다. 남자친구는 없었다. 주방 보조 중 한 명이 남자친구가 하이알라이 경기에 갔다고 일러주었다.

콘수엘라는 남자친구의 돼지 같은 눈과 시커먼 뱃속에 저주를 퍼붓고 복수를 하기 위해 청소 도구 벽장으로 다시 들어갔다. 딱히 대단한 복수라 할 건 아니었지만, 밤새 벽장에 처박혀 남자친구를 걱정시키는 방법밖에는 골탕 먹일 수가 생각나지 않았다. 어째서 집에 오지 않았는지, 어디 갔는지 궁금해하라고.

콘수엘라는 수건으로 침대를 만들어 가능한 한 편안하게 누웠다. 벽장 안은 환기가 되지 않았지만 콘수엘라는 신경쓰지 않았다. 이나저나 밤공기는 몸에 좋지 않다. 폐병을 유발할 수 있고 폐병에 걸리면 미국에 들어갈 수 없다. 이민국에서 서류를 내주지 않을 테니까.

콘수엘라는 꾸벅꾸벅 졸다가 할리우드행 버스에 타는 꿈을 꾸었다. 별안간 버스가 멈추더니 예수처럼 턱수염을 기른 남자가 문을 열고 말했다. "콘수엘라 후아니타 막달레나 곤살레스, 폐병에 걸렸군. 즉시 버스에서 내리시오." 콘수엘라는 그의 발치에 엎드려 울면서 빌었다. 그는 냉정하게 등을 돌렸고 콘수엘라는 비명을 지르기 시작했다.

처음 깨어났을 때 콘수엘라가 들은 것은 자기 비명이었다. 다음 순간 일어나 앉으면서 비명은 자기만 지른 게 아니라는 사실을 똑똑히 깨달았다. 404호의 부인 중 하나도 소리를 질러대고 있었다.

늦은 시간이긴 했지만 404호 발코니 아래 아베니다를 지나던 목격자들은 여남은 명 되었다. 각자 앞다투어 무슨 일이 있었는지 증언을 내놓았다.

미국인 부인은 난간에서 멈추더니 뛰어내리기 전 아래를 내려다보았다.

부인은 아래를 내려다보지 않았다. 무릎을 꿇고 기도했다.

한순간도 망설이지 않았다. 그저 발코니로 뛰어오더니 풀쩍 뛰어내렸다.

떨어지면서 비명을 질렀다.

아무 소리도 내지 않았다.

품안에 은상자를 안고 있었다.

아무것도 들고 있지 않았고 애원하듯 하늘을 향해 팔을 넓게 펼쳤다.

허공에서 몸이 뒤집히고 또 뒤집혔다.

마치 화살처럼 머리부터 곧장 곤두박질쳤다.

목격자들은 한 가지 점만은 다 똑같이 얘기했다. 여자는 보도에 떨어지자마자 즉사했다.

호텔 지배인 사무실에서 로페스 박사는 경찰에게 짤막한 진술을 했다.

"지난밤 물갈이병을 앓는 와이엇 부인을 치료했습니다. 불행한 여성이었어요. 아주 신경질적이고 예민했습니다."

"술도 아주 취했죠."

바텐더가 말했다.

"돈도 아주 많고요." 콘수엘라는 신경질적으로 킥킥거리며 말했다. "그렇게 돈 많은 사람이 죽다니 얼마나 안됐어요."

의사는 조용하라는 뜻으로 한 손을 들었다.

"내 말 좀 끝내게 해줘요. 아침 회진까지 다섯 시간도 안 남았고 아무리 의사라고 해도 잠은 자야 하니까요. 아까 말했듯이 켈로그 부인이 회복하면 전체 이야기를 들을 수 있을 겁니다. 얼마나 빨리 들을 수 있을지는 병원 당국에 달려 있겠지요. 부인은 심한 쇼크를 받았습니다. 더욱이 기절했을 때 머리를 침대 기둥에 부딪히면서 가벼운 뇌진탕도 입었어요. 제가 말씀드릴 수 있는 건 그게 답니다."

"나도 아주 신경질적이고 예민하죠." 두 경찰관 중 나이가 많은 메르카도가 말했다. "그래도 발코니에서 뛰어내리진 않아요."

로페스 박사는 미소를 지었지만 재미있어하는 기색은 아니었다.

"언젠가, 어떤 발코니에서 그럴지도 모를 일이죠. 그럼 수고하십시오."

"수고하십시오, 박사님. 자, 이제 당신 차례요. 콘수엘라 곤살레스. 당신 주장으로는 청소 도구 벽장 속에 있다가 어떤 여자의 비명을 들었다던데. 어느 쪽 여자였소?"

"키가 작은 쪽, 갈색 머리요."

"세뇨라 켈로그?"

"그래요."

"그저 시끄럽게 소리를 지른 거요, 아니면 뭐라고 말을 한 거요?"

"말을 했어요. '그만둬'라거나 '도와주세요'라거나. 다른 말일 수도 있고."

"그게 궁금해서 묻는 건데. 그럼 그 시간에 청소 도구 벽장에서 뭘 하고 있었소?"

"자고 있었어요. 일이 끝난 후엔 몹시 피곤하거든요. 전 일을 열심히 하죠. 아주, 아주 열심히."

콘수엘라는 호텔 지배인인 에스카미요를 슬쩍 쳐다보았다.

"세뇨르 에스카미요는 제가 얼마나 열심히 일하는지 잘 모르시지만요."

에스카미요는 코웃음을 쳤다.

"내가 알 리가 있나."

"그런 건 아무래도 좋아. 됐고 됐어. 계속 해봐요, 세뇨리타. 잠에서 깨어 비명을 들었다. 404호로 뛰어갔다. 그런 다음?"

"작은 쪽, 세뇨라 켈로그가 침대 옆 양탄자에 누워 있었어요. 머리에서 피가 났고 의식은 없었어요. 다른 부인의 모습은 보이지 않았고요. 발코니를 넘겨다 볼 생각은 전혀 못 했어요. 어떻게 그런 생각을 할 수 있겠어요? 스스로 목숨을 끊다니, 그건 큰 죄예요." 콘수엘라는 두려워하며 성호를 그었다. "방안에서 술냄새가 났고 화장대 위에는 반쯤 남은 위스키병이 있었어요. 세뇨라가 정신을 차리도록 먹이려고 했는데 온통 바닥에 흘려버렸어요."

"그래서 나머지를 자기가 마셔버렸군."

지배인인 에스카미요가 말했다.

"몇 방울 마셨을 뿐이에요. 기운을 차리려고."

"몇 방울은, 하! 냄새가 풀풀 풍기는데."

"돼지 자식에게 모욕당하고 내가 가만히 참을 줄 알아!"

"지금 네까짓 게 나를 돼지 자식이라고 부른 거야, 이 도둑년이!"

"증명해봐요. 내가 도둑년이라는 걸 증명해봐!"

메르카도는 하품을 하며 그들에게 지금은 늦은 시간임을 다시 깨우쳐주었다. 그와 동료 산타나는 피곤하기도 하고 메르카도는 마누라와 자식새끼 여덟에 여러 문제도 있다. 그러니 여러분, 제발 고분고분 협력할 수 없겠는지?

"자, 세뇨리타 곤살레스, 세뇨라가 깨어나지 않자 어떻게 했소?"

"객실 안내 직원에게 전화를 했더니 의사를 보냈어요. 로페스 박사님요. 그분이 호텔과 약속을 했거든요."

"계약을 했죠." 에스카미요가 끼어들었다. "전속으로."

콘수엘라는 어깨를 으쓱했다.

"뭐라고 부르든 상관없어요. 의사가 필요한 일이 있으면 언제나 로페스 박사님을 부르니까요. 그래서 의사 선생님이 왔어요. 즉시, 아주 금방 왔어요. 내가 아는 건 그게 다예요."

"의사가 올 때까지 당신은 세뇨라 옆에 있었나?"

"네. 그때까지 세뇨라는 깨어나지 않았어요."

"자, 세뇨리타. 은상자에 대해 뭐 아는 것 있소?"

콘수엘라는 멍한 표정을 지었다. "은상자요?"

"이거, 봐요. 여기 피가 묻어 있고 바닥에 부딪혔을 때 심하게 우그러들었소. 이 상자를 전에 본 적 있나?"

"아뇨. 그 상자에 관해선 아무것도 몰라요."

"좋아. 고맙소, 세뇨리타."

콘수엘라는 우아하게 일어서서 방을 나가다 에스카미요의 책상 앞에 멈춰 섰다.

"난 모욕은 못 참아요. 그만둘게요."

"네가 그만두는 게 아냐. 내가 널 자르는 거지."

"잘리기 전에 그만둔다고요. 내 참!"

"수건 한 장 한 장 다 세어볼 거야. 내가 직접."

"코치노•."

콘수엘라는 손가락을 딱딱거리면서 문을 쾅 닫고 나가버렸다.

"봤죠?" 에스카미요가 주먹을 허공에 휘두르며 소리를 질렀다. "저런 직원들을 데리고 내가 어떻게 호텔을 운영하겠소? 쟤들은 다 똑같아요. 게다가 이런 끔찍한 소동까지. 난 망했소, 망했어. 사무실에 경찰관이라니. 로비에는 기자들이 진치고 있고! 게다가 대사관까지. 성모님 맙소사. 대사관 사람들도 이 사건에 끼어들어야 한답니까?"

"물론 이런 경우에는 대사관에 통보해야 합니다."

메르카도가 말했다.

"미친 미국인 같으니. 뛰어내리고 싶거든 자기 나라에 뛰어내릴 데도 많잖아요? 어째서 여기까지 와서 죄 없는 사람을 망하게 하느냐 말입니다!"

모두들 이게 부당하고 슬픈 일이라는 데는 뜻을 같이 했지만 어쨌든 다 주님의 뜻이라고 했다. 아무도 주님의 뜻을 거스를 수 없다. 주님의 뜻은 지진이나 계절에 안 맞는 호우, 들쑥날쑥한 하수구 문제, 전화 연결의 어려움 등 온갖 국가적 가정적 재난을 좌지우지할 뿐 아니라 이런 급사 사건에도 힘을 발휘하는 것이다.

다른 사람 탓을 할 수 있게 되자 속이 풀린 에스카미요는 기분이 나아졌지만 이내 다른 문제가 떠올랐다.

"404호는 어떻게 하지? 방은 비었지만 아직 완전히 비운 게 아닌데. 거기 객실 요금을 청구하지 않으면 내가 손해를 입게 돼요. 하지만 그 방에는 아무도 없으니 청구를 할 수 없소. 세뇨라들의 물건이 안에 있으니 다른 손님을 들일 수도 없어요. 어떻게 하면 좋소?"

"그렇게 사사건건 돈부터 따지는 습관 좀 버려요." 메르카도는 강하게 말하면서 은상자를 집어 들고 동료인 산타나에게 고개를 끄덕였다. "따라와. 다시 한번 404호를 조사하고 작은 세뇨라가 회복될 때까지 잠가놔야겠어."

발코니 문이 열려 있었지만 방안에서는 아직도 위스키 냄새가

진동했다. 위스키를 엎지른 양탄자부터 콘수엘라가 뚜껑을 닫지 않고 화장대 위에 올려놓은 병까지 냄새가 풀풀 풍겼다.

"정말 아깝다 아까워." 메르카도가 병을 집어 들며 말했다. "이 물건을 이렇게 공기 중에 날아가버리도록 놔두다니."

"이건 증거잖아."

"무슨 증거?"

"세뇨라가 술에 취했다는 증거."

"그 여자가 술에 취했다는 건 벌써 바텐더의 증언으로 알고 있잖아. 증거를 너무 많이 모을 필요는 없어. 그랬다간 사건이 더 복잡해질 뿐이야. 사실 사건은 단순해. 세뇨라가 테킬라를 너무 많이 마시고 우울해진 거야. 테킬라는 술 못하는 사람에겐 너무 세지."

"어째서 부인이 우울해진 거지?"

"꺼지지 않는 사랑 때문이지." 메르카도는 주저 없이 말했다. "미국 사람들은 이런 일들을 너무 심각하게 받아들여. 영화에 나오잖아. 자, 한입 마셔."

"고맙네, 친구."

"확인해야 할 게 하나 있어. 사고가 아니라는 것. 맨 처음 그런 생각을 하긴 했는데, 세뇨라가 술을 진탕 마시고 바람 좀 쐬려고 아니면 속을 비우려고 발코니로 뛰어갔을지도 모르잖아. 하지만 그럴 리는 없겠지."

"왜 그럴 리 없다는 거야?"

"그런 급한 상황에 은상자를 주워 갔을 리가 없잖아." 메르카도가 한숨을 지었다. "그럴 리가 없지, 여자는 자살을 한 거야. 불쌍한 부인 같으니. 부인이 지옥에서 헤맬 거라고 생각하니 슬프군. 그렇지 않나?"

회색 이슬비 사이로 서서히 동이 트고 있었다.

"비가 오네."

산타나가 말했다.

"잘됐네. 그러면 보도의 핏자국도 씻겨질 거고 사람들도 집으로 돌아갈 테니."

"이제 사람들도 없어. 다 끝났는걸."

"아멘." 메르카도가 읊었다. "아직 잘 모르겠군. 세뇨르 에스카미요가 말한 것처럼, 어째서 많고 많은 미국 장소를 놔두고 굳이 여기서 뛰어내린 거지?"

"엠파이어스테이트 빌딩도 있잖아."

"물론이지. 그랜드캐니언도 있고."

"브루클린브리지."

"나이아가라 폭포."

"기타 등등."

"기타 등등 수도 없지." 메르카도는 발코니 문을 닫고 잠갔다. "뭐, 주님의 뜻에 왈가왈부할 순 없으니."

"아멘."

004

루퍼트 켈로그의 사무실은 예로부터 품격이 있다는 몽고메리 스트리트 가장자리, 콘크리트 건물의 2층에 있었다. 여기서 그는 직원 둘을 두고 작은 회계 사무소를 운영했다. 비서인 팻 버턴은 머리 색깔을 계속 바꾸는 습관이 있는 독신 여성이었고 보로위츠라는 견습 사원은 고학으로 샌프란시스코 주립 대학을 졸업한 청년이었다.

루퍼트는 마흔 살에 키가 크고 온화한 인상에 부드러운 말씨를 가진 남자였다. 이십 년 가까이 회계업에 종사하고 있었다. 사업에서 그는 그럭저럭 실력을 갖추고 명성을 얻긴 했지만 자기 직업을 좋아하지 않았다. 그는 좀더 흥미롭고 재미있는 일을 하고 싶었다.

가령 애완동물 가게를 한다거나. 그는 동물들을 무척 사랑했고 직관적으로 이해했다. 샌프란시스코 동물원에서 보냈던 시간은 삶의 근본적 의미로 가득차 있었던 것 같았다. 하지만 이런 속마음을 누구에게도, 심지어 아내인 에이미에게도 털어놓은 적은 없었다. 딱 한 번 애완동물 가게를 여는 게 어떨까 하는 말을 넌지시 꺼냈을 때 처가 식구들이 어찌나 쌍지팡이를 짚고 나서는지 금방 포기해버렸다. 적어도 그런 얘기를 꺼내는 것은 포기했다. 하지만 그 생각은 형님의 못마땅한 시선을 피해 숨겨놓은 기형아처럼 루퍼트의 마음 뒤편에 자리잡고 있었다.

월요일 아침, 그는 사무실에 늦게 나왔다. 최근에 든 습관인데 에이미가 여행을 떠난 이래로 부쩍 심해졌다. 가을의 시작을 기념하여 머리카락을 호박색으로 물들인 버턴은 무척 동요한 표정으로 통화중이었다. 버턴은 별다른 이유 없이도 종종 그러는 터라 루퍼트는 딱히 신경쓰지 않았다. 그는 가능한 한 경계선 밖에 머물러 있으면 버턴의 호들갑도 그럭저럭 참을 만하다는 것을 예전에 깨우쳤다.

"잠깐만요, 교환수. 소장님이 지금 막 들어오셨어요." 버턴은 연극적인 동작으로 전화를 가슴에 갖다 댔다. "오셔서 다행이에요! 멕시코시티의 존슨 씨란 분이 통화하고 싶으시대요."

"멕시코시티에 존슨이라는 사람은 하나도 모르는데."

"미국 대사관이래요. 무척 중요한 일인 게 분명해요. 혹시 뭔가

끔찍한 사고라도…….”

“지금은 그런 추측을 하기엔 좋지 못한 때가 아닌가, 버턴 양?
내 방으로 돌려줘요.”

그는 문을 닫고 수화기를 들었다.

“루퍼트 켈로그입니다.”

“잠깐만 기다려주세요, 켈로그 씨. 좋습니다. 계속 말씀하세요,
존슨 씨. 연결되었습니다.”

“켈로그 씨? 멕시코시티 주재 미국 대사관의 존슨입니다. 나쁜
소식입니다. 지금 당장 알려드리는 편이 나을 것 같습니다.”

“제 아내한테…….”

“부인께서는 괜찮습니다. 문제는 동행하셨던 와이엇 부인인데
요. 사망하셨습니다. 거칠게 말하자면, 만취 상태에서 자살을 하셨
습니다.”

루퍼트는 아무 말 하지 않았다.

“켈로그 씨, 듣고 계십니까? 교환수, 연결이 끊겼나 본데. 교환
수! 텔레포니스타! 맙소사, 한 통화도 끊기지 않고는 못 하는 거야?
텔레포니스타!”

“끊기지 않았습니다.” 루퍼트가 말했다. “전……. 충격적인 일
이군요. 와이엇 부인하고는 오래 알고 지낸 사이였습니다. 어떻게
된 겁니까?”

존슨은 정황을 아는 대로 전해주었다. 날카롭고 못마땅한 말투

로 보아 윌마의 죽음이 국제 예의 위반이라고 여기는 듯했다.

"제 아내는요?"

"당연히 부인께서는 충격을 받으셨습니다. 그래서 미영美英 코데이 병원으로 옮겨지셨고요. 주소를 알려드릴까요?"

"네."

"마리아노 에스코베도 628번지입니다. 전화번호는 11-49-00입니다."

"지금 전화하면 아내가 받을 수 있습니까?"

"아, 아뇨. 지금 진정제를 맞았습니다. 기절하실 때 머리에 부상을 입으셨는데 제가 알기로는 그렇게 심각한 상처는 아닙니다."

"얼마나 오래 입원해야 합니까?"

"확실히 말씀드리긴 어렵겠는데요. 여기 부인을 돌보아주실 만한 친구분이 있습니까?"

"아니요. 제가 직접 가는 편이 낫겠습니다."

"좋은 생각이군요. 부인이 묵으시던 윈저 호텔에 전화해서 방을 잡아놓으라고 할까요?"

"그렇게 해주십시오. 병원에 아내를 위해 전갈을 남겨주시면 고맙겠습니다. 제가 오늘밤에 간다고요."

"만약 오늘밤에 못 오시면 어떻게 하죠?"

"오늘밤에 갈 겁니다. 두 시간 후에 떠나는 비행기가 있어요. 지난주에 아내가 그 비행기를 탔으니까요."

"여행자 카드는 있으십니까? 그게 없으면 비행기를 탈 수 없을 텐데요."

"발급받아야죠."

"좋습니다. 부인을 위해 전갈을 남겨놓겠습니다. 한 가지만 더요, 켈로그 씨. 경찰에선 와이엇 부인의 가까운 친척을 찾을 수 없었는데요. 친척을 아십니까?"

"샌디에이고에 언니가 한 명 있습니다."

"이름은요?"

"루스 설리번."

"주소가?"

"정확한 주소는 모르겠습니다만, 남편이 제11해군관구에 배속된 해군 소령입니다. 집주소를 찾기는 어렵지 않을 겁니다. 이름은 얼 설리번입니다."

"고맙습니다, 켈로그 씨. 여기 와 계시는 동안 대사관의 도움이 필요하시면 언제든지 연락 주십시오. 번호는 39-95-00입니다."

"고맙습니다, 안녕히 계십시오."

"안녕히 계십시오."

버턴이 문간에 나타났다. 상황의 무게에 걸맞게 어깨를 움츠리고 스패니얼 강아지 같은 눈망울을 하고 있었다.

"어쩌다 보니 엿들을 수밖에 없었어요. 사람들은 장거리전화를 할 땐 큰 소리로 말하니까요."

"그런가?"

"와이엇 부인 일은 너무 끔찍하네요. 타지에서 그처럼 돌아가시다니. 고인의 명복을 빈다는 말밖에 드릴 말이 없어요."

그 정도면 충분해 보였다. 버턴은 어깨를 펴고 안경을 쓴 후 씩씩하게 말했다.

"웨스턴 항공사에 바로 전화를 하겠습니다."

"그래요."

"괜찮으세요, 소장님?"

"나야…… 그럼요, 그럼."

"아스피린 갖다드릴게요."

"버턴 양부터 먹어요."

버턴은 왈가왈부해봤자 별 소용없다는 것을 알았다. 그녀는 루퍼트의 책상 위에 아스피린 두 알을 놓고 자기 책상으로 가서 항공사에 전화를 걸었다. 루퍼트는 아스피린을 한참 동안 쳐다보았다. 잠시 후 자리에서 일어나 정수기로 가서 물을 받아 두 알을 한 번에 삼켜버렸다.

버턴은 의기양양한 태도로 들어왔다.

"성공했어요. 611편으로 출발할 수 있으세요. 맙소사, 얼마나 입씨름을 해야 했는지. 어떤 말단 직원 한 명이 계속 611편으로 출발하는 승객은 지금 공항에서 체크인중이라고 하는 거예요. 그래서 제가 그랬죠. 이봐요, 이건 비상사태란 말이에요. 그 사람에게 철자를 하나하나 불러주기까지 했어요. 비-상-사-태라고. 오, 약을 드셨네요. 잘하셨어요. 경비는 어떻게 할까요?"

"약간 필요한데."

"좋아요. 보로위츠가 은행까지 뛰어갔다 올 수 있어요. 여기 일 정입니다. 국제공항에서 11시 50분 출발. 점심 기내식. 로스앤젤레스에서 한 시간 정도 기착. 2시 30분 로스앤젤레스 출발. 저녁 기내식. 10시 10분 멕시코시티 도착. 중앙 표준시로요."

작은 위기였다면 갈팡질팡했겠지만 큰 위기 앞에서 그녀는 성장했다. 루퍼트를 위해 경비와 여행자 카드, 칫솔과 깨끗한 양말과 잠옷을 준비하고 강아지 맥을 맡고 에이미의 오빠 길 브랜던에게 전갈을 보냈다. 마침내 루퍼트를 비행기에 태우고 그가 창문 너머로 손을 흔들자 버턴은 마치 아이를 처음으로 학교에 보내는 엄마처럼 눈시울을 촉촉이 적시면서 안도감을 느꼈다.

버턴은 루퍼트의 차를 끌고 시내로 돌아가서 41번가에 있는 그의 집 차고에 주차했다. 그런 후 맥이 뛰어놀 수 있도록 정원으로 내보내고 루퍼트가 싱크대에 넣어두고 간 접시를 씻어 말렸다. 루퍼트 밑에서 일한 지 몇 년은 되었지만 집안으로 들어와 본 건 이번이 고작 두 번째였다. 누가 자는 모습을 보는 듯한 기묘한 기분이었다.

버턴은 설거지를 마친 후에 방을 하나하나 돌아보았다. 딱히 훔쳐본다기보다 상사를 염려하는 좋은 비서로서 마음속에 새겨두는 것뿐이었다. 식당의 마호가니 가구와 레이스. 소장님에게는 너무 형식적이야. 사모님이 해놓으신 거겠지……. 소장님은 저기 노란 의자에 앉으실 거야. 등받이에 머릿기름 자국이 있고 옆에 좋은 전등이 있잖아. 독서를 좋아하시니까 좋은 전등이 필요하겠지……. 그랜드피아노와 오르간, 놀라운데. 사모님이 음악에 취미가 있으시겠지, 소장님은 휘파람 하나 못 부시니까……. 이 색깔 있는 긴 내복은 절대 익숙해지지 않는다니까……. 여긴 식모 방이겠구나. 다른 방만큼이나 잘 꾸며놓은 걸 보니 소장님이 얼마나 너그러운지 알겠네. 아니면 사모님일 수도 있고. 보로위츠 말로는 사모님이 부유한 집안 출신이라던데……. 홀에 있는 탁자는 진짜 자단목으로 만든 것 같네, 손으로 닦아 반짝반짝 윤을 내야 하는 종류지. 그런 식으로 닦아야만 성에 차고 시간이 많다면. 엽서. 누구에게 온 건지 궁금한걸. 음, 엽서는 사적인 게 아니겠지. 사적으로 할 말이 있다면 봉투에 넣어 보냈을 테니까.

버턴은 엽서를 집었다. 한 면에는 올드 페이스풀 간헐천의 컬러 사진이 크게 박혀 있고 다른 면에는 연필로 쓴 편지가 있었다.

켈로그 사장님, 사모님께.

저는 휴가를 와서 즐거운 시간을 보내고 있습니다. 올드 페이스풀 간헐천은 벌써 여섯 번이나 봤어요. 장관입니다. 여기는 밤에는 추워서 담요를 덮어야 해요. 수영장이 하나 있는데 물속의 미네랄 때문에 냄새가 나쁩니다. 하지만 다행히 냄새가 피부에 배지는 않아요. 엽서에 자리가 별로 없네요. 맥에게 안부 전해주세요.

젤더 룬드퀴스트 드림

난 아직 옐로스톤 국립공원도 못 가봤는데. 버턴은 생각했다. 세쿼이아 국립공원도 갈 여유가 없는걸. 가고 싶은 것도 아니지만. 사람들은 커다란 나무 아래 서면 자기 자신이 얼마나 작은지 실감한다고 하지만, 내가 156센티미터인 걸 확인하는 게 뭐가 그리 재미있겠어.

비공식적인 견학을 마친 버턴은 뒷문으로 맥을 들인 후 개 비스킷을 몇 개 주었다. 그런 후 동네로 가는 버스를 타기 위해 풀턴 스트리트로 걸어갔다.

재앙이 일어나리라는 예감은 없었다. 날은 화창했고 이날 버턴의 별자리 운세는 유난히 길했다. 루퍼트의 운세도 마찬가지였다. 버턴은 심지어 자기 운세를 확인하기 전에 루퍼트의 운세를 확인하곤 했다. 오늘은 사자자리와 천칭자리에게는 무척 좋은 날입니다.

좋은 날이라니. 버턴은 보도를 콩콩 뛰어갔다. 켈로그 부인은 병원에 입원중이고 와이엇 부인은 죽었다는 사실은 까맣게 잊어버렸다.

비행은 일정대로 진행되었다. 루퍼트는 공항에서 병원에 전화를 걸어 시간이 좀 늦긴 해도 아내를 면회할 수 있도록 예약했다.

자정 직후 병원에 도착하니 중앙 접수대에서 피부가 거무스름한 젊은이가 그를 기다리고 있었다. 젊은이는 자신을 에스코바르 의사라고 소개했다. 에스코바르가 말했다.

"부인께선 주무시고 계십니다. 하지만 여러 상황을 고려할 때 남편분을 만나시는 게 좋을 듯해서요. 몇 번이나 남편분을 찾으시더군요."

"상태는 어떻습니까?"

"말씀드리기가 어렵군요. 사실 정신이 들 때마다 계속 울고 계십니다."

"통증이 있나요?"

"머리가 아프기도 할 겁니다만, 우는 건 신체적 이유보다는 감정적인 이유로 설명할 수 있을 것 같습니다. 부인이 심란하신 건 친구분이 돌아가셨기 때문만은 아닙니다. 비록 그 자체만으로 충분히 나쁜 일이긴 하지만요. 다른 조건들이 더 있습니다. 친구도 없는 낯선 도시에서 두 여자가 술을 많이 마시고……."

"술을 마셔요? 에이미는 저녁 전엔 칵테일도 한 잔 이상 마신 적이 없습니다."

에스코바르는 약간 당황한 얼굴이었다.

"부인과 와이엇 부인께서 여기 술집에 죽치고 있는 미국인 오도널과 테킬라를 마셨다는 믿을 만한 증거가 있습니다. 부인들은 크게 말다툼을 하셨다더군요."

"두 사람은 절친한 친굽니다." 루퍼트는 뻣뻣하게 말했다. "죽마고우죠."

"절친한 친구도 가끔 말다툼은 하죠. 가끔은 같이 술도 마시고요. 제가 드리려는 말씀은 켈로그 부인께서 몹시 죄책감을 느끼고 계신다는 겁니다. 술을 마신 데 죄책감을 느끼고 말다툼을 한 것도 죄책감을 느끼고, 무엇보다도 친구분의 자살을 막을 수 없었다는 죄책감에 괴로워하시죠."

"아내가 막으려고 했습니까?"

"누군들 하지 않겠습니까, 당연히."

"아내가 뭐라고 말을……."

"별로 하지 않으셨습니다. 할 얘기가 별로 없으신 것 같더군요. 익숙하지 않은 사람에게 테킬라는 무척이나 독한 술입니다."

에스코바르는 엘리베이터로 향했다.

"따라오십시오. 지금 부인을 뵈러 가죠. 부인은 응급실에서 3층의 개인 병실로 옮겼습니다."

에이미는 전등을 켜놓은 채로 잠들어 있었다. 왼쪽 눈은 멍이 들고 부어올랐고 관자놀이에도 붕대를 감고 있었다. 구겨진 크리넥스 뭉치가 침대 옆 바닥에 여기저기 흩어져 있었다.

"에이미." 루퍼트는 자는 아내 위로 몸을 숙이고 어깨를 가볍게 건드렸다. "에이미, 여보. 나야."

에이미는 깨자마자 두 손으로 눈을 가리고 울기 시작했다.

"에이미, 울지 마. 제발 그쳐. 모든 게 다 잘될 거야."

"아니, 아니에요……."

"무슨, 잘될 거야. 내가 당신을 돌봐주러 여기 왔잖아."

"윌마가 죽었어요." 에이미의 목소리가 높아지기 시작했다. "윌마가 죽었다고!"

에스코바르가 재빨리 다가와 에이미의 손을 잡았다.

"자, 켈로그 부인. 더이상 히스테리를 부리면 안 됩니다. 같은 층에서 다른 환자들이 자고 있어요."

"윌마가 죽었어요."

"알아. 하지만 지금은 당신 몸부터 생각해야지."

루퍼트가 말했다.

"집에 데려다줘요. 이 끔찍한 곳에서 나가게 해줘요."

"그럴게, 여보. 허가를 받는 즉시 나가자."

"자, 진정하시죠, 켈로그 부인." 에스코바르가 부드럽게 달랬다. "여긴 그렇게 끔찍한 곳은 아닙니다. 부인의 용태를 살펴보기 위해서는 며칠 더 입원하셔야 해요."

"아니, 싫어요!"

"하루나 이틀 정도면……."

"아니요! 내보내줘요! 루퍼트, 날 여기서 빼내줘요. 집으로 데려다줘요!"

"그럴게." 루퍼트가 약속했다.

"집까지 쭉? 우리집이랑 맥, 모든 것으로 돌아갈 수 있는 거죠?"

"쭉 같이 가줄게, 약속해."

그 순간만큼은 그도 약속을 지킬 생각이었다.

아래층으로 내려오는 길 브랜던의 얼굴에는 아침마다 볼 수 있는 특유의 복잡한 감정이 실려 있었다. 오늘은 무슨 일이 생길까 하는 기대와 그걸 망칠 만한 일이 생기리라는 의심.

그는 키가 작고 체격이 다부지며 활기가 넘치는 남자였다. 말투가 고압적이어서 아무리 악의 없이 말을 해도 강요하는 것처럼 들렸고 억지 이론을 자명한 진리처럼 말했다. 말의 효과를 높이려는지 말할 때면 손을 많이 움직이곤 했다. 연극적으로 느긋한 유럽식이 아니라, 사고의 관점과 감정의 정도를 정확하게 보여주려는 엄격하고 기하학적인 손짓이었다. 그는 수학적이고 꼼꼼한 사람으로 보이고 싶어 했다. 하지만 둘 중 어느 쪽도 아니었다.

길은 아내에게 키스했다. 아내는 벌써 탁자에 앉아 조간신문의 상담 칼럼을 펼쳐놓고 있었다.

"전화 온 거 있어?"

"아뇨."

"정말 수상한데."

"뭐가요?"

헐린은 무슨 이야기인지 알고 있었지만 이렇게 되물었다. 길은 일주일 내내 다른 얘기는 한 적이 없었다. 다행히도 오늘은 월요일 이라 길이 시내로 출근하는 날이었다. 주식시장이 들썩이면 훨씬 더 좋았다. 정신을 다른 데 쏟을 테니까.

"여기 정말 웃긴 편지가 있어요. 애더턴에 사는 여자가 보냈다 는데 우리가 아는 사람 아닐까 몰라. 베티 스피어스일 수도 있어요. 들어봐요. '친애하는 애비에게, 제 문제는 남편이 너무 구두쇠라는 거예요. 심지어 제 사은품 쿠폰까지도 슬쩍한답니다.' 조니 스피어 스가 사은품 쿠폰을 모으는 건 사실이거든요."

"내 말에 귀 좀 기울이지 않겠어?"

"물론이죠, 여보. 무슨 말을 하고 있었어요?"

"루퍼트가 거기 간 지 일주일이 되었는데 처음 비서가 해준 전 화 말고는 소식 한마디 못 들었어. 에이미가 어떤지, 무슨 일이 있 는지, 언제 돌아올 건지 아무 소식도."

"바쁜가 보죠."

길은 탁자 건너에 앉은 아내를 향해 얼굴을 찌푸렸다.

"뭐하느라 바쁘겠어?"

"난들 알겠어요?"

"그러면 매제 편들면서 말도 안 되는 변명 늘어놓지 마. 전화 한 통 못할 정도로 바쁜 사람이 어디 있어. 그저 배려심이라고는 요만큼도 없는 거지. 대체 에이미가 그 친구의 뭘 보고 결혼했는지 모르겠다니까."

"잘생겼잖아요. 게다가 자상하고."

"잘생겼다. 자상하다. 맙소사, 여자들은 남자가 그러기만 하면 결혼하는 거야?"

"배고프죠, 당신. 아침 가지고 오라고 할게요."

헐린은 슬며시 솟아오르는 권위를 느끼며 탁자 아래 버저를 눌렀다. 헐린은 오클랜드 슬럼가에서 태어나고 자랐기 때문에 결혼한 지 이십 년이 지난 지금에도 벨을 누르면 원하는 것은 뭐든 나타나는 기적에 익숙해지지 않았다. 아침 식사, 마티니, 초콜릿 크림, 차, 잡지, 담배. 버튼 하나만 누르면, 짠. 원하면 뭐든 나타났다. 가끔 헐린은 그저 자리에 앉아 원하는 것을 떠올리기만 하면서 술이 달린 줄을 당기거나 탁자 아래의 버저를 누르는 기쁨을 누릴 수 있었다.

이따금 헐린이 오클랜드에 가기도 했지만 그보다는 부모님 쪽에서 헐린을 만나러 페닌슐라까지 오는 경우가 잦았다. 딸을 만나러 오는데도 멀로니 부인은 의치를 끼고 주일에 입는 가장 좋은 옷을 입었다. 멀로니 씨는 판사처럼 냉정했고 바짝 말린 건어물처럼 건조하기 짝이 없었다. 처음에는 순수하게 기쁜 마음으로 서로 인사를 나누었지만 부모님은 곧 주변의 으리으리한 환경에 기가 죽어 뻣뻣하게 굳어서 말이 없어졌다. 가만히 앉아 딸의 얼굴만 쳐다볼 뿐 부모님은 별다른 행동을 할 수가 없었다. 집에 있을 때면 두 사람은 딸 헐린에 관해 정답게 떠들고는 했다. 헐린은 장학금을 받으며 밀스 칼리지에 다녔고 지금은 부유한 남편과 예쁜 아이들 셋과 함께 애더턴의 멋진 집에서 산다고.

하지만 막상 딸과 얼굴을 맞대면 부쩍 말이 없어지고 쩔쩔매다 보니 방문은 악몽으로 변해갔다. 특히 멀로니 부부를 편안하게 해주려고 헐린보다 더 열심히 노력하는 길에게 그러했다. 길의 기술은 특이했다. 자신의 부유함을 깎아서 말했다. 경제 상황이 좋지 않다는 얘기를 꺼내거나 열세 살 난 아들은 신문을 돌리고 열일곱 살 난 딸은 고학해서 대학에 다니게 했다는 말을 강조해서 말하거나 하는 식이었다. 이 전술로 멀로니 부부는 더 혼란스러워지고 길은 완전히 좌절해버리는 결과만 도출됐다. 길은 평소처럼 올바른 행동을 하고자 했을 뿐이었다. 왜 이런 좋은 의도가 종종 혼란스러운 결과를 일으키는지는 아무도 알 수 없었다.

길이 말했다.

"에이미가 와이엇이란 여자랑 교제를 한 것 자체가 문제야. 확실히 정신이 불안정한 여자였지. 에이미 빼고 다들 그걸 알고 그 여자를 피했잖아."

헐린은 마음속으로 성호를 그었다.

"길, 고인을 나쁘게 말하면 안 되죠. 게다가 두 사람은 친구였잖아요. 친구에게 음, 감정적인 문제가 조금 있다고 해서 등을 돌릴 순 없으니까요. 윌마는 마음만 먹으면 매력적이고 재미있는 사람이기도 했어요. 난 윌마의 그런 모습을 기억하고 싶네요."

"당신 기억력은 참 단순하고 편리하군."

"그래서 쭉 그렇게 유지할 작정이에요. 아침이나 먹어요."

"배 안 고파." 길은 퉁명스럽게 대답했다. "개인적으로 모두 다 루퍼트 탓이라고 생각해. 여행 얘기가 나왔을 때 반대했어야 하는 건데. 미개한 외국에서 여자 둘만 헤매다니. 참, 그것참 터무니없지."

헐린이 듣기엔 자기처럼 도시에 갇혀서 쇼핑이나 하고 타호에서 휴가나 보내느니 그편이 훨씬 더 즐거울 듯했다. 그녀는 바삭한 베이컨 조각을 우물우물 씹으면서 해변을 철썩철썩 치는 파도 소리를 듣듯 길의 이야기를 들었다. 파도와 날씨에 따라서 이따금 음량만 다르지 소음은 언제나 똑같은 것을.

게다가 종종 그 소음은 에이미 얘기였기 때문에 헐린은 심드렁하게 습관적으로 들었다. 헐린의 의견으로는 에이미는 둔하고 조그만 생물로 분별력은 오빠가 집어넣고 아름다움은 남편이 입혀주었지만 실상은 어느 쪽이든 가지고 있지 않았다. 헐린 또한 종종 에이미와 윌마의 관계가 궁금하긴 했지만 길과는 사뭇 다른 관점이었다. 어째서 윌마처럼 강렬하고 활기 넘치는 사람이 에이미 같은 소심한 사람과 시간을 허비하고 있을까?

길이 목소리를 높였다.

"난 아직도 미국 대사관이 내게 전화해서 이 불행한 사건을 알려야 했다고 생각해."

"어째서요?"

"에이미는 내 꼬마 여동생이니까."

"에이미는 남편이 있는 성인 여성이에요. 에이미를 돌보는 일은 루퍼트가 하게 놔둬요."

"루퍼트는 이런 상황을 처리할 능력이 없어."

"무슨 상황요?"

헐린이 무뚝뚝하게 물었다.

"여러 결정도 내려야 하고 조치도 취해야 할 거 아냐. 루퍼트는 너무 물러. 내가 거기 갔다면 그곳 외국인들에게 굳게 맞섰을 거야."

"당신이 거기 가면 당신이야말로 외국인이죠."

"그렇게 말하면 뭐 꽤나 똑똑한 것 같아?"

"그냥 진실을 지적한 거예요."

"당신 요새 말이야." 길은 무미건조한 미소를 살짝 띠었다. "진실이 꽤 많이도 떠오르나 본데."

"아, 그러네요. 어떤 건 커다란 진실이고, 어떤 건 사소한 진실이고."

"몇 개만 얘기해보지그래."

"다른 때에 해요. 당신 베이쇼어 대신 엘 커미노에 가려면 서둘러야 할 거예요."

헐린은 건너편에 앉은 남편을 향해 미소를 지었다. 남편이 말은 그렇게 해도 상냥한 사람이라는 것을 알고 있었다. 심지어 남편은 본인이 생각하는 것 이상으로 에이미와 비슷했다.

"조심해서 운전해요. 알겠죠, 길리?"

"그런 식으로 부르지 않으면 좋겠는데. 우스꽝스럽잖아."

"에이미가 그렇게 부를 때는 싫다고 안 하더니……."

"그건 어린 시절에 부르던 별명이었어. 에이미는 무의식적으로 그렇게 부르는 거야. 게다가 반대를 안 하긴 뭘 안 해. 다음에 에이미가 집에 오면 나한테 한마디하라고 귀띔해줘."

헐린은 표정이 바뀌진 않았지만 뱃속이 갑자기 뒤틀리고 마시던 커피가 상한 기분이었다. 에이미가 집에 오지 않았으면 좋겠어. 지금은 사천 킬로미터 떨어진 곳에 있지. 그편이 좋아.

열세 살 난 아들 데이비드가 방안으로 뛰어들었다. 재학중인 군 부설 학교 제복을 입고 있었다.

"안녕히 주무셨어요."

"세상에나. 대체 얼굴이 어떻게 된 거니?"

헐린이 물었다. 데이비드는 명랑하게 대답했다.

"옻이 올랐어요. 로저와 빌도 마찬가지예요. 작전 나갔을 때 옮았나 봐요. 하사관이 화가 나서는 우리가 망할 옻이나 옮으면서 뛰어다니는 동안 러시아 군대가 상륙을 해도 몇 번은 하겠다고 하더라고요."

"학교 다녀와서 같이 병원에 가야겠구나."

"망할 병원은 싫은데."

"너, 밖에 나가선 그런 식으로 말하지 마라. 교양 없어 보여."

"하사관은 항상 이런 식으로 말하는데. 영국인이거든요. 항상 망할 어쩌고 해요. 참, 말하는 거 잊었는데 루퍼트 고모부가 집에 왔대요. 어제 엄마 아빠 집에 없을 때 전화 왔었어요."

"그런 얘기는 더 빨리 해야 할 거 아니냐."

"엄마 아빠가 집에 없는데 어떻게 그래요?"

"에이미 고모는 괜찮다니?"

"몰라요. 고모 얘기는 하나도 안 하던데."

"음, 그럼 무슨 얘기를 했는데?"

"그냥 하루 내내 집에 있을 거고 중요한 얘기가 있으니까 아빠 만나고 싶다고."

"바로 전화를 해야겠어……."

"고모부가 전화는 하지 말라고 했어요. 아주 긴밀한 문제라고. 직접 만나고 싶다고 했어요."

길은 벌써 일어서 있었다.

악수를 나누자마자 길이 곧장 물었다.

"에이미는 괜찮나?"

"괜찮습니다."

"어디 있어? 아직도 자리에 누워 있나?"

"에이미는…… 여기선 얘기할 수 없어요. 들어오시는 편이 좋겠군요."

집은 어둡고 조용하며 곰팡이 냄새가 나서, 살던 사람들이 아주 오래 떠나 있는 듯한 느낌을 주었다. 내린 블라인드 사이로 햇볕 한 줄기 새어 들지 않았고 닫힌 창문 사이로 소리 하나 기어들지 않았다. 오직 길고 좁은 홀 맨 끝에 있는 서재의 커튼만 젖혀져 아침 햇살이 들어와 공기 속 먼지를 비추고 있었다. 반들반들한 커피 탁자에는 립스틱 자국이 있는 반쯤 빈 하이볼 잔이 놓여 있고 옆에는 에이미가 학교 다닐 때 쓰던 필체로 '길리'라고 쓴, 소인 없는 봉투 하나가 있었다.

길은 봉투를 빤히 쳐다보았다. 편지는 이상했다. 말없이 창가에 서 있는 남자, 너무 조용한 집, 반쯤 빈 유리잔, 모두 불길했다. 길은 헛기침을 했다.

"저 편지…… 물론 에이미가 보낸 거겠지."

"예."

"어째서? 내 말은 어째서 편지를 썼느냔 말일세."

"그런 식으로 하고 싶어 했어요."

루퍼트는 몸을 돌리지도 않고 말했다.

"뭘 한다는 건가?"

"어째서 떠나는지 설명하는 거요."

"떠나? 어디로?"

"저도 어디로 갔는진 모릅니다. 말을 안 해주더군요."

"이건 터무니없어. 있을 수 없는 일이야."

루퍼트는 그를 마주보았다.

"좋습니다. 마음대로 생각하세요. 터무니없고 있을 수 없는 일입니다. 하지만 실제로 일어났어요. 형님이 알지도 못하고 허락하지 않은 일도 일어날 수 있습니다."

햇빛이 환히 비치는 방 양편에서 두 사람은 서로를 쏘아보았다. 에이미가 곁에서 분위기를 부드럽게 만들 때는 두 사람은 서로 정중하게 대하고 예의를 지켰다. 지금 에이미가 없는 상황에서는 몇 년간 쌓여온 입 밖에 내지 못한 조롱과 말로 하지 않은 비난이 두 사람 사이에 걸려 있었다. 언제든지 쭉 잡아당기면 활로 쓸 수 있을 정도로 팽팽했다.

루퍼트가 말했다.

"에이미는 옷가지를 챙겼습니다. 개도요. 그런 후에 떠났어요."

"개도 데려갔다고?"

"에이미 개니까요. 그럴 권리가 있죠."

"개를 데려갔다면 그건……."

"저도 잘 압니다."

둘 다 알고 있었다. 에이미가 돌아올 작정이었다면 개를 데려가지 않았을 것이다.

"편지를 읽어보시는 게 좋겠군요."

길은 편지를 집어 갑작스레 움직이기라도 하면 폭발할 폭탄이라도 되는 양 조심스럽게 두 손으로 들었다.

"알고 있나……? 무슨 내용이 씌어 있는지?"

"편지는 밀봉됐고 형님 앞으로 되어 있습니다. 제가 어떻게 알겠습니까?"

하지만 루퍼트는 알고 있었다. 편지의 단어 하나하나를 다 기억했다. 오류가 있지 않나 열 몇 번씩 확인했다. 몇 개 찾았지만 너무 늦은 다음이었다.

길은 처음 글을 배우는 사람처럼 천천히 소리 내어 읽어 내렸다.

길리 오빠

루퍼트에게 편지를 부치지 말고 직접 전해달라고 말해놓았어. 오빠가 그이에게 몇 가지 물어보고 싶을 게 뻔하니까. 어떤 질문에는 그 사람이 대답을 해줄 수 있겠지만 어떤 건 해줄 수 없을 거야. 어떤 건 나도 대답할 수 없을 거야. 그러니까 내가 잠시 떠나 있으려는 이유를 오빠에게 어떻게 잘 설명할 수 있겠어? 주된 이유는 그냥 그렇게 한다는 거야. 내게는 정말 큰 결정이었어. 오빠에게 전화로 작별 인사를 할 수 없었어. 말릴 게 뻔한데 오빠랑 말다툼이라도 하면 버틸 수 있을 만큼 내 결심이 그렇게 강하진 않은 것 같아서.

월마가 죽은 지 일주일이 지났어. 후회와 슬픔의 일주일이었지만 또한 내 자신을 돌아보는 기간도 되더라. 난 그렇게 잘 살아오지 못했어. 서른세 살인데 이제껏 다른 사람에게 기대어 어린아이처럼 살았던 것 같아. 좋아서 그런 것도 아냐. 그저 남에게 기대지 않고 살 생각이 없을 뿐이었지. 그냥 집에 있으면서 익숙한 일상으로 돌아간다면 난 앞으로도 줄곧 그럴 거야. 난 오롯이 혼자 있는 기분을 느껴봐야만 해. 내가 좀더 성숙하고 책임감 있는 인간이었고 내 스스로 결정을 내려 행동하는 데 익숙했더라면 월마의 죽음을 막을 수 있었을지도 몰라. 만약 내가 술을 마시지 않았더라면 월마가 그렇게 우울해질 때까지 술을 마시지 못하게 막을 수 있었을지도 모르지……

"얘가 술을 마셨다니." 길이 놀라 말했다. "얼마나?"

"많이 마셨답니다."

"내가 아는 에이미답지 않은데."

"아마 또 다른 사람이 있나 보죠. 술만 마신 게 아닙니다. 술집에 죽치고 있는 오도널이라는 미국인하고 같이 마셨대요."

"믿을 수가 없어."

"그거야 형님 생각이시죠."

……이 모든 게 다 오빠에게는 허튼소리처럼 들릴지도 몰라. 하지만 나도 현실적으로 행동할 수 있어. 루퍼트에게 내 재산 관련 업무를 처리하는 데 필요한 권한을 넘겼으니 그 점은 신경쓰지 않아도 될 거야. 그러니까 부디, 길리 오빠, 무엇을 하든 간에 내가 떠난 걸 루퍼트의 탓으로 돌리지 말았으면 좋겠어. 루퍼트는 정말 좋은 남편이었어. 그이에게 친절하게 대해주고 기운을 북돋아줘. 그 사람도 나를 그리워할 테니까. 오빠도 그러리라는 걸 알지만 오빠에겐 헐린 언니와 애들이 있으니까. (오빠네 식구에게 사랑한다고 전해주고 나는 요양 같은 걸 하러 동부로 갔다고 말해줘. 내가 정신이 나갔다고 말하지 마. 오빠는 아마 그렇게 생각할지 모르겠지만, 난 정신 나간 게 아니야. 정신을 차리고 있는 거지.)

사랑해, 내 걱정은 마!

에이미

길은 편지를 천천히, 꼼꼼하게 봉투에 도로 집어넣었다. 지불하기 전에 재고해야 할 청구서를 다루는 듯한 태도였다.

"지난주에 이런 얘기를 많이 하던가?"

"아주 많이 했죠."

"그래서 집에 오기도 전에 떠날 계획을 세웠다고?"

"집에 온 건 맥을 데려가기 위해서였죠."

"자네가 내게 언질을 주든가 전보 같은 걸 보낼 수도 있었잖아. 그러면 내가 이 일을 막을 수 있었을지도 모르는데."

"어떻게요?"

"걔한테 가지 말라고 말했겠지."

"에이미가 깨고 나오고 싶었던 게 바로 그런 습관 아닙니까. 이래라저래라 말을 듣는 거요."

"어디로 갔는지 아나?"

"아뇨. 어디 특정한 곳을 생각하고 떠났는지나 모르겠습니다."

"음, 어떻게 떠났지?"

"택시를 불렀어요. 하지만 제가 설득해서 취소하게 한 후 역까지 태워줬습니다."

"몇 시에?"

"8시쯤요."

"나를 보러 애더턴으로 갔을 가능성은 없고?"

"없습니다." 루퍼트가 잘라 말했다. "일단, 형님에게 편지를 쓰지 않았습니까. 둘째로, 맥을 데려갔습니다. 통근 기차에는 동물을 태울 수 있는 화물칸이 없어요."

"라크선에는 있어. 그 차는 9시경 로스앤젤레스로 떠나. 맙소사, 그거야. 에이미는 바로 로스앤젤레스로 간 거야."

"로스앤젤레스에 도착하면 거기서 떠나는 기차도 있는 법이죠."

"그렇다고 해도 추적하기가 어려울 리는 없어. 성질 나쁜 스코치테리어를 데리고 기차로 여행하는 젊은 여자라니."

"맥은 성질이 나쁘지 않…… 아, 됐습니다. 그런 생각은 마세요. 에이미는 우리가 쫓아오길 원치 않는단 말입니다."

"걔도 여자야. 여자는 인생의 반쯤은 자기가 뭘 하고 싶어 하는지도 몰라. 어떻게 하라고 명령과 안내를 받아야 하지. 난 항상 자네가 좀더 고삐를 당겨야 했다고 생각했네."

"우습네요. 전 고삐를 쥔 쪽이 형님이라고 생각했는데."

길의 얼굴이 붉어졌다.

"무슨 뜻이지?"

"말씀드린 대로입니다. 제가 언제 고삐를 쥐어본 적이나 있었나요. 또 전 아내를 말과 같은 부류로 생각해본 적이 한 번도 없습니다."

"말과 여자는 공통점이 많아. 들판에 풀어놓으면 도망가버리지."

"대체 어디서 여자에 관해 그렇게 많이 배우셨죠, 형님?"

"난 자네랑 싸우고 싶지 않네." 길이 단호히 말했다. "상황이 심각해. 자넨 어쩔 작정인가?"

"뭘 어쩌긴요. 제가 어떻게 했으면 하십니까?"

"경찰에 신고해. 에이미를 찾아서 데려오라고 하라고."

"대체 무슨 근거로요? 에이미는 성년, 그것도 장년에 가깝다고요."

"이유는 뭐든 생각해낼 수 있잖아."

"아, 정말…… . 좋습니다. 그렇게 해서 에이미를 찾는다고 칩시다. 그런 후에는요?"

"경찰들이 에이미를 집에 데려올 거고 우리는 걔의 머릿속에 상식을 불어넣을 기회를 갖게 되겠지."

"우리라는 말은 곧 형님이시겠죠?"

"뭐, 난 항상 그 애를 잘 다루고 분별을 가르칠 수 있었으니까."

"어쩌면 아내는 이제야 사리분별을 할 수 있게 된 걸지도 모르죠. 자기 스스로요. 형님 뜻에 따라서가 아니라."

길은 주먹으로 긴 소파 팔걸이를 쳤다. 화들짝 놀란 먼지가 공중으로 흩어졌다.

"아내가 사라진 남편치고 자네 너무 침착하고 차분한 것 아닌가?"

"사라졌다는 표현은 맞는 말이 아닌데요."

"나한텐 맞는 말이야."

갑작스레 바람이 들어와 창으로 스며든 햇빛 속 티끌들이 일렁였다. 뒷문에서 여자 목소리가 들려왔다.

"맥, 이리 와. 맥. 자, 우리 아가. 산책하러 갈 시간이야."

그 목소리에 길은 기대하듯 일어섰다가 여자가 개를 계속 부르자 루퍼트에게 가슴이라도 밀린 양 자리에 털썩 주저앉았다. 루퍼트는 미동도 하지 않았다.

"이리 와, 맥. 자, 빨리. 다시 자리에 누워버리면 혼내줄 거야!

맥? 아가?"

뺨은 추위로 붉게 물들고 머리카락은 지푸라기처럼 탈색한 버턴이 문간에 나타났다.

"어머, 소장님. 맙소사. 집에 계신 줄은 꿈에도 몰랐네요. 이렇게 밀고 들어오다니 저를 뭐라고 생각하실지."

"괜찮아요, 버턴 양. 미리 통지를 했어야 하는데. 브랜던 씨는 알고 있겠죠?"

루퍼트가 말했다.

"어머, 그럼요. 안녕하세요, 브랜던 씨."

길은 일어서서 짤막하게 목례했다. 그는 버턴을 십여 번은 보았지만 거리에서 만나면 알아보지 못할 것 같았다. 그녀는 머리 색깔을 바꿀 때마다 다른 얼굴과 성격을 입는 듯했다. 오로지 목소리만이 변하지 않아 아무리 멍청한 금발을 하고 있어도 씩씩한 흑갈색 머리 여성이 그대로 있음을 알 수 있었다.

버턴은 루퍼트를 정답게 쳐다보았다.

"집에 계신 걸 보니 놀랍지만 참 반갑네요. 맥에게 아침밥을 먹이고 산책을 시켜주려고 들렀어요. 그런데 맙소사, 소장님이 계시다니. 사모님은 어떠세요?"

"괜찮아요, 고마워요."

루퍼트가 대답했다.

"맥은 어디 있어요? 어차피 제가 온 김에……."

"바로 출근해도 괜찮아요, 버턴 양. 맥은…… 내가 알아서 할 테니까."

"알겠습니다. 말씀대로 하죠."

"나도 이따가 오후쯤에 출근하죠."

"알겠습니다. 일정이 약간 늦춰지겠네요. 보로위츠가 여자친구를 새로 사귀어서 업무에 집중을 못 해요. 여자친구라고 볼품도 하나 없는 앤데, 어리다는 것 말고는."

"그래요. 음. 그럼 지금 가보는 게 좋겠군요, 버턴 양."

"그러겠습니다. 안녕히 계세요, 브랜던 씨. 다시 뵐 수 있어서 반가웠습니다. 오후에 출근하신다고요, 소장님?"

"그래요."

"참, 다시 오셔서 다행이에요. 보로위츠가 정말 바보짓을 하고 있거든요."

버턴이 간 후 길이 무겁게 입을 열었다.

"에이미는 어떻게 할 작정인가?"

"기다려야죠."

"마냥 엉덩이 깔고 앉아서 기다리겠다고?"

"그렇습니다."

"바보 아닌가?"

"그거야 형님 의견이시죠."

"참으로 입바른 소리만 하는군!"

길은 노발대발해서 발을 쿵쿵 구르며 현관으로 나갔다.

형님을 제대로 처리하지 못했어, 루퍼트는 생각했다. 정신 나간
짓을 하실지도 모르겠군. 경찰에 간다든가.

같은 주 금요일, 루퍼트가 점심을 먹고 사무실로 돌아오니 헐린 브랜던이 기다리고 있었다. 헐린은 담비 털이 달린 정장을 입고 그에 어울리는 모자를 썼으며 직장인의 필수품인 거대한 핸드백을 들고 있었다. 핸드백 속에서 뭘 찾느라 한참 시간을 보낸 게 분명했다. 핸드백 안 내용물의 반이 루퍼트의 책상 위에 널려 있었다. 문고본 책들, 잡지 한 권, 안경 하나, 담배, 알약, 캔디 바, 접이식 우산, 비닐 장화와 굽 낮은 검은 구두.

여성스러운 잡동사니를 보니 루퍼트는 에이미 생각이 났다. 물건들을 보지 않으려고 헐린의 얼굴에 시선을 고정했다. 예쁜 얼굴이었다. 둥글고 통통하고 비밀이라고는 하나 없는 얼굴.

헐린은 물건들을 도로 핸드백 안에 쑤셔넣기 시작했다.

"내가 여기 온 걸 알면 길이 길길이 날뛸 테니, 여기 안 온 걸로 해달라는 말은 굳이 할 필요 없겠죠?"

루퍼트는 미소를 지었다.

"여기 계시지도 않은 숙녀치고는 무척 아름다우십니다."

"우리 페닌슐라 주민들은 도시에 나올 때는 촌티를 내지 않으려고 머리부터 발끝까지 치장하니까요."

"애더턴은 전혀 촌스럽지 않던데요."

"그렇게 생각하세요? 전 몇 주 동안 하이힐을 한 번도 신은 적이 없었어요. 발이 아파죽겠네요."

"신발 갈아 신으세요."

"아뇨, 차라리 아픈 편이 좋아요. 지금 고통스러워야 나중에 외출을 돌이켜볼 때 훨씬 즐겁죠."

"대단한 논리인데요?"

"아뇨, 그냥 사실이에요." 헐린은 핸드백을 탁 닫고 어조의 변화 없이 말했다. "에이미 아가씨 얘기 들었어요. 길이 말해주더군요."

"형님이 말을 했다니 다행입니다. 헐린에게도 전해주었으면 했거든요."

"아직 아가씨한테서 아무 소식 없었죠?"

"기대도 안 하고 있습니다. 한동안 편지도 쓰지 않을 거라고 했거든요."

"적어도 어디 있는지는 알려줄 수 있잖아요."

"그럴 수도 있죠, 네. 하지만 그렇게 하지 않았습니다. 제가 아내에게 이래라저래라 할 수 있는 입장도 아니고요."

"어쩌면 아가씨가 원하는 게 그걸지도 몰라요."

"어떤 거요?"

"사람들이 이래라저래라 할 수 없는 곳으로 가는 것. 저도 몇 주 정도는 그렇게 있어도 괜찮을 것 같거든요."

헐린은 반쯤 감은 눈으로 이 생각을 잠깐 음미했다. 그러더니 한숨을 쉬며 생각을 떨쳐버린 후 갑작스레 말을 꺼냈다.

"저기요, 길이 말썽을 일으킬 기세예요. 서방님께 미리 말씀드리는 게 좋을 것 같아서요."

"무슨 말썽요?"

"저도 잘은 모르겠어요. ……문을 닫는 게 낫겠네요. 버턴 양의 귀가 더이상 쫑긋 일어섰다가는 찬바람 한 번에 날아가버릴 테니."

"전 버턴 양에게 비밀이 없습니다."

"뭐, 저는 있으니까요." 헐린은 건조하게 말했다. "게다가 서방님도 곧 생길 거고요."

루퍼트가 문을 닫았다.

"무슨 말씀이시죠?"

"길이 약간 의심을 하고 있어요."

"무슨 의심요?"

"서방님과 버턴 양 사이."

루퍼트는 성난 것 같은 웃음 소리를 터뜨렸다.

"아, 맙소사."

"저도 웃긴다고 생각해요. 하지만 그냥 웃어넘길 수는 없었어요. 길은 정말 진지해요. 서방님이 에이미 아가씨가 돌아오지 않길 바란다고 확신하는 지경이랍니다. 서방님이…… 딴 데 한눈을 팔고 있어서요."

"대체 어떤 근거로 얼토당토 않은 의심을 하게 되신 거죠?"

"버턴 양이 서방님 댁 열쇠를 갖고 있었다면서요."

"당연하죠. 제가 집에 없는 동안 맥에게 하루 두 번 밥을 주라고 열쇠를 줬습니다."

"길 말로는 보통 맥을 애완동물 보관소에 맡긴다던데요."

"지난번에 보관소에 맡겼더니 옴이 옮아 왔어요."

"그렇죠? 모든 일에는 타당한 근거가 있기 마련인데 길은 믿으려고 하질 않아요. 그이는 가족 일이라면 논리라고는 하나도 없다니까요. 전 당최 이유를 모르겠어요. 차라리 생각을 하지 않으려 하죠. 어차피 제가 할 수 있는 일도 없으니까요."

"저는 가끔 생각을 하긴 합니다."

"사실은 저도 그래요. 하지만 해봤자 소용없으니까. 우리는 그저 '길은 좋은 사람이지만 에이미 문제에는 정신이 나가버려' 하고 넘겨버리는 편이 나을지도 몰라요."

"그 얘기는 끝난 걸로 하죠."

헐린은 다른 화제를 꺼내야겠다는 신호로 심호흡을 했다.

"립스틱 문제도 있어요."

"무슨 립스틱요?"

"서재에 있던 하이볼 잔의 립스틱 자국요. 길 말로는 그게 버턴 양이 바르고 있던 립스틱과 똑같은 색깔이라던데요."

"그리고 삼천만 미국 여성들도 같은 걸 바르고 있겠죠. 지난봄에 새로 나온 색깔일 겁니다. 이름이 무슨 셔벗 어쩌고라는데."

"탠저린 셔벗요?"

"맞아요. 지난 부활절에 귀여운 장식 상자에 들어 있는 걸 에이미에게 선물했죠. 이제 됐습니까?"

"그렇진 않아요."

루퍼트는 치미는 화를 누르며 손바닥을 쳤다.

"망할, 또 뭐가 있습니까?"

"욕은 안 하셨으면 좋겠네요. 저도 언짢거든요. 제가 언짢아지면 무슨 일이 생길지는 아무도 모르니까. 이 소란에서 침착한 사람은 나뿐인 것 같아요. 그런데 무슨 얘기를 하려고 했더라?"

"그걸 제가 어떻게 알겠습니까."

루퍼트는 우울하게 말하고 책상 뒤로 돌아가 앉았다. 그동안 헐린은 기억을 뒤지고 있었다. 마치 핸드백을 정리했던 것처럼. 그간 잃어버렸다고 생각한 온갖 자질구레한 것들이 우연히 튀어나오고 있었다.

"메모를 해놔야 했는데, 길이 나에게만 비밀을 말하고 있다고 생각해서 적을 수가 없었어요. 길은 내가 여기 와서 서방님에게 이야기를 해주리라고는 꿈에도 모르고 있으니까. 그이가 알면 길길이 뛰면서……."

"그 얘기는 이미 하셨습니다."

"그랬나요? 뭐, 이게 바로 메모를 해야 한다는 증거죠. 아, 이제 기억났다. 서재의 담배꽁초."

"서재에는 담배꽁초 같은 건 없었습니다."

"바로 그거예요. 재떨이는 물론 벽난로에도 아무것도 없더라는 거죠. 에이미는 골초잖아요. 길에게 반항했던 몇 안 되는 일 중 하나죠. 그날 에이미가 몹시 초조했더라면 길 말로는 재떨이가 넘쳐야 정상이라는 거예요."

"오십 년이나 훈련을 했으니 길 형님은 이제 탐정으로 나서도 되겠군요."

"뭐, 그 사람 이것저것 눈치가 빠르죠." 헐린은 변호하듯 말했다. "가끔 틀릴 때도 있지만요."

"있지만, 그렇죠. 이번에는 눈치가 충분히 빠르진 않으셨나 봅니다. 에이미는 서재에 오 분도 있지 않았습니다. 형님은 기왕 수고하시는 김에 집안 다른 곳도 찾아보셔야 했습니다. 다음에 오실 때는 현미경도 들고 오라고 하시죠."

"화나셨군요?"

"그럼 화가 안 나겠습니까? 대체 형님은 무엇을 증명하려고 하시는 겁니까?"

"확실한 건 없어요. 그저 서방님이 진실을 말하지 않고 있다고 생각할 뿐이에요."

"무엇에 관한 진실이랍니까?"

"모두요. 말씀드렸잖아요. 그이는 합리적이지 못하다고."

"그런 표현은 약과죠. 형님은 광적이에요."

"에이미 아가씨가 관련된 일에만 그렇죠."

"그걸로 충분하지 않습니까?" 루퍼트는 자기도 모르게 길이 했던 것처럼 책상을 내리쳤다. "에이미와 내가 결혼한 이후로 형님은 우리를 계속 찢어놓으려 했습니다. 내가 에이미를 때리거나 다른 여자와 바람을 피우거나 술고래나 약물중독자 같은 것이 되기를 바라면서 우리 주변을 어정거리셨죠. 뭐가 되었든 에이미가 나를 떠나 빌어먹을 새끼 새처럼 가족의 둥지로 돌아오기만을 바라셨던 겁니다. 뭐, 반쯤은 성공하셨네요. 에이미는 나를 떠났으니까요. 하지만 둥지로 돌아가진 않았군요."

"아가씨가 서방님을 떠난 건 아니에요. 정말로는 아니죠. 난…… 나도 편지를 읽었어요."

헐린은 살짝 얼굴을 붉히면서 통통한 손가락에 낀 반지 하나를 비틀었다.

"길이 읽어보라고 하더군요."

"왜죠?"

"그게 말이 되는지 의견을 말해달라고 했어요. 여자의 관점에서 말이 되느냐고 하더군요. 또 필적이, 음, 진짜 같은지도 확인해보라고."

"진짜 같던가요?"

"물론이죠. 난 확실히 에이미 글씨라고 했어요. 다만……."

헐린은 머뭇거리며 다시 반지를 돌리기 시작했다. 마치 반지 치수가 줄어들어 아프기라도 한 듯했다. 길이 이십 년 전에 주었던 다이아몬드 반지였다. 에이미는 아직도 그들의 둥지에 있었다. 새끼새 에이미, 깃털도 없고, 날개도 없고. 입은 계속 벌리고 있지만 배가 고파서가 아니라 심한 아데노이드에 걸려 있기 때문에. 아데노이드는 나았고 깃털은 자랐고 날개도 튼튼해졌는데 아무데도 날아갈 곳이 없었다. 그러다 루퍼트를 따라갔다. 헐린은 에이미가 결혼하던 날을 자기 결혼식 날보다도 더 선명하고 행복하게 기억했다. 바이 바이, 블랙버드.

"다만 뭐죠?"

루퍼트가 물었다.

"남편은 내 판단을 신뢰하지 못하더군요. 어제 편지를 필적 감정 전문가에게 가져갔어요. 도드라고 하는 사설탐정."

루퍼트는 충격으로 아무 말도 못하고 몸을 앞으로 숙였다. 옆에 붙은 보로위츠의 방에서는 발작적으로 기침하는 듯한 계산기 소리가 들려왔다. 업무는 평소와 같군. 루퍼트는 생각했다. 보로위츠가 기계에 숫자를 입력하면 해답이 나온다. 몇 블록 떨어진 곳의 다른 사무실에서 길 또한 해답을 짜내고 있겠지. 다만 그 기계에는 이상이 있어. 나사가 빠졌거든.

"그럼." 루퍼트는 마침내 입을 열었다. "형님은 에이미가 어떻게 되었다고 생각하시는 겁니까?"

"그이는 생각 같은 건 안 해요. 그저 느낄 뿐이지. 모르시겠어요? 그이 생각은 하나도 말이 안 돼요. 그래서 내가 여기로 온 거예요. 서방님에게 경고하려고요. 또 걱정도 돼요. 걱정이 되어서 속이 메슥거릴 정도예요. 그런 의심을 하는 게 길의 건강에도 좋지 않고."

"분명히 제 건강에도 좋지 않겠죠. 구체적으로 어떤 의심을 하고 계시는 겁니까?"

"또 화를 내시는 건 아니죠?"

"그럴 여유도 없습니다. 상황이 너무 심각하군요."

"그럼 괜찮아요. 지난밤에는 에이미가 집에 오기나 했는지 모르겠다고 했어요."

"그럼 에이미가 어디 있다는 거죠?"

"아직도 멕시코에 있다는 거죠."

"뭘 하면서요?"

"아무것도 안 하겠죠. 그이 생각은…… 아니, 생각이 아니라 느낀다는 거죠. 그가 느끼기에 에이미는 죽었다고."

루퍼트는 놀란 표정도 짓지 못했다. 놀라움이 사라지자 루퍼트는 이제 길이 무슨 짓이든 할 수 있다는 것을 깨달았다.

"정신과 의사가 신이 나서 다룰 만한 소재네요. 에이미가 어떻게 죽었는지도 느끼셨답디까?"

"아뇨."

"언제 그랬는지는?"

"서방님이 거기 가 계신 주말 동안에 벌어진 일이라고요."

"내가 멕시코시티에 가서 아내를 죽였다는 거군요. 나한테 무슨 특별한 동기가 있다고 생각하시기에?"

루퍼트는 아주 초연한 목소리로 말했다.

"돈 때문이죠. 그리고 버턴 양 때문에."

"내가 에이미의 돈을 상속받아 버턴 양과 결혼이라도 하고 싶어 한다는 거군요?"

"네."

헐린은 간신히 반지를 손가락에서 빼낼 수 있었다. 반지는 무릎 위에 올려두고는 바라보지도 않았다. 거기 반지가 있다는 사실조차 인식하지 못한 듯했다.

"남편도 이 추측이 전부 사실이라 생각하는 건 아니에요. 서방님, 그 사람은 에이미가 속내를 털어놓지도 않고 떠난 것 때문에 마음이 상했어요. 또 아가씨를 그냥 보냈다고 서방님에게도 화가 났고요."

"그 이상 뭐가 있겠죠. 지나치게 단순화해서 말씀해주시는데요. 형님이 에이미가 죽었다고 느끼시는 이유를 아십니까?"

헐린이 며칠 동안 속으로 생각하면서도 계속 피해 다니던 질문이었다. 막상 남의 입으로 말하는 것을 들으니 마음이 심란했다.

"모르겠어요."

"에이미가 죽었으면 하고 형님이 바라기 때문 아닙니까."

"그렇지 않아요. 그이는 아가씨를 사랑하는걸요. 누구보다도 제일 사랑해요."

"누구보다 제일 싫어하기도 하죠. 에이미는, 적어도 형님 생각에, 에이미는 형님의 애물단지 아닙니까. 에이미가 죽으면 문제가 끝나죠. 형님은 자유로워지고요. 아, 그럼요. 의식적인 수준에선 형님은 괴로워하시겠죠. 슬퍼하고 불쌍해하겠지만 마음 밑바닥에서는 자유로워지죠." 루퍼트는 잠시 말을 멈췄다. "하지만 그렇게 되지 않겠네요. 에이미는 죽지 않았으니까요."

"한순간도 아가씨가 죽었다고 생각한 적 없어요."

헐린은 그 말을 직접 듣자 죄책감 어린 안도감을 느낀 듯했다. 헐린 또한 마음 밑바닥을 만족할 때까지 파보면 죽은 에이미가 나왔다. 입을 벌린 채 흙투성이가 된 새끼 새의 익사체.

"저기요, 서방님. 길이…… 제정신이 아닌 것도 이해하시는 듯하네요. 참고 넘어가주시겠죠?"

"그거야 상황 따라 다르죠."

"무슨 상황요?"

"형님이 어디까지 가느냐에 따라서."

"최악은 끝난 게 분명해요. 불편한 일이 생기면 길은 잠깐 동안 이런저런 궁리를 하며 돌아다니지만 결국 제정신을 찾거든요."

헐린은 확신이 있었지만 루퍼트는 아니었다. 헐린은 무릎 위에 놓인 반지를 집어 다시 손가락에 꼈다. 애초에 반지를 뺐다는 것조차 의식하지 않고 있었다.

"이제 가야겠네요. 치과에 늦겠어요. 에이미에게 연락이 오면 곧바로 알려주시겠죠?"

"물론이죠. 길 형님이 필적을 감정할 수 있도록 편지까지 갖다드리겠습니다."

"그렇게 비꼬지 마세요."

"그런 거 아닙니다. 진지한걸요. 그래봤자 제가 잃을 게 뭐가 있겠습니까?"

"의심을 받고도 서방님은 점잖게 대응하시네요. 에이미 아가씨가 큰 실수를 한 것 같아요. 서방님을 버리고 나가다니."

헐린이 따뜻하게 말했다.

"절 버리고 간 게 아닙니다. 제가 태워다 주었는걸요. 에이미가 실수를 했더라도 그거야 아내가 알아서 할 일입니다. 잘못된 일이라고 해도 아내가 스스로 뭔가 한다는 것 자체는 다행이죠. 결국에는 길 형님도 이해하실 수 있을 겁니다."

"그럴 거예요. 그 사람에게 시간을 주세요."

"아내는 이전에는 뭐 하나 알아서 한 적이 없었어요. 멕시코시티 여행을 일종의 독립선언으로 할 작정이었습니다. 하지만 그저 의존하는 대상이 바뀐 것뿐이었죠. 윌마가 죄다 계획을 짰으니까요."

헐린은 윌마 얘기가 나오자 마음속으로 성호를 그었다. 윌마를 좋아하진 않았지만 적어도 죽은 새가 되어 꿈에 나온 적은 없으니까.

"저기요, 서방님, 이건 정말 멍청한 얘기라고 생각할지 모르지만 전국 주요 신문에 아가씨 찾는 광고를 낼 생각해본 적 없어요? 우리가 걱정하고 있고 행방을 알고 싶어 한다는 걸 아가씨에게 알려주자고요. 그런 광고 항상 나오잖아요. 빌, 메리에게 연락해요. 찰리, 엄마에게 편지해라. 에이미, 귀가 바람. 그런 거요."

"에이미, 귀가 바람." 루퍼트가 반복했다. "형님의 생각이죠?"

"뭐, 그래요. 하지만 저도 같은 뜻이에요. 좋은 결과가 있을지도 모르잖아요. 에이미는 사람들이 쓸데없이 자기 걱정하는 것을 원치 않는 유형이니까."

"그럴지도 모르죠. 누가 알겠습니까? 에이미는 이제껏 자기가 어떤 유형인지 증명할 기회가 한 번도 없었는데."

"어쨌든 광고는 해볼 수 있잖아요. 손해 볼 것도 없고. 알 듯 말 듯 하게 성을 쓰지 않으면 입소문도 안 탈 거예요. 확실히 우리는 구설수에 오르는 건 원치 않으니까."

"형님이 원치 않는다는 말이겠지요."

"우리 중 누구도 원치 않는다는 뜻이에요. 이 일 모두가…… 신문에 나기라도 하면 꼴이 얼마나 우습겠어요."

헐린은 날카롭게 말했다.

"에이미가 죽고 제가 버턴 양과 새살림을 차리려 한다고 형님이 떠들고 다닌다면 신문에 나는 것도 시간문제겠죠."

"이제까지는 나한테만 떠들었어요."

"도드라는 사설탐정에게도 했겠죠."

"도드에게는 그렇게 많이 얘기하지 않았을 거예요. 에이미의 편지를 다른 필적 견본과 대조하려고 하는 이유만 그럴듯하게 설명할 수 있는 정도로 했겠죠."

헐린은 일어서며 책상 너머로 몸을 내밀었다.

"전 서방님 편이에요, 루퍼트. 그거 아시죠?"

"고맙습니다."

"하지만 서방님 자신을 보호하기 위해선 길에게도 약간 양보하셔야 해요. 서방님이 진정으로 에이미 아가씨를 돌아오게 하려고 노력한다는 생각이 들면 남편도 정신을 차리겠죠. 그러니 노력 좀 해주세요."

"광고 말입니까?"

"그래요."

"좋습니다. 그 정도는 쉬우니까요."

"도서관에 가면 이 나라 주요 신문 이름이 있을 거예요." 헐린은 망설였다. "약간 비쌀지도 모르겠네요. 당연히 길과 저도 비용을……."

"당연히?"

"우리 생각이니까요. 그래야 공정하고……."

루퍼트가 말을 잘랐다.

"내 아내를 찾는 광고 비용은 내가 알아서 낼 수 있습니다."

에이미 귀가 바람. 그는 벌써 신문에 찍힌 글자가 눈에 선했으
나 에이미가 결코 돌아오지 않으리라는 것을 알고 있었다.

107

엘머 도드는 약간 수다스럽고 머리가 부스스한 키 작은 남자로, 크고 작은 성공을 거두며 여러 직업을 전전했다. 뉴저지에서는 목수를, 파나마 화물선에서는 뱃사람으로 일했고 한국에서는 헌병으로 복무했다. 싱가포르에서는 중국 수출업자의 개인 경호원을 했고 로스앤젤레스에서는 성경 판매원을 한 적도 있었다. 나이 마흔에 만난 여자가 정착하기를 바랐을 때 그는 경험은 많은데 그중 뭐 하나 전문 분야로 내세울 게 없다는 걸 깨닫고 사설탐정이 되기로 결심했다. 그는 신부와 함께 샌프란시스코로 이주했다. 여기서 그는 법원 근처를 어슬렁거리면서 감을 익히고 재판에 참관하여 메모도 했다. 《크로니클》과 《이그재미너》의 문서 보관소를 들락날락하면서 과거의 유명한 형사사건의 기사를 읽었다.

이 모든 노력이 결실을 맺은 것일지도 모르지만 사실 그의 사업이 자리를 자리잡은 건 순전한 우연이었다. 어느 날 도드가 노스비치 근처의 스파게티 식당에서 간단하게 한 끼 때우고 있는데 식당 주인이 자기 아내와 장모, 장모의 남자친구를 총으로 쏘는 사건이 벌어졌다. 도드는 유일한 생존자이자 목격자였다.

이후 몇 년 동안 도드의 이름은 샌프란시스코 만 지역에서 신문을 읽는 이들이라면 누구나 아는 익숙한 이름이 되었다. 그의 이름은 이혼 사건, 중범죄 재판, 가십 칼럼에 종종 등장했고 주기적으로 여러 분야의 전문가로서 의뢰를 받는다는 광고도 실렸다. 업무에는 필적 분석도 포함되어 있었다. 그는 관련 서적만 두 권 가지고 있을 뿐이었지만, 그의 의견에 따르면 그 정도만으로도 전문가로서 버젓이 행세할 수 있었다. 필적 분석은 엄밀히 말하면 과학이 아니라는 이유였다. 어쨌든 그는 에이미 건 같은 진부한 사건들은 그럭저럭 해결할 수 있었다.

들어보니 에이미는 약간 정신 나간 여자 같았다. (도드는 또한 비정상 심리학에 관한 책도 갖고 있었다.) 하지만 정신이 나갔든 아니든 길 브랜던이 가져온 편지 네 통을 비교해본 결과 그 편지들은 전부 에이미가 쓴 것이 분명했다. 도드는 브랜던이 사무실에서 나가기도 전에 이를 깨달았다. 그렇다고 바로 인정하자니 신뢰도가 약간 떨어질 것 같았다. 전문가들이란 시간을 들여 확인하고 또 확인하는 법이니까. 그렇게 수고에 대한 적절한 보상도 받고. 도드는 일주일을 들여 그동안 길 브랜던의 재정 상황을 확인하고 또 확인해본 후 요금을 결정했다. 브랜던이 불만을 품고 툴툴거릴 정도였지만 그렇다고 지불을 거절할 만큼은 아니었다.

도드는 만족했다.

상당한 요금을 치르긴 했지만 길도 마찬가지였다.

"솔직히 말하자면, 도드, 정말로 마음의 짐을 덜었소. 당연히 동생이 편지를 썼다고 생각했지만 의심의 요소가 작게나마 있었으니까."

새빨간 거짓말쟁이. 도드는 생각했다.

"이젠 의심을 몰아내셨겠죠?"

"물론. 사실, 어제 우리는 에이미에게서 또 연락을 받았어요. 여기서 '우리'라는 건 에이미가 남편에게 편지를 썼고 남편이 그 편지를 내게 전달했다는 거지만."

"어째서요?"

"어째서라니? 음, 난…… 그 친구는 내가 여동생 걱정을 많이 한다는 걸 알고 있으니까. 에이미가 괜찮다는 걸 내게 알려주고 싶었던 거요."

"동생분이 정말 괜찮긴 합니까?"

"그렇고말고. 지금 뉴욕에 있답디다. 거기로 갔으리라고 짐작해야 했는데. 퀸스와 웨스트체스터에 친척이 살고 있거든요."

"편지 가지고 계십니까?"

"그래요."

"저도 보고 싶군요. 추가 요금은 없습니다." 도드는 길의 표정을 재빨리 살피고 덧붙였다. "호기심이 생겨서요."

길은 마지못해 편지를 책상 너머로 넘겨주었다. 도드가 갑자기 의견을 바꿔 편지들이 죄다 위조라고 주장할까 봐 걱정이라도 하는 몸짓이었다.

도드는 첫눈에 다른 편지들과 필적이 동일하다는 것을 알았지만 길을 위해 몇 가지 동작을 취했다. 확대경과 자를 사용해서 행간과 자간, 여백, 문단 들여쓰기 등을 측정해서 비교했다. 도드가 흥미를 가진 건 편지 내용이었다. 다른 편지보다 좀더 날카롭고 확정적으로 들렸다. 분명히 필적은 같았다. 하지만 그 여자가 맞을까?

루퍼트에게

대체 무엇 때문에 그런 이상한 짓을 했어요? 《헤럴드 트리뷴》에 실린 광고를 봤을 때 내 눈을 믿을 수가 없었어요. 길 오빠가 알기라도 하면 벌컥 화를 낼 거예요. 오빠가 구설수 얘기만 나와도 얼마나 질색하는지 알죠?

물론 난 집으로 돌아갈 거예요. 하지만 지금 당장은 아니에요. 소인을 보면 알겠지만 지금 난 뉴욕에 있어요. 혼자 이런저런 생각을 하면서 해답을 찾아내기에 좋은 곳이에요. 다들 나를 가만히 놔두니까요. 당분간 내가 필요한 건 이뿐이에요.

내 걱정은 마요. 나도 당신이 보고 싶지만 한편으론 아주 행복하니까. 당신도 내가 이렇게 행복하기를 바라잖아요.

제발 신문에서 광고는 내려요. (혹시 여러 신문에 실었나? 그건 아니기를!) 그리고 길 오빠와 헐린 언니에게 전화해서 아무 문제 없다고 말해줘요. 언젠가는 내가 직접 편지를 쓰겠지만요. 편지를 쓰는 일이 참 힘드네요. 막상 쓰려고 하면 잊고 싶은 일들이 선명하고 날카롭게 나타나거든요. 잊어버린다기보다는 도망치고 싶다는 말이 맞겠네요. 옛날 에이미는 철없는 아이였고 재미라고는 하나도 없는 사람이었지만 새 에이미는 아직 자기가 누군지도 확실히 모른답니다! 맥은 잘 있어요. 뉴욕에는 개가 꽤 많고 주로 푸들이지만 이따금 특이한 스코치테리어도 만난답니다. 외롭지는 않은 것 같아요.

잊어버리기 전에 말해두자면, 크리스마스카드 보낼 명단이 서재 책상 왼쪽 맨 위 서랍 안에 들어 있어요. 카드를 일찍 주문해놔요. 물론 우리 두 사람 이름을 같이 박아서.

몸조심해요, 사랑해요.

에이미

"크리스마스카드 명단이라." 도드는 무표정하게 말했다. "아직 구월인데."

"내가 에이미에게 가르쳤죠. 우리 둘 다 어렸을 때부터 그런 일들은 미리미리 챙기라고 교육을 받은지라."

"약간 지나치지 않습니까?"

길은 그렇다고 생각하긴 했지만 대신 이렇게 물었다.

"무슨 뜻이죠?"

"크리스마스를 보내러 집에 올 생각이 없다는 의도를 애써 돌려 말하는 느낌인데요."

"그렇게 생각하진 않소만."

"뭐, 그럴 필요도 없죠." 도드가 명랑하게 말했다. "사실이 아닐 수도 있고. 매제하고는 얘기를 해봤습니까?"

"아뇨."

"한번 해보시죠. 자기 아내니까 그쪽이 더 잘 알지도 모르잖습니까."

"내가 볼 땐 의심스러운데. 게다가 루퍼트와 나는 그다지 좋은 사이가 아니라서."

"오, 가족 간의 알력인가요? 어쩌면 에이미 씨가 여길 떠나려고 한 진짜 이유가 그걸지도 모르겠군요."

"걔가 떠날 때까진 가족 간의 알력 같은 건 없었소. 물론 그 이후에는 조금 생겼지만."

"어째서 '물론'이라고 하십니까?"

길이 아무 말 않자 도드가 말을 이었다.

"이런 사건은 브랜던 씨가 생각하시는 것보다 훨씬 흔해빠졌습니다. 보통은 경찰에 사건 접수도 되지 않고 신문에 기사가 나지도 않아요. 가족 안에서 알아서 처리하죠. 어떤 부인이 삶이 지루해졌거나 신물이 났거나 둘 다일 때 바람이 들어 훌쩍 놀러 나가는 겁니다. 이웃들은 부인이 휴가를 떠났다고 생각하고 딱히 사정을 아는 사람도 아무도 없죠. 아마도 본인만 알 거예요. 바람 들어 나다니는 게 여자에겐 힘들 수도 있지요."

도드는 바람 들어 다니는 삶에 관한 한 진짜 전문가였다. 책의 도움을 빌릴 필요도 없었다.

"내 여동생은 바람 들어 놀러 다니는 그런 여자가 아닙니다."

길은 익숙지 않은 말이 생선 가시처럼 목에 걸려 컥컥거렸다. 기침이 멎자 입을 닦고 도드를 바라보았다. 금속 같은 눈빛에 머리가 부스스한 이 남자, 인생의 어두운 방을 열쇠 구멍으로 들여다보는 그의 때 탄 시선이 별안간 혐오스러워졌다.

길은 자기 목소리에서 그런 티를 숨길 수 없을 것 같아 아무 말 없이 일어나며 도드의 책상에 있는 편지를 집었다.

"기분 상하게 해드릴 뜻은 없었습니다." 도드가 길의 떨리는 손과 관자놀이에 불뚝 일어선 혈관을 초연하게 바라보며 사과했다. "기분 상하신 건 아니겠지요?"

"안녕히."

"안녕히 가십시오, 브랜던 씨."

그날 저녁 식탁에서 도드의 아내가 물었다.

"오늘 일은 어땠어요?"

"괜찮았어."

"금발에 예쁜 여자 손님?"

"그건 책에만 나오는 거야, 여보."

"듣던 중 반가운 소리네요."

"브랜던 씨는 금발도 아니고 예쁘지도 않지. 하지만 흥미로워."

"어떻게요?"

"문제가 있거든. 그 사람은 자기 여동생이 남편에게 살해당했다고 생각하고 있어."

"당신 생각은 어떤데요?"

"내가 생각한다고 누가 돈 주나." 그는 덧붙였다. "아직은 아니지."

9월 28일 일요일, 길이 도드를 방문하고 사흘 후, 켈로그 집안의 식모인 겔더 룬드퀴스트가 한 달간의 휴가를 마치고 옐로스톤 국립공원에서 돌아왔다.

겔더는 버스 정류장에서 루퍼트에게 전화했다. 일요일이니까 출근하지 않는 루퍼트가 혹여나 마중나온다고 하지 않을까 하는 희망에서였다. 하지만 그는 전화를 받지 않았다. 결국 겔더는 툴툴거리며 택시를 탈 수밖에 없었다. 휴가를 보내고 오니 주머니 사정이 빠듯했고, 나중에는 신경까지 뻑뻑해졌다. 특히 휴가 끝머리에 이르자 눈도 오고, 사람들이 공원을 무리 지어 빠져나간 후에 겨울을 나는 곰, 칩멍크, 영양과 남게 되자 한층 더 그런 기분이었다. 겔더는 이제 월급도 받고 켈로그 씨 부부가 지난 크리스마스에 선물한 텔레비전 앞에 앉아 따뜻하고 아늑하게 저녁을 보낼 생각을 하니 자못 기대가 되었다. 텔레비전 앞에 앉으면 어찌나 안락한지 종종 잠들어버리기 일쑤였다. 그럼 켈로그 부인이 문 앞에 와서 부드럽게 똑똑 두드리며 묻곤 했다.

"겔더, 텔레비전 끄는 것 잊지 않았어요? 겔더?"

켈로그 부인은 한 번도 명령하지 않았고 대놓고 시키지도 않았다. 그저 예의 바르게 부탁할 따름이었다. 겔더가 연상이고 인생 경험도 많다는 것을 존중하는 듯 "혹시 괜찮으면……"이라든가, "어떻게 생각해요……?"라고 물었다.

겔더는 자기 열쇠로 문을 열고 집안으로 들어가서 곧장 부엌으로 갔다. 인스턴트커피와 달걀을 먹을까 하고 찻주전자에 물을 올렸다. 부엌은 아주 깨끗했고 설거지는 말끔히 해놓았으며 싱크대는 반짝거렸다. 켈로그 부인이 멕시코에서 돌아왔다는 뜻이었다. 켈로그 씨는 부엌일을 도우려는 마음은 있어도 솜씨는 없었다.

주전자가 콧노래를 흥얼거리기 시작하자 겔더도 장단을 맞추었다. 미네소타에서 보냈던 어린 시절부터 불렀던 노래로 가사는 오래전에 잊어버렸다. 겔더는 루퍼트가 들어오는 소리를 듣지 못했다. 방안의 분위기가 확 바뀐 것만 눈치챘다. 겔더가 뒤를 돌아본 순간 현관홀로 들어오는 문간에 선 루퍼트의 모습이 보였다. 맥과 함께 공원을 뛰다 온 듯 머리는 헝클어졌고 바람을 맞은 얼굴과 귀는 분홍빛으로 물들었다.

몇 초 동안 루퍼트는 아무 말 없이 겔더를 물끄러미 바라보았다. 대체 겔더가 누구고 자기 집에서 무엇을 하는지 파악하려는 사람처럼 보였다. 이윽고 그가 입을 열었다.

"잘 다녀왔어요, 겔더?"

반기는 기색은 전혀 담기지 않은 단조로운 말투였다.

"안녕하세요, 켈로그 씨."

"휴가는 어땠습니까?"

"아주 좋았답니다. 하지만 집에 온 것도 참 좋네요."

"다시 오셔서 기쁩니다."

루퍼트는 기쁜 목소리도, 기쁜 표정도 아니었다. 겔더는 대체 자기가 무슨 짓을 했기에 루퍼트의 비위에 거슬린 걸까 생각했다. 내가 무슨 짓을 했겠어? 난 옐로스톤에 있었는데. 아, 그저 또 기분이 우울한가 보네. 사장님이 이렇게 기분이 들쭉날쭉한 사람인 것을 아는 사람은 몇 안 되지.

겔더는 조심스레 물었다.

"켈로그 부인은 어떠세요? 맥은요?"

"아내는 또 휴가를 떠났습니다. 맥도 데려갔고."

"하지만……."

주전자가 경고하듯 삑 휘파람 소리를 냈다. 겔더는 입을 꾹 다물고 스토브 앞에서 부산을 떨었다. 뒷문 옆 나무 고리에 걸린 빨강

색과 검정색이 섞인 개 목줄은 보지 않으려 애썼다. 켈로그 씨의 두 눈이 마치 쌍발총처럼 등뒤에 꽂히는 기운이 느껴졌다.

"하지만 뭐요, 겔더? 계속 말해봐요."

"별말은 아니었어요. 달걀 드시겠어요, 켈로그 씨?"

"아니, 됐습니다. 저녁 먹었습니다."

"저처럼 오랫동안 밥을 사 드셨으니 반숙 달걀 같은 집 밥이 그리울 법도 한데요."

끓는 물속에서 달걀에 금이 갔다. 겔더는 소금을 물에 조금 넣어 계란 흰자가 껍질에서 새어 나오지 않도록 했다. 손이 떨려서 소금이 스토브 위에 흩어지며 순간적으로 푸른 가스불이 주홍빛으로 변했다. 문 옆에 걸려 있는 게 맥의 목줄이지. 맥은 얌전하고 착한 개지만 차가 언제 올지 모르니까 목줄 없이 밖에 데리고 나가진 않을 텐데. 특히 켈로그 부인이라면 그럴 리가 없지. 부인은 차를 무서워하잖아. 심지어 운전도 못한다고.

겔더는 큰 소리로 말했다.

"켈로그 부인이 집에 안 계시는 동안 밖에서 드셨어요, 집에서 드셨어요?"

"반반이었습니다."

"부엌이 깔끔하게 정리가 잘되어 있네요."

"버턴 양이 오늘 아침 교회에서 오는 길에 들러서 청소를 도와줬습니다."

"아."

버턴 양, 염색한 여자. 교회에서 오는 길에 들러? 요새 교회들은 뭐가 되려고 이런담, 하나님 맙소사.

겔더는 냄비에서 달걀을 꺼낸 후 달걀 컵에 넣었다. 그런 후에 빵에 버터를 바르고 앉아서 먹기 시작했다. 켈로그 씨는 여전히 문간에 서서 이상한 눈빛으로 겔더를 쳐다보고 있었다. 시선에 마음이 불안해진 겔더는 음식이 코로 넘어가는지 입으로 넘어가는지 알수가 없었다.

루퍼트가 말했다.

"그건 그렇고 말입니다. 맥이 떠날 때 근사한 스타일로 꾸미고 갔다는 걸 알면 재미있어하실 것 같은데요. 아내가 멕시코에서 새 목줄을 사 왔어요. 멋진 수공예 가죽 제품으로."

"어머나, 참 멋지네요."

"맥도 좋아하더라고요."

"분명히 참 귀여웠겠지요."

"네."

루퍼트는 갑작스레 통증을 느끼기라도 한 양 얼굴을 찡그리며한 발 뒤로 물러섰다.

"식사 다 하시고 잠깐 얘기 좀 하고 싶은데요, 겔더. 서재에 있겠습니다."

하고 싶은 얘기란 간단했다. 겔더는 잘렸다. 물론 일을 못해서는 아니었다. 간단한 경제 논리였다. 켈로그 부인이 정해진 기한 없이 동부로 떠났기 때문에 겔더를 계속 집에 두기엔 수지타산이 맞지 않았다. 루퍼트는 겔더가 일을 잘하고 성격도 좋다며 칭찬을 늘어놓았지만 결론은 하나였다. 겔더는 잘렸다. 미리 통지를 못한 보상으로 한 달 치 월급을 지급하고 좋은 추천서를 써주겠다고 했다. 추천서는 버턴 양이 타자기로 쳐서 사무실에 준비해놓겠다고. 그럼 안녕히, 행운을 빌어요.

겔더가 말했다.

"지금 저보고 당장 떠나라는 말씀이세요?"

"네."

"오늘밤 당장?"

"그편이 더 간단할 것 같군요. 아직 짐을 풀지 않으셨잖아요. 어디로 가시든지 차로 모셔다 드리겠습니다."

"전 갈 데가 없어요."

"호텔이 있지 않습니까. YWCA도 있고."

겔더는 텔레비전 앞에서 따뜻하고 아늑한 저녁을 보낼 생각을 하고 있었는데 별안간 YWCA의 로비에서 자기만큼이나 멍한 다른 여자들과 함께 춥고 지루한 저녁을 보낼 처지가 되었다. 억울하고 분해서 눈이 따끔거리고 눈물이 흘렀다.

"저, 겔더." 루퍼트가 불편한 기색을 보이며 말했다. "울지 마세요. 정말 개인적인 이유로 이러는 게 아닙니다."

"나한테는 개인적이에요!"

"죄송해요. 저도, 정말. 우리 모두 상황이 달랐으면 좋았겠지만요."

"집에 왔는데 꼴이 이게 뭔가요."

"더 나쁜 경우도 있었어요."

루퍼트는 자기 경우를 떠올리며 말했다.

"텔레비전은 어떻게 하고요?"

"그건 겔더 겁니다. 기사를 불러서 연결선을 빼고 어디 자리잡으시면 배달해드리라고 할게요."

"제가 자리를 잡아야 말이죠."

"새로운 일을 구하는 게 별로 어렵지는 않으실 거예요. 켈로그 부인과 맥도 없는데 여기 계시면 지루할 겁니다. 직업소개소를 가보시는 건 어떤지요."

겔더는 코웃음을 쳤다. 그녀는 직업소개소를 좋아하지 않았다. 거기 사람들이 떽떽거리면서 캐묻거나 나중에 일자리를 소개해주면 생색을 내려고 괜히 일거리가 없는 척하는 게 싫었다.

"브랜던 씨네 전화를 해봐야겠네요."

"누구요?"

"브랜던 씨네요. 켈로그 부인 오빠와 올케 언니. 애더턴에 큰 집도 있으시고, 사모님이 적당히 일 잘하는 사람 구하기가 어렵다고 불평하시는 걸 여러 번 들었거든요."

루퍼트는 아무 말 하지 않았다. 그저 겔더가 정신이라도 나갔다고 여기는 표정으로 물끄러미 바라볼 따름이었다.

겔더는 얼굴을 붉히며 말했다.

"제가 그런 멋진 집에는 어울리지 않는다고 생각하시는가 본데
요. 촌스러워서 그렇다고 생각하시는 거예요? 전에 브랜던 부인께
서 저보고 보물 같은 존재라고 하는 거 제 귀로 똑똑히 들었다고요.
세 달 전에 보물이었으면 지금도 보물이지 않겠어요."

"물론, 물론 그러시겠죠."

루퍼트는 소리지르고 싶은 충동이 들자 되레 목소리를 조용히
낮추었다.

"그런데 공교롭게도 브랜던 부인께서 사람을 더 구하지 않으신
다고 하던데요."

"요즘 세상에 내일이나 다음주도 그대로라는 법은 없지 않겠
어요."

"페닌슐라에서 사는 건 별로 좋아하지 않으실 텐데요."

"날씨는 좋잖아요. 도시엔 안개가 많아서 기관지에 좋지 않아
요. 제가 가장 약한 데가 거긴데."

"브랜던 씨네는 아이가 셋이나 있습니다. 아주 요란한 애들이
에요."

"약간 요란하다고 해도 전 아무 상관없어요." 겔더는 등을 돌리
며 자리를 뜨려 했다. "뭐, 전 가서 나머지 짐을 쌀 상자나 찾아봐
야겠네요."

"겔더, 잠깐요."

겔더는 루퍼트의 목소리에 담긴 긴박한 기운에 놀라 뒤를 돌아보았다. "네?"

"원하시면 제가 브랜던 부인께 연락을 해드리겠습니다. 빈자리가 있는지, 봉급은 얼마나 줄 수 있는지."

"괜한 폐를 끼치고 싶진 않은데."

"전혀 폐가 아닙니다."

"뭐, 정말 친절하시네요, 켈로그 씨. 무척 감사드려요."

"지금 바로 전화하는 편이 좋겠습니다. 떠나시기 전에 문제를 정리하는 편이."

루퍼트는 건조한 미소를 지어 보였다.

"브랜던 씨네서 일하는 걸 좋아하실지도 모르겠네요. 사람마다 취향은 다른 거니까."

겔더는 방에서 남은 짐을 싸면서 루퍼트가 부엌에 있는 중앙 전화에서 얘기하는 소리를 들었다. 그의 목소리가 어찌나 크고 분명하게 들리는지 헐린 브랜던이 가는귀가 먹은 게 아닌가 하는 의심이 들 정도였다.

"헐린? 루퍼트입니다. ⋯⋯잘 지냅니다. 댁은요? ⋯⋯잘됐군요. ⋯⋯아, 잘 지낸답니다. 뉴욕에서 연극이란 연극은 다 보고 다닌다고 하네요. 헐린, 제가 전화드린 이유는 겔더 때문인데요. 휴가 갔다 오늘 돌아왔어요. 제가 겔더를 집에 둘 여유가 없다는 얘기를 할 수밖에 없었습니다. 일은 정말 최고로 잘합니다. 아시겠지만요. ……보물이죠. 그래요. 네, 얼마 전에 에이미에게 말씀하신 걸 기억하고 있더라고요. ……에이미가 화를 내도 어쩔 수 없죠. 경제적 문제니까요. ……밥은 밖에서 먹고 청소는 일주일에 한 번 사람을 부르면 될 겁니다. 겔더 문제로 돌아가면…….”

보물인 겔더는 여자인 겔더와 잠깐 격한 다툼을 벌였다. 결국 여자인 겔더가 승리해서, 살금살금 뒤꿈치를 들고 주인 침실에 있는 전화 쪽으로 갔다. 루퍼트의 소리를 들으려면 수화기를 들 필요도 없었다. 목소리가 부엌에서부터 윙윙 울렸으니까. 브랜던 부인은 가는귀가 먹은 게 분명했다. 어쩌면 귀가 아예 안 들렸는데 독순술로 감추고 있었는지도 모르고.

겔더는 죄책감 때문에 약간 느릿하게 수화기를 향해 손을 뻗었다. 이래선 안 되는데. 나는 보물이니까…….

“우리가 겔더를 계속 가족으로 둘 수 있으면 정말 좋을 것 같아서요. 말하자면요…… 지금은 다른 사람이 필요 없는 것 압니다, 헐린. ……솔직히 겔더를 데려가지 않으면 절호의 기회를 놓치시는 거예요. 일을 정말 잘하거든요. 알고 계시잖아요. 아이들하고도 잘 지낼 것 같고……. 물론, 지금 자리가 없다면…….”

겔더는 외과 의사처럼 정교하게 수화기를 들었다. 발신음이 귀에서 윙 울렸다. 순간 브랜던 부인이 갑자기 짜증이 났든가 지루해져서 전화를 끊어버렸나 생각했다. 그때 루퍼트의 목소리가 다시 들려왔다.

"당연히 겔더는 실망하겠죠. 저도 그러니까요. 하지만 불가능한 부탁을 드릴 순 없으니까요, 헐린. ……그래요. 몇 달 후에 다시 연락해보라고 전하겠습니다. 안녕히 계십시오."

"이 겔더 룬드퀴스트라는 여자요." 도드가 턱을 문지르며 말했
다. "믿을 만합니까?"

지난 스물네 시간 전까지만 해도 길 브랜던은 겔더의 존재조차
몰랐다. 그는 질문에 대답할 능력이 없었다. 하지만 겔더를 믿고 싶
었기에 격렬하게 고개를 끄덕였다.

"절대적으로 믿을 만하죠. 내 목숨을 걸고라도 믿소."

도드는 현실적으로 모든 이를 믿을 수 없다는 뜻의 건조한 미소
를 살짝 지었다.

"저도 목숨 걸고 믿을 사람이 많기는 하지만 그 사람들이 보거
나 경험한 사실을 정확히 설명한다고 믿지는 않을 것 같습니다."

"룬드퀴스트 양은 상상력이 풍부한 사람이 아니오. 또 매제를 나쁘게 말할 이유도 없고."

"해고된 복수라면?"

"벌써 더 나은 일자리를 얻었는데 뭐하러."

길이 뻣뻣하게 말했다.

"댁에서?"

"우리집에서."

"어째서요?"

"어째서라니? 도우미가 한 명 더 필요했기 때문이죠. 그래서요."

그래서가 아니겠지. 도드는 생각했다. 매제를 옭아맬 일말의 증거를 손에 넣었으니 안전한 곳에 두려는 거야. 내가 켈로그 입장이 아니어서 다행이군. 이 브랜던이라는 사람은 진심인데.

길이 말했다.

"아시겠지만, 겔더는 에이미의 실종에 관해선 아무것도 모릅니다. 그저 뉴욕에 휴가를 갔다고만 생각하고 있으니까."

"브랜던 씨는 그렇게 생각하지 않으시고요."

"난 그렇지 않다는 것을 아는 거요. 이전에 내가 퀸스와 웨스트체스터에 친척이 있다는 말을 했잖소. 지난밤 겔더가 이야기를 듣고 우리를 찾아왔을 때 두 군데 다 전화를 해봤어요. 양쪽 다 에이미를 본 적도 없고 연락도 없었다고 하더군요."

"그렇다고 해도 증명되는 건 없습니다."

"에이미를 안다면 그렇게 말 안 할 거요. 걔가 친척 간에 연락을 꾸준히 이어가려고 얼마나 세심하게 신경을 쓰는 앤데. 뉴욕 근처에 갔다면 사촌 해리스나 케이트 아주머니에게 연락을 했을 거요. 원하든 아니든 의무감에서라도 연락을 했겠지."

"여동생 보신 지 얼마나 되셨죠?"

"9월 3일 수요일에 멕시코시티로 떠났소. 전날에 작별 인사를 했지."

"그때 평소처럼 행동하던가요?"

"물론이죠."

"기분도 좋고?"

"아주 좋았어요. 여행 갈 생각에 들떠 있었소. 마치 이전에는 어딜 혼자 한 번도 가본 적 없는 어린애처럼."

"와이엇 부인도 그때 같이 있었나요?"

"물론. 두 사람은 떠나기 전에 마지막으로 쇼핑을 하는 중에 세인트 프랜시스 호텔에서 내게 전화를 했소. 온다고 하기에 점심을 같이 먹었죠."

"와이엇 부인은 어떤 여잡니까?"

"괴짜죠. 어떤 사람들은 그 여자가 아주 재미있다고 합디다. 내보기엔 우리 에이미도 그 여자에게 홀려 있었어요. 월마가 다음 순간 어떻게 행동할지 절대로 예측할 수 없다는 면에서." 길은 우울하게 덧붙였다. "이젠 알겠지만."

"네, 그러시겠군요. 와이엇 부인이 자살한 날이 언제였죠?"

"삼 주 조금 더 됐소. 일요일 밤이었죠. 9월 7일. 나는 다음날 사무실에서 버턴 양, 루퍼트의 비서에게서 전화를 받았어요. 루퍼트는 7일 당일에 멕시코시티로 갔죠."

도드는 날짜를 수첩에 받아 적었다. 그걸로 어쩌고 싶어서라기보다는 나중에 다시 언급하게 될 수도 있기 때문이었다. 그는 아직도 에이미가 바람 들어 나갔다고 강하게 믿고 있었다. 에이미는 어느 날 훌쩍 나타나 아무것도 기억나지 않는다는 못 믿을 말을 늘어놓으리라.

길이 계속 말을 이었다.

"그 후로 루퍼트는 한동안 연락이 없었소. 일주일 동안. 내가 외출을 했던 날 아들에게 메시지를 남겨놓았더군요. 긴히 의논할 일이 있으니 자기집으로 와달라고. 가보니 에이미가 떠났고 작별 편지만 남겼다고 했어요. 내가 맨 처음에 가져온 편지가 그거요. 내용을 기억하실지 모르겠지만."

"기억하고 있습니다."

"월마가 죽던 날 술을 마셨다고 써 있었죠."

"그런데요?"

"루퍼트는 거기다 얘기를 더합디다. 오도널이라고, 거기 술집에 죽치고 있는 미국인 건달과 함께 있었다는 거요. 내 생각에 그건 거짓말이오. 내 여동생은 교양 있고 가정교육을 잘 받은 애요. 가정교육을 잘 받은 애가 술집에 들어가서 남자나……."

"잠깐만요, 브랜던 씨. 이건 확실히 하고 넘어가죠. 제가 여동
생분을 찾으려면 장점보다는 단점을 아는 게 더 중요합니다. 여동
생분이야 친절하고 상냥하고 다정하시겠죠. 그런 건 제게 하나도
도움이 안 돼요. 하지만 부인이 오도널이라는 술집 죽돌이에게 끌
렸다는 약점이 있었다면 제 파일에서 오도널이라는 술집 죽돌이를
찾아보는 것부터 시작할 수 있죠."

"유머치고 별로 재미가 없군요."

"재미있자고 하는 말 아닙니다. 요점을 지적하는 거죠."

"정곡을 찔렀다고 생각했는진 모르겠지만." 길이 차갑게 말했
다. "그렇다고 사실이 바뀌진 않아요. 내 여동생은 당신이 말하는
약점 같은 거 없소. 게다가 루퍼트가 거짓말쟁이라는 게 증명되지
않았소."

"부인이랑 통화하는 척했다고 겔더 룬드퀴스트가 한 말 말씀이
십니까?"

"다른 것도 더 있지만, 그렇죠."

"그가 전화한 척한 이유가 뭐라고 생각하십니까?"

"뻔하잖소. 겔더가 우리집에 취직하려는 걸 막고 싶어서지."

"왜요?"

"자기에게 불리한 정보를 우리에게 줄까 봐 걱정스러웠나 보죠."

"'우리'라는 건 브랜던 씨와 부인 말입니까?"

"나 말이오. 아내야 모든 사람이 착하다고 믿고 싶어 하니까. 사람을 잘 믿는 편이지."

"루퍼트도 그렇죠. 그렇지 않고서야 침실에 다른 전화가 있는 줄 알면서 전화 속임수를 썼을 리가 없어요."

"잘 믿는다고요? 어쩌면 그럴지 모르죠. 혹은 그저 멍청해서일 수도."

"어쨌든 아마추어죠."

"아마추어지." 길은 동감 백배라는 듯 고개를 끄덕였다. "바로 그거요. 그러니까 그 자식 꼬리가 잡힐 거고."

도드는 두 손을 깍지 끼고 눈을 감았다. 마치 길 잃은 영혼들을 위해 기도하는 목사처럼. 하지만 그는 영혼들이 영원히 길 잃은 그대로 남지 않을까 생각했다.

"말해보십시오, 브랜던 씨. 겔더 룬드퀴스트가 매제분에 관해 뭔가 불리한 정보를 주었습니까? 가령, 성질이 괄괄하다고 하던가요? 부부 싸움을 자주 했다고? 술주정뱅이거나 바람둥이랍디까?"

"아니, 내가 알기로는 그렇지 않소."

"겔더가 한 말 중에서 가장 심한 이야기는 뭡니까?"

"성격이…… 침울하다고."

"그게 답니까?"

"또, 지난봄엔 집에 종종 늦게 왔다고 했소. 자기 말로는 잔업을 했다고 하던데."

"봄 언제요?"

"삼월에. 그렇게 말했던 것 같아요."

"삼월이라. 그땐 세금 신고 기간 아닙니까. 매제분은 회계사라면서요. 퇴근할 수 있었던 게 다행이네요."

도드의 지적에 길은 얼굴을 붉혔다.

"대체 누구 편이오?"

"전 양 팀이 다 경기장에 나설 때까지는 어떤 편도 들지 않습니다. 각 팀이 어떤 식으로 경기할지 알게 될 때까지는."

"이건 게임이 아니오. 도드 씨. 내 여동생이 실종되었소. 그 애를 찾아주시오."

"노력중입니다. 사진은 가져오셨습니까?"

"여기."

사진은 마닐라지 봉투 속에 들어 있었다. 증명사진 두 장과 함께 커다란 스냅사진이 여남은 장 들어 있었다. 에이미는 스냅사진에서 웃고 있었지만 증명사진에서는 엄숙하고 남의 시선을 의식하는 표정이었다. 결과물이 누구의 마음에도 들지 않을 것을 알고 있기 때문에 카메라 앞에 서는 것이 내키지 않는다는 얼굴이었다. 심리적으로 억눌려 있군. 도드는 생각했다. 남 비위 맞추려고 열심이야. 지나치게 열심이지.

한 스냅사진에서 에이미는 목줄을 맨 작은 검정개와 함께 잔디밭 위에 앉아 있었다. 초록색 잔디에 대비되어 빨강색과 검정색 격자무늬의 목줄이 선명히 두드러져 보였다.

도드가 물었다.

"이 개가 맥인가 보죠?"

"그래요. 혈통 증명서가 있는 스코치테리어요. 오 년 전 에이미 생일에 내가 선물로 사 준 건데 에이미가 애지중지하죠. 아이도 아니고 개일 뿐이지만 에이미는 어딜 가든 개를 데리고 다녀요. 시내에 쇼핑을 갈 때도 데려가고. 심지어 멕시코시티까지 데려가고 싶다고 했지만 입국 시 검열에 걸릴까 걱정이 되어서."

"항상 목줄로 묶어서 데리고 다닙니까?"

"항상 그러죠. 항상 이 특별한 목줄에 묶어서. 타탄 무늬 전문가가 아니라면 다른 점을 모르겠지만, 이 타탄 무늬는 그렇게 흔히 볼 수 있는 무늬가 아니오. 맥클라클란 일족의 상징 무늬라나. 맥은 미국 애견 클럽에 공식적으로 맥클라클란의 메리하트라고 등록되어 있어요. 그래서 에이미는 제대로 된 타탄으로 맥의 목걸이, 목줄, 스웨터를 만들어주겠다는 꿈을 품게 된 거죠. 세트를 다 갖추는데 백 달러가 들었소. 갯값에 거의 맞먹었죠."

길은 잠깐 뜸을 들이며 담배에 불을 붙였다. 도드의 책상 위에 펼쳐진 에이미의 사진이 그를 깔보듯 미소 짓고 있었다. 나랑 강아지 때문에 이 소동을 벌이다니. 우린 뉴욕에 있어, 길리 오빠. 우리는 온갖 즐거움을 누리고 있는걸. 맥은 멕시코시티에서 내가 사 온 새 수공예 가죽 목줄을 하고 있어…….

길이 말했다.

"에이미가 어딜 갔든 맥을 데리고 간 건 아니오. 맥의 목줄은 아직도 부엌에 걸려 있어요."

"루퍼트가 설명하지 않았습니까. 겔더에게 말하기를……."

"겔더에게 뭐라고 했든 사실이 아니오."

"별로 사실처럼 보이진 않는다는 덴 동의를 합니다." 도드가 조심스레 말했다. "하지만 가능성이 전혀 없진 않아요."

"에이미를 안다면 그렇게 생각 안 할 거요. 에이미는 유치할 정도로 맥의 타탄 무늬를 뿌듯해했던 말입니다."

"그럼 개는 어디에 있죠?"

"그 답을 알 수 있다면 천금이라도 주죠."

아마 그래야 할걸요. 도드는 생각했다. 사람 찾기 하나만도 꽤 고된 일이었다. 하지만 수천 마리의 다른 스코치테리어랑 비슷하게 생긴 스코치테리어 한 마리를 찾는다는 것은 불가능한 일이었다. 개가 아직도 살아 있다는 보장도 없었다.

"어째서 루퍼트는 에이미가 개를 데려갔다고 한 걸까요?"

"에이미가 집에 와서 자기 뜻대로 떠났다는 말을 믿게 하려고 한 거겠죠."

"에이미 씨가 집에 왔다는 증거는 있습니까?"

"루퍼트의 말뿐이오."

"남편 말고 에이미 씨를 본 사람 없습니까?"

"없어요. 내가 알기론."

도드는 수첩에 적어놓은 내용을 살폈다.

"어디 보자. 그럼 에이미 씨는 9월 14일 일요일에 멕시코시티에서 돌아왔다가 같은 날 밤 다시 떠났다는 거죠. 누구에게 전화해서 작별 인사를 한 적도 없고 루퍼트 씨를 제외하고 우리가 아는 다른 사람에게는 모습을 보인 적도 없고. 맞습니까?"

"그래요."

"왜 그런지 이유를 짐작하실 수 있겠습니까?"

"내게 전화도 하지 않고 모습을 보이지도 않은 이유? 분명 짐작 가는 데가 있죠. 애초에 집에 오지 않은 겁니다. 어쩌면 멕시코시티를 떠난 적이 없는지도 모르죠."

"솔직히 말합시다, 브랜던 씨. 여동생분이 죽었다고 생각하십니까?"

길은 도드의 책상 위에 놓인, 미소 띤 여동생의 사진을 내려다보았다. 내가 죽었다고? 바보 같은 말 마, 길리 오빠. 난 뉴욕에 있어. 신나게 놀고 있다고. 그는 이를 꾹 악물고 말했다.

"그래요. 난 루퍼트가 그 애를 죽였다고 생각합니다."

"동기는요?"

"돈이지."

도드는 살며시 한숨을 지었다. 돈 아니면 사랑일 테지. 어쩌면 둘 다 결국은 하나로 모아지는지도 모른다. 안전하다는 감정.

"매제가 에이미의 재정 위임권을 가지고 있어요. 굳이 사망 증명을 기다리지 않아도 걔의 돈을 상속받을 수 있소."

"여동생분은 유언을 남기셨습니까?"

"그래요. 루퍼트가 부동산의 반을 갖죠."

"나머지 반은 누가 갖죠?"

"나요."

도드는 아무말도 하지 않았지만 그의 검고 짙은 눈썹이 이마 위에서 살짝 위아래로 움직였다. 아주 흥미롭군요. 브랜던 씨. 난 알아요. 당신은 내가 안다는 걸 모르겠지만. 당신이 한동안 감당할 수 없을 정도로 지출하며 살았다는 걸 알고 있죠. 소득 없는 투자를 여기저기 하느라 자금을 야금야금 까먹었죠.

"여동생분이 죽었다면 가능한 한 빨리 증명해야 브랜던 씨에게 유리하겠군요."

"무슨 뜻입니까?"

"켈로그 부인이 단순 실종 상태라면 남편에게 넘긴 재정 위임권이 발효되죠. 그러면 매제분이 아내의 재산 전부를 좌지우지할 권리를 갖게 됩니다. 브랜던 씨나 다른 사람이 상속할 재산 얼마나 남아 있든 간에 매제분의 처분에 따르게 되는 거죠. 그런데 여동생분이 죽었다고 가정해볼까요. 브랜던 씨의 관점에선 여동생의 재산이 온전히 남아 있을 때 사망 증명을 얻는 편이 이득이 되겠죠. 저쪽 관점에서 보면 오래 끌수록 유리할 테고."

"이런 생각을 한다는 게……. 하고 싶지도 않소."

벌써 생각했잖아, 아저씨. 누굴 속이려고 그러시나.

"자, 봐요. 브랜던 씨. 우리가 하고 있는 건 작은 게임입니다. 여동생분은 루퍼트 씨를 완전히 믿으셨나 보군요. 그렇지 않았더라면 재정 위임권을 넘기지 않았을 테니."

"아마 그랬겠죠. 하지만 매제가 그 권리를 얻으려고 걔한테 압력을 주진 않았을지."

"매제분 사무소는 작지만 나름대로 성공적이라고 하지 않으셨습니까?"

"그래요."

"검소하게 사시고요?"

"앞으로도 검소하게 산다는 보장은 없죠. 외관상으로는 차분하게 보이지만 그 안에 어떤 공상과 야심을 숨기고 있을지는 모르는 일 아니오."

"겔더 룬드퀴스트를 해고한 게 저쪽 주장처럼 경제적 이유 때문이라고 생각하십니까?"

"평소와 달리 지출이 있지 않다면 해고할 리가 없겠죠."

"도박 빚 같은 거요?"

"다른 여자가 있다거나."

"그건 브랜던 씨의 순수한 억측 아닙니까? 아니면 사건이 그런만큼 불순한 억측이라 해야 할지도요."

"당신이야 억측이라고 할 수 있겠지만, 내 입장에선 단순한 산수요. 이 더하기 이는 비서인 버턴 양이 되는 거지."

길은 넘쳐흐르는 재떨이에 담배를 비벼 껐다. 재떨이는 메이슨 스트리트에 있는 루이지 피자점의 홍보 물건이었다.

"나도 비서가 둘이 있어요. 하지만 둘 다 우리집 뒷문 열쇠를 가지고 있지 않고 내 개를 돌봐주지도 않으며 교회에 가는 길에 우리집을 청소해주러 들르지도 않아요."

"버턴 양 쪽을 확인해보는 건 쉬울 것 같습니다만."

"눈에 띄지 않게 해줘요. 그 여자가 의심이라도 한다면 즉시 루퍼트 귀에 들어갈 거고, 그러면 내가 당신을 고용했다는 걸 알게 될 테니. 루퍼트가 이 일을 절대 모르도록 해야 합니다. 허를 찌르는 게 우리 전술의 기반이죠."

"제 전술이라고 하고 싶은데요. 브랜던 씨만 괜찮으시다면."

"그래요, 당신 전술이라고 합시다. 그 자식 꼬리만 잡을 수 있다면. 그래서 그에 맞는 벌을 줄 수만 있다면."

도드는 두 손을 깍지 끼고 회전의자에 기댔다. 이제 브랜던이 원하는 건 여동생을 찾는 게 아니라 루퍼트를 벌주는 것이라는 사실이 확연히 보였다. 도드는 슬며시 몸을 떨었다. 햇볕이 화창한 날 오후 3시였으나 음산한 겨울밤 같았다.

도드는 일어서서 창문을 닫았다가 얼른 도로 열었다. 길 브랜던과 밀폐된 방안에 단둘이 있다는 기분이 싫었다.

"자, 그럼 편지를 받은 뒤로 매제분과 이야기를 해보셨습니까?"

"아니요."

"어떤 의심을 내비치신 적 있습니까?"

"없어요."

"오해를 풀 수도 있었을 텐데요."

"내 패를 까뒤집어서 그 자식을 유리하게 하고 싶진 않소."

"패를 쥐고 있는 건 확실하고요?"

"확실해요. 숨길 게 없는데 그런 식으로 거짓말을 하는 사람은 없으니."

"알겠습니다. 루퍼트는 잠깐 여기서 빼도록 합시다. 그럼 브랜 던 씨가 아시는 바에 의하면 여동생분이 마지막으로 계셨던 곳은 어딥니까?"

"윌마가 죽은 후 충격 때문에 입원하고 있었어요. 미영 코데이 병원이라고 들었소."

"에이미 씨와 친구분이 묵었던 호텔 이름은 뭡니까?"

"윈저 호텔에 묵겠다고 했어요. 실제 거기 묵었는지 아닌지는 몰라요. 와이엇 부인은 성격이 변덕스러운데다 사소한 것 하나만 안 맞아도 다른 데로 바꿔버렸을 테니. 어디에 묵었든 그건 와이엇 부인이 결정했을 거요. 내 여동생은 자기 몫을 위해 싸우는 법을 익 힌 적이 없소."

도드는 받아 적었다. 윈저 호텔? 9월 3일. ABC 병원, 9월 7일.

그런 후 에이미의 사진을 그러모아 마닐라지 파일에 넣고 A. 켈로그라고 적었다.

"사진 몇 장을 멕시코시티에 있는 제 친구에게 보내도록 하죠."

"왜요?"

"요금을 좀 주면 친구가 기꺼이 조사를 해줄 겁니다. 문제는 거기서부터 시작된 것 같으니까요. 브랜던 씨가 매제의 말을 하나도 못 믿겠다고 하시니 객관적인 보고서를 받아보자고요."

"친구란 사람은 누굽니까?"

"로스앤젤레스에서 경찰을 하다가 은퇴한 사람인데 파울러라고 해요. 좋은 사람입니다. 가격은 비싸지만."

"얼마나 비싼데요?

"지금은 정확한 액수를 알려드릴 수가 없습니다."

길은 주머니에서 새하얀 봉투를 꺼내 도드의 책상에 놓았다.

"여기 현금 오백 달러가 있소. 이거면 당분간은 충분하겠소?"

"상황 따라 다르죠."

"어떤 상황?"

"친구가 뇌물로 쓸 돈이 얼마나 드느냐에 따라서요."

"뇌물? 누구에게 뇌물을 준다는 거요?"

"멕시코에선 말입니다……." 도드가 건조하게 말했다. "실질적으로 모든 이에게 줘야 해요."

143

목요일은 팻 버턴이 켄트 아카데미에서 저녁에 춤 강습을 받는
날이었다. 굳이 집에 들렀다 가지도 않고 준비물을 챙겨 출근했다.
팔 센티미터 굽이 달린 투명한 플라스틱 구두 한 켤레와 향이 강한
향수. 교실은 환기가 되지 않는 학교 체육관처럼 퀴퀴한 냄새가 나
기 때문이었다. 그래서 향수는 필수는 아니더라도 유용했다. 하지
만 구두는 신데렐라 구두가 아니었다. 그 탓인지 버턴의 춤은 좀체
진도가 나가지 않았다. 열한 달이나 수업을 들었는데도 (원래 강좌명
은 '하루 만에 댄스 정복'이었다) 버턴은 여전히 맘바를 제대로 추지 못
했고 탱고를 출 때는 쓸데없이 비틀거리는 바람에 강사가 좌절하곤
했다.

"버턴 양, 그렇게 꿈틀대는 건 차차차 할 때나 해요. 지금은 균형을 잡아요."

"집에서 맨발로 할 때는 완벽하게 할 수 있어요."

"집에서 맨발로 춤추라고 우리가 탱고 수업하는 줄 아세요?"

이러거나 저러거나 상관은 없었다. 버턴에게 맘바나 탱고를 추러 가자고 청하는 사람은 없었으니까. 이따금 데이트를 하기는 해도 상대는 덜 복잡하고 덜 힘든 걸 선호했다. 그래도 버턴은 주간 교습을 그만두지 않았다. 다른 수강생들과 마찬가지로 배우기보다 사교를 한다는 데 의의가 있는 수업이었다.

버턴이 도착했을 때 수업은 벌써 진행중이었다. 자주 상대를 하는 파트너 중에 나이가 지긋하고 은퇴한 변호사인 홀아비, 제이콥슨이 빠른 룸바를 추다가 손을 흔들기에 버턴도 손을 흔들었다. 속으로는 이런 생각을 하고 있었다. 저러다 언젠가 교실 바닥에 휙 쓰러져 죽지. 그때 춤추던 상대는 내가 아니어야 할 텐데.

강사는 딱히 누구에게라 할 것 없이 음악 위로 소리를 질렀다.

"허리를 흔들지 마요! 허리는 잊어버려요! 발이 제대로 움직이면 허리는 저절로 움직일 거예요. 내 말 알아들었어요?"

다들 그 말은 잘 알아들었지만 허리를 잊어버리라는 얘기는 까먹기 일쑤였다.

버턴은 문간에 서서 발을 까닥이며 교실을 쭉 훑었다. 오늘밤엔 청강생이 별로 없었다. 여자아이를 데려온 여자 한 명. 똑같은 셔츠를 맞춰 입고 똑같이 지루한 표정을 한 소년과 소녀 한 쌍. 무거운 진주 목걸이를 건 중년 여자 한 명. 그리고 버턴 바로 오른쪽에는 부스스한 회색 머리가 젊은이처럼 기민한 인상을 강조하는 듯한 남자 한 명이 서 있었다. 남자는 실수로 여기 흘러들어온 듯했으나 일단 온 이상 이 기회를 최대로 이용하겠다고 결심한 것처럼 보였다.

남자는 살짝 얼굴을 찡그리며 말했다.

"허리를 흔들지 말라는 말은 이해가 안 되네요. 룸바가 바로 그거 아닙니까?"

"그래요."

"룸바에선 허리를 흔들어야 하는 줄 알았는데."

버턴이 미소를 지었다.

"여기 새로 오셨군요?"

"네. 처음입니다."

"수강하실 거예요?"

"할까 싶군요." 남자는 다소 괴롭다는 투로 말했다. "해야 할 것 같아요."

"어째서요? 해야 한다는 법도 없는데."

"그게, 제가 장학금을 탔거든요. 낭비하면 아깝잖아요."

"무슨 장학금요?"

"신문에 여러 종류의 춤을 추는 사람들 사진이 있는 광고가 났더라고요. 무슨 춤인지 정확히 맞히면 장학금을 준다고. 삼십 달러어치 무료 강습 기회를 준다고 하던데요. 그걸 받았어요. 무슨 영문인지 알 순 없지만." 남자는 덧붙였다. "저보다 춤을 잘 아는 사람은 수도 없이 많을 거예요. 수천 명은 될 겁니다. 그런데 제가 탔어요."

버턴은 남자의 기분을 상하게 하고 싶진 않았지만 이 남자가 속아넘어가는 것도 원치 않았다. 그는 너무 순진하고 진지해서 루퍼트와 비슷한 구석이 있었다.

"마음만 먹으면 진짜 경품도 여럿 타실 수 있겠는데요."

"이건 진짜가 아니란 겁니까?"

"네. 다들 타는 거예요. 여기 아카데미에서 춤에 관심 있는 사람들의 명단을 확보하려고 푼 미끼죠."

"전 춤에 관심이 없는데요. 그저 경품 행사에 관심이 있을 뿐."

버턴은 웃음을 풋 터뜨렸다.

"맙소사. 아카데미에 관한 농담으로는 꽤 웃기네요. 어떤 경품 행사에 응모해보셨어요?"

"아무거나. 테스트도 풀어요. 잡지란 잡지는 다 사서 이것저것 해보는 거죠. 좋은 기술자가 될 적성이 있나? 당신의 사교성 지수는? 퀴즈 출전자로서 자격이 있습니까? 그런 것도요. 저 그런 거 꽤 잘하거든요." 남자는 한숨을 지으며 덧붙였다. "여기 경품 행사처럼 그것도 조작되었나 봐요."

"아, 그렇진 않을걸요." 버턴은 성실하게 대답했다. "좋은 기술자가 될 적성이 정말로 있는지도 모르잖아요."

"그랬으면 좋겠어요. 저도 종종 기술 관련 일을 하거든요."

"무슨 기술자세요?"

"기밀 사항이라."

"뭐, 극비 미사일이라도 만드세요?"

"비슷합니다. 뭐하시는 분이세요?"

"저요? 아, 전 그냥 비서예요. 전 루퍼트 켈로그 씨 밑에서 일해요. 회계 사무소."

"이름은 들어봤습니다."

자주 들었지. 남자는 생각했다. 너무 자주 들었어.

"이 동네에서 제일가는 회계사세요. 상사로서도 최고시고요."

"그런가요."

"제가 이제까지 모셨던 다른 상사들은 가끔 짜증을 내기도 했거든요. 하지만 켈로그 씨는 한 번도 짜증내지 않으셨어요."

"아이들이나 개들이 잘 따를 만한 분이군요."

"농담으로 하신 말씀이시겠지만 딱 맞는 얘기예요. 켈로그 씨는 동물이라면 정신을 못 차리시죠. 저번엔 저한테 뭐라고 했는지 아세요? 회계사 일을 별로 하고 싶지 않으시다지 뭐예요. 애완동물 가게를 열고 싶다고."

"하시면 되잖아요?"

"사모님이 부잣집 따님이시거든요. 아마 처가에서 찬성을 안 하실걸요."

은퇴 변호사 제이콥슨이 불안한 뱀처럼 꿈틀꿈틀 룸바를 추면서 지나가다 버턴을 보더니 씩 웃으며 윙크를 했다. 얼굴은 소고기 조각처럼 축축하고 벌겋게 달아올라 있었다.

"저분은 즐거운 시간을 보내시는 것 같네요."

남자가 말했다.

"제이콥슨 씨라고 하는 분이에요. 모든 춤을 완벽히 익히셨답니다. 박자를 못 맞추시는 게 흠이지."

"어쨌든 춤의 본질을 아시는 분 같네요."

"맞아요. 언젠가 교실 바닥에 쓰러져 돌아가실지도 모르죠. 생각만 해도 흥이 깨지네요."

음악이 끝났다. 강사는 지쳤는지 새된 소리로 다음 곡은 박자를 바꿔서 슬리커 왈츠로 할 거라고 소리쳤다. 그러니 남자분들은 강하게 리드를 해야 한다는 걸 잊지 마시기를. 특히 턴을 돌 때는?

제이콥슨이 버턴 쪽으로 서둘러 다가왔다. 얼굴이 붉어진 버턴은 괴로운 말투로 '어머나' 하고 소리 죽여 중얼거렸다. 그렇다고 화장실로 가버릴 용기도, 마음도 없었다. 그래서 그 자리에 서서 조용히 짧은 기도를 올렸다. 오늘밤이 이렇게 흘러가도록 내버려두지 마시기를.

제이콥슨은 냇 킹 콜만큼이나 명랑했다.

"이리 와요, 버턴 양. 한 곡 당깁시다!"

"잠깐 쉬시는 게 좋지 않겠어요?"

"무슨 소리. 일주일 내내 쉬었건만. 목요일 밤에는 다리 좀 흔들 어줘야지."

"그러면, 네."

버턴은 마지못해 제이콥슨의 야윈 팔과 강한 리드에 몸을 맡겼 다. 어쩌면 이번이 제이콥슨 씨의 마지막 춤이 될지도 몰라. 그러고 도 남지. 버턴이 할 수 있는 일은 그의 리드를 잘 따라가며 가능한 한 유쾌한 시간이 되도록 애쓰는 동시에 끝이 다가오지 않는지 그 의 얼굴에서 신호를 찾아보는 것뿐이었다. 신호가 무엇일지 모르는 채 제이콥슨을 올려다보고 있노라니 목이 뻐근했다.

"오늘밤엔 마음이 콩밭에 가 있구먼, 버턴 양."

"그런가 봐요."

버턴이 우울하게 말했다.

"잠깐 여유를 가져요. 긴장을 풀고 즐겨보시라고. 다 재미있자 고 하는 거잖아."

"네."

"무슨 일 있나? 마음에 걸리는 거라도?"

"그냥, 보통이랑 똑같아요."

"떨쳐버려. 누구한테 얘기해야 풀리지. 나한테 말해봐요."

"아, 맙소사. 아니에요." 버턴은 서둘러 말했다. "올가을은 정말 날씨가 좋지 않아요? 물론 선생님이, 아니, 이런 날씨가 오래 가리 라곤 생각할 순 없지만요."

제이콥슨은 버턴의 말실수를 눈치채지 못했다. 강사가 다시 목소리를 높였기 때문이었다.

"이건 사교댄스예요. 실생활이 아니라고요. 실생활에선 여자들이 이리저리 휘둘리는 걸 좋아하지 않죠. 하지만 사교댄스에서는 그러길 기대하고, 바라고, 그래야만 하는 거예요! 자, 그러니까 신사분들, 리드를 하세요. 좀비가 아니잖아요! 리드!"

"정말로 리드를 잘하시네요."

버턴이 말했다.

"아가씨는 정말로 잘 따라오고."

제이콥슨이 기사도를 지켜 말했다.

"아, 그렇지도 않은걸요. 전 집에서 맨발로 할 때 훨씬 잘해요. 사람들이 쳐다볼 때는 흔들려서요."

"문에 서 있던 남자처럼?"

"어머나, 그 사람이 날 보고 있어요? 세상에."

"사람들 쳐다보는 게 그 사람 일이니까. 부분적으로는."

"무슨 말씀인지 모르겠어요."

"저 사람, 도드라는 사설탐정이거든. 이전에 법원 근처에서 어슬렁거리는 걸 본 적 있지. 당시엔 별명도 많았는데, 그나마 들어줄 만한 게 '핑거스'였어. 여기저기 손가락으로 쿡쿡 쑤시고 다닌다고."

"사람 잘못 보신 것 같아요." 버턴이 높고 긴장된 목소리로 말했다. "나한테는 기술자라고 하던데요. 기밀 작업을 한다고."

제이콥슨이 쿡쿡 웃었다.

"누구한테 작업을?"

"저, 저 사람 경품 타서 여기 온 거예요."

"그 말 믿는 거 아니겠지. 도드답네. 누구에게 정보를 캐내려고 여기 온 거야."

"누구요?"

"글쎄, 저 사람이 누구랑 얘기하던가?"

"저요."

버턴은 심장과 발이 동시에 한 박자 놓친 기분이 들었다.

도드는 버턴이 놀란 표정으로 힐끔거리는 것을 보고 제이콥슨이 자기 정체를 말했다는 것을 깨달았다. 제이콥슨을 좀더 빨리 알아봤어야 하는 건데. 그간 이십오 킬로그램은 뺐겠군. 뭐, 별로 해 된 건 없겠지만. 버턴 양이 안달복달하도록 놔둬야지. 거짓말하려다 되레 진실을 털어놓는 수도 있으니.

"전 정보랄 게 없는데요."

버턴이 우겼다.

"아, 참도 없겠네."

제이콥슨이 윙크했다.

"정말 없어요. 도드 씨는 다른 사람을 찾으러 왔는지도 모르죠. 지난주에 등록한 레섭스 씨인가 뭔가 하는 사람일지도요. 사기꾼처럼 보이잖아요."

"우리 다 그런 거 아닌가. 자, 버턴 양, 몸이 다시 굳었네. 긴장 풀어요."

"경찰이 저렇게 나를 빤히 쳐다보고 있는데 어떻게 그럴 수 있 겠어요?"

"저 친군 경찰이 아냐. 사설탐정이지."

"제가 볼 땐 똑같아요."

"그럼 잘못 본 거지. 도드 씨는 아무 권한도 없어. 그 사람에게 아무 말 하지 않아도 된다고. 가서 꺼지라고 해."

"그런 말 못 해요."

"왜 못 해?"

"저 사람이 여기서 뭘 하고 있는지 알아내고 싶어요."

"한마디로 두려움보다 호기심이 더 크다는 거군. 여자들이란. 뭐, 행운을 빌어요. 잘 해내지는 못해도 조심은 하라고."

도드는 문간에 서서 기다리고 있었다. 버턴이 지나쳐 가려 하자 그가 한 손을 뻗어 막았다.

"제이콥슨 씨가 제 소개를 했겠죠? 괜찮습니다. 나중에 제가 밝 힐 생각이었으니까요. 어디 가서 커피 한잔할까요?"

"그러고 싶지 않은데요."

"참 솔직한 답변이네요. 버턴 양은 매사 그렇게 솔직하신가요?"

"사람들에게 기술자라고 거짓말하고 돌아다니진 않죠."

"기술 일을 약간 했다고 말했을 텐데요. 지금도 하고."

"뭐, 저한테는 기술을 걸지 못하실 거예요." 버턴은 차갑게 말했다. "저한테 질문을 할 권한 같은 건 없으시잖아요."

"제이콥슨이 그렇게 말하던가요?"

"네. 그분은 변호사니까 잘 아시겠죠."

"물론입니다. 제가 관심 있는 건 버턴 양이 이렇게나 질문을 두려워하는 이유입니다. 전 버턴 양에 관해 꽤 많이 알아냈는데 딱히 숨기거나 부끄러워할 건 없어 보이던걸요."

"나에 관해 꽤 많이 알아냈다는 게 무슨 뜻이죠? 어떻게요? 왜요?"

"잠깐만요. 지금 그쪽도 나한테 질문을 하는군요. 그럴 권한은 버턴 양도 없지 않습니까?"

"난……."

"봐요. 이런 건 양쪽에 다 적용됩니다. 내가 권한이 없으면 버턴 양도 없는 거죠. 아무도 질문을 하지 않고 아무도 해답을 찾지 못하는 겁니다. 그다지 이상적인 일처리 방식은 아니죠? 자, 그럼 앉아서 찬찬히 얘기를 해볼까요. 어떻습니까?"

"제이콥슨 씨에게 먼저 문의를 해보는 편이 낫겠어요."

"지금 범죄를 저질렀다고 고발된 것도 아닌데요. 변호사는 필요 없습니다."

버턴은 자리에 앉았다.

"좋아요. 뭘 원하시죠?"

"실종된 사람을 찾고 있습니다. 버턴 양이 도와주실 수 있을 것 같아서."

"제가 어떻게 돕나요? 전 실종자라고는 한 명도 모르는데."

"아뇨, 알고 계십니다."

도드가 말했다.

춥고 야심한 시각, 유령 같은 안개가 거리를 느릿느릿 어슬렁거렸지만 버턴은 시간이나 날씨가 어떻게 됐는지는 깨닫지 못했다. 겁에 질려 본능적으로 허둥지둥 걸어갈 뿐이었다. 구두와 향수병이 든 묵직한 핸드백은 어깨에 걸려서 걸을 때마다 허리에 쿵쿵 부딪혔다.

정차한 차 안에서 도드는 버턴이 모퉁이를 돌아 마켓 스트리트로 향하는 모습을 지켜보았다. 버턴의 생각이 훤히 보였기 때문에 미행하려고는 하지 않았다. 생각을 심어놓은 것은 바로 자신이었다. 도드는 버턴의 투명한 눈 안에서 생각이 씨앗처럼 자라나는 것을 식물학자의 마음으로 지켜보았다.

마침내 버턴의 노란 외투 자락이 휙 휘날리며 울워스 백화점이 있는 모퉁이 너머로 사라져버렸다. 도드는 그 자리에 남아 버턴을 사건에 끌어들인 게 바람직했는지를 재차 삼차 따져보았다. 버턴은 착한 여자였다. 그런 여자를 이용하고 싶진 않았지만 일은 일이었다. 루퍼트 켈로그가 범죄를 저지르지 않았다면 브랜던의 의심과 작전에 관해 경고를 받을 자격이 있었다. 그가 죄를 저질렀다면 경고에 화들짝 놀라 행동을 개시할 것이다. 그는 이제까지는 아무 짓도 하지 않고 가만히 앉아 이야기만 전했을 뿐이다. 어떤 부분은 논리가 빈약했고 어떤 부분은 터무니없었다. 브랜던 본인도 전체 진실을 인정하지 않으려 하고 있었다. 세상에 에이미처럼 결점 하나 없는 여자는 있을 수가 없었다.

도드는 소형 폭스바겐에 시동을 걸었다. 피곤하고 우울했다. 사건을 맡은 후 처음으로 브랜던이 예측한 여동생의 운명이 맞을지도 모른다는 느낌이 들었다. 에이미가 언제 어디에서 발견되든 살아서는 아닐 것 같았다.

집은 캄캄했다. 버턴은 밤에 그 집을 본 적도 없었고 더구나 안개 속에서는 처음이었다. 그래서 베란다로 올라가서 문에 붙은 문패를 볼 때까지 자신이 없었다. 루퍼트 H. 켈로그. 몇 시간 전에는 이 이름을 보면 마음이 즐거워져 살짝 짜르르하기까지 했다. 이제는 이름과 주인이 아무 관련도 없는 듯 낯설어 보였다. 버턴은 초인종을 누르고 기다렸다. 추위와 두려움, 자기 회의 때문에 몸이 떨려왔다. 내가 여기서 뭐하는 거지? 뭐라고 말하지? 아무 일도 없었던 듯 침착하게 행동할 수 있을까? 도드라는 사람이 그런 끔찍한 얘기를 하지 않은 양?

몸조심하세요. 도드가 그랬지. 여자 한 명이 사라졌습니다. 실종자가 둘이 되면 안 되잖아요.

버턴은 재빨리 고개를 돌려 거리의 안개 속을 쳐다보았다. 도드가 따라왔기를 바랐다. 하지만 길에는 주차된 차 한 대 없었고 거리를 걸어오거나 가로등 아래 기다리는 사람도 없었다. 그녀는 혼자였다. 이 집에 들어가서 다시 나타나지 않는다 해도 이렇게 말해줄 사람 하나 없었다. "그래요, 본 적 있어요. 노란 코트를 입고 체구가 작은 여자인데, 11시 직후에 그 집으로 들어가더니 다시 나오지 않더라고요……."

창문 너머에서 현관 불이 깜박 켜지자 버턴은 누가 염산이라도 던진 양 펄쩍 물러섰다. 버턴은 숨을 헐떡이며 기둥에 기대 천천히 열리는 문을 바라보았다.

"이런, 버턴 양. 여기서 뭐하는 겁니까?"

루퍼트가 말했다.

"전, 저도 모르겠어요."

"뭐 문제라도?"

"모, 모든 게 다요."

"술을 마신 건 아니죠?"

"아니, 전 술 안 마셔요. 저, 저는 가, 감리교인이에요."

"음, 그렇군요." 루퍼트는 피곤하게 대답했다. "감리교인이라는 얘기를 하려고 이 밤중에 여기까지 오진 않았겠죠."

버턴은 캐스터네츠처럼 이를 딱딱 부딪히며 기둥에 꼭 붙어 있었다. 도망가고 싶었지만 루퍼트가 걱정되기도 하고 루퍼트가 두렵기도 했다. 이중의 공포 때문에 옴짝달싹할 수 없었다.

"버턴 양?"

"저, 저는 그저 지나던 길이었는데, 그저 들러서 안부나 드릴까 하고. 시간이…… 시간이 이렇게 늦은지는 몰랐어요. 귀찮게 해서 죄송해요. 이제 가는 게 좋겠네요."

"가지 않는 편이 좋겠는데요." 루퍼트가 날카롭게 말했다. "들어와서 나한테 말하는 편이 좋겠어요."

"무슨 말을요?"

"뭐든 간에 이런 식으로 행동하는 이유요."

루퍼트는 문을 더 활짝 열었다.

"들어와요."

"그럴 수 없어요. 점잖은 행동이 아닌 것 같네요."

"좋아요. 그러면 택시를 불러주죠."

"아뇨! 그게, 택시는 필요 없어요."

"여기 밤새 서 있을 순 없잖아요?"

고개를 흔들자 힘없는 금발 고수머리가 눈을 가려, 버턴은 레이스 커튼 틈새로 내다보는 노파처럼 보였다. 루퍼트는 레이스 커튼 뒤에서 무슨 일이 일어나고 있을까 궁금했다.

루퍼트가 말했다.

"추울 거예요."

"알아요."

"안으로 들어와서 몸 좀 녹여요."

"알겠습니다. 그러죠."

버턴이 들어오자 루퍼트는 문을 닫고 현관을 지나 거실 안 서재로 안내했다. 가림막이 없는 벽난로에서 불이 타오르고, 불꽃이 탁자 위에 놓인 은상자 위에 어렸다. 루퍼트는 버턴의 시선이 상자에 잠시 머물렀다가 무심히 스쳐지나는 것을 보았다. 여기에 위험은 없었다. 버턴이 상자에 대해서 알 리는 없었다.

"앉아요, 버턴 양."

"고맙습니다."

"자, 이렇게 심란한 이유가 뭐죠?"

"전…… 오늘 저녁 켄트 아카데미에서 하는 춤 강습에 갔었어요. 목요일이면 언제나 그런걸요. 제가 춤을 잘 추거나 그런 건 아니지만요. 시간도 때우고 사람도 만나고 하는 거죠. 거기 오는 사람들은 보통 다 괜찮아요. 딱히 특별한 건 없지만 괜찮은 사람들이죠. 딱히 의뭉스러운 데가 없다는 뜻이에요. 거기서 만난 사람이 자기가 기술자라고 하면 보통 진짜 기술자인 법이죠. 그러니까 의심하지도 않고요."

루퍼트가 비웃을지도 모른다고 생각했기 때문에 버턴은 춤 강습 얘기는 털어놓고 싶지 않았지만 부글부글하는 거품처럼 말이 입에서 넘쳐 나왔다. 하지만 루퍼트는 비웃지 않았다. 아주 심각한 얼굴로 관심을 보였다.

"계속해요, 버턴 양."

"그런데 오늘밤 어떤 남자를 만난 거예요. 끔찍한 사람이었어요. 이상한 얘기를 하고, 넌지시 암시를 던지고."

"점잖지 않게 접근하는 남자들이 있어도 버턴 양 정도면 잘 알아서 처리할 것 같은데."

버턴은 얼굴을 붉히면서 자기 손을 내려다보았다.

"소장님이 생각하시는 그런 암시가 아니었어요. 소장님에 관한 말이었어요. 사모님과."

"그 남자가 누군데요?"

"이름은 도드라고 한대요. 사설탐정이고. 아, 자기가 사설탐정이라고 한 건 아니에요. 그 사람은 신입 수강생인 척했는데 아카데미에 변호사 친구가 있어서……."

"도드라는 남자가 뭐라고 아내 얘기를 합디까?"

"사모님이 실종되었다고요. 수상쩍은 환경에서."

"아내는 실종된 게 아닙니다. 뉴욕에 있지."

"저도 그렇게 말했어요. 하지만 그 사람은 빙긋 웃기만 하더라고요. 역겨운 웃음이었어요. 낙타의 웃음처럼. 그러면서 뉴욕은 큰 도시고 사람도 많겠지만 그중에 켈로그 부인은 끼어 있지 않을 거라고."

버턴이 루퍼트에게 품었던 의심은 따뜻한 불 옆에서 햇볕 아래의 안개처럼 증발해버렸다.

"제가 소장님이라면 그 사람을 명예훼손으로 고발할 거예요. 여긴 자유 국가지만 그렇다고 다른 사람에게 해를 끼치는 말을 머릿속에 떠오르는 대로 하고 다니면 안 되잖아요."

"아, 흥분하지 마요."

"흥분한 게 아니에요. 화가 난 거예요. 전 그 사람에게 말했어요. '여보세요, 남의 뒤나 캐고 다니는 탐정 아저씨. 켈로그 씨는 이 도시에서 가장 훌륭한 분이시고 켈로그 부인이 실종되었다고 해도 소장님 탓이 아니에요. 부인 잘못이지. 사람 탓을 하려거든 번지수 제대로 찾으세요.' 그랬더니 차분하게 대꾸하지 뭐예요. 자기도 같은 생각이라고."

버턴은 자기가 이처럼 도와주었으니 루퍼트가 좋아하고 고마워하리라 기대하며 가만히 기다렸다. 하지만 기대와는 달리 돌아온 것은 조용하고 악의 어린 속삭임뿐이었다.

"멍청하기는."

뜻밖의 질책에 버턴의 얼굴이 일그러졌다.

"뭐, 제가 뭘 어쨌다고요?"

"뭘 어째서가 아니라 어쩌지 않아서지!"

"전 소장님을 위해서 맞선 거예요. 그저 애써……."

"애썼어요. 그래요. 그렇다 칩시다."

"이해가 안 되네요." 버턴은 울먹였다. "제가 뭐 잘못하기라도 했나요?"

"다 잘못된 거나 다름없지."

그는 창가로 걸어가 두 사람 사이의 시간과 공간을 떨어뜨렸다. 자기 자신을 통제하고 결과적으로 버턴을 통제할 수 있는 힘을 되찾기 위해서였다. 버턴의 충성심에 관해선 추호도 의심이 없었다. 하지만 충성심이 뭐기에? 힘을 받으면 부러지고 열을 받으면 구부러지는 것 아닌가? 거기에 진실이 얼마나 담겨 있나?

루퍼트는 창문에 비친 버턴의 그림자를 보았다. 눈은 당혹감과 고통으로 휘둥그레져 있었다. 내가 어쨌다고? 그녀는 젊고 단순한 여자처럼 보였다. 하지만 둘 다 아니라는 걸 루퍼트는 알고 있었다.

"미안해요, 버턴 양."

루퍼트는 창문에 비친 그림자를 보며 말했다. 사람보다는 그림자에 대고 거짓말하는 편이 더 쉬우니까.

"당신에게 내가 그렇게 거친 말을 할 권리는 없는데."

"권리는 있으시고말고요." 버턴은 기어들어가는 소리로 말했다. "제가 일부러 그런 건 아니지만 뭔가 잘못된 행동을 했다면 저를 바로잡을 권리가 있고도 남으시죠. 다만 제가 뭘 어쨌는지 잘 이해가…….”

“언젠가는 깨닫게 될 거예요. 지금은 우리 둘 다 잊어버리는 편이 나아요.”

“하지만 제가 뭘 했는지도 모르는데 또 그렇게 하지 않는다는 법이 있나요?”

루퍼트는 잠깐 눈을 감았다. 지금은 너무 피곤해서 말도, 생각도, 계획도 할 수 없었다. 그러나 버턴에게 설명이나 지시를 하지 않고 어물쩍 넘길 수는 없다는 것을 알았다. 지금처럼 뉘우치고 온 순하게 기죽어 있기만 하다면 상관없었다. 하지만 하룻밤 쉬면서 생각할 시간을 가지고, 아침을 든든히 먹는다면 어찌 달라질지?

이 여자가 아침에 사무실로 뛰어들어오는 광경이 눈앞에 선명히 그려졌다. (복숭아에서 솜털이 날리듯이 충성심을 펑펑 뿜어내면서) 보로위츠에게 인사하며 소식을 전하겠지. “이거 알아요, 보로위츠? 지난밤에 진짜 사설탐정을 만났는데, 그 사람이 사모님이 실종되었다며 내게 이것저것 캐물은 거 있죠.” 그러면 본능적이고 습관적으로 가십을 옮기는 보로위츠는 그걸 여자친구에게 떠벌릴 거고, 여자친구는 가족에게 옮기겠지. 그러면 수일 안에 소문이 이 도시를 덮으며 병균처럼 입에서 입으로 퍼지리라. 그러니 애초부터 소문을 전하지 못하도록 싹을 뽑아야 했다. 어떻게 해야 할지는 이제 더이상 중요하지 않았다.

"버턴 양, 난 버턴 양이 신중한 성격이라는 걸 믿어 의심치 않아요. 충성스럽고 선량하다는 것은 물론이고. 난 거기에 많이 의지하고 있어요."

그는 거짓된 어투, 거짓된 단어는 무시해버렸다. 이런 연기로는 강아지 맥조차 속일 수 없겠지만 버턴은 그 말이 산소나 되듯이 쑥쑥 흡입했다.

"그래서 버턴 양에게는 비밀을 털어놓겠습니다. 버턴 양이 지켜줄 걸 아니까."

"어머나, 그럼요. 세상에. 반드시 지킬게요."

"아내는 실종 상태예요. 아내가 어디 있는지 내가 모른다는 점에서. 사람들에게는 뉴욕에 있다고 말했는데 아내에게서 뉴욕 소인이 찍힌 편지를 한 통 받아서기도 하고 사람들에게 뭐라고 둘러대기는 해야 하니까 그러기도 했죠."

"어째서 사모님은 어디 계신지 알려주지 않으신대요?"

"아내가 떠나기 전 합의했던 사항에 있어요. 더 나은 말이 없으니까 시험 별거라고 해둡시다. 우리는 얼마간 서로를 완전히 혼자 놔두기로 했어요. 불행히도 형님인 브랜던 씨는 사람들을 가만히 놔둘 줄을 몰라요. 사설탐정을 고용해서 에이미를 찾아보게 했죠. 뭐, 형님이 아내를 찾았으면 좋겠어요. 아내나 나를 위해서가 아니라 형님 당신을 위해서. 지금 바보짓을 하고 계시거든요. 형님 부인도 그 사실을 알고 막으려고 하긴 했는데. 안 되니까 내게 와서 얘기를 다 해주더군요."

"부인이 한껏 차려입고 사무실에 오셨던 날에요?"

루퍼트는 고개를 끄덕였다.

"어쩌다 브랜던 씨는 내가 다른 여자에게 관심이 생겨서 아내를 처리하려고 한다는 공상을 품었던 모양입니다."

루퍼트는 몸을 휙 돌려 버턴을 마주했다. 버턴은 동화를 듣는 어린아이처럼 긴장하고 들떠서 의자에서 몸을 앞으로 내밀었다.

"그 여자가 누군지 압니까, 버턴 양?"

"어머, 전혀요. 대체 누가⋯⋯."

"당신이에요."

버턴이 입을 떡 벌리는 바람에 아랫니를 은으로 때운 자리까지 훤히 보였다. 은, 루퍼트는 생각했다. 은상자. 저 은상자를 처리해야 해. 먼저 이 여자부터 처리하고.

그는 지긋하게 동정심을 담아 말했다.

"충격을 줘서 미안해요, 버턴 양. 나한테도 충격이었으니까."

창백해진 버턴은 힘없이 늘어져 의자에 도로 기댔다.

"그런, 그런 끔찍한 사람. 그런 끔찍한 말을 어떻게 하고 다니고, 생각조차 할 수 있는지. 제 평판을 망가뜨리려고⋯⋯."

"버턴 양이 아니에요. 날 망가뜨리려는 거지."

"전 몇 년 동안이나 훌륭한 감리교인으로 살았고 그런 저속한 생각은 해본 적도 없어요!"

하지만 말을 하는 순간에도 사실이 아니란 걸 알고 있었다. 버턴의 마음속, 꿈속에서 루퍼트는 지나치게 자주 아버지로, 아들로, 연인으로 나타났다. 어쩌면 그도 짐작할지 몰랐다. 어쩌면 그녀의 눈에서 읽었을지 몰랐다. 버턴은 두 손으로 얼굴을 가리고 꽉 막힌 새된 소리로 되뇌었다.

"항상, 후, 훌륭한 감리교인으로 살았다고요."

"물론. 물론 그렇겠죠."

"전……. 그냥 머리카락 만지는 취미밖에 없어요. 성경에는 머리 색깔 바꾸면 안 된다는 말은 없었다고요. 목사님에게 가서 물어보기까지 했어요. 전 항상 걱정되는 일이 있으면 목사님의 충고를 구하거든요."

루퍼트는 동정하는 기색도 없이 돌같이 굳은 얼굴로 버턴을 내려다보았다. 여자가 아니라 위험물, 꼼꼼하게 발화 핀을 제거해야 하는 시한폭탄을 보는 듯한 표정이었다.

"걱정됩니까, 버턴 양?"

"죽도록 걱정돼요."

"목사님께 의논할 건가요?"

"모르겠어요. 현명한 분이시긴 한데……."

"이건 아주 민감한 사안입니다, 버턴 양. 당연히 목사님은 현명하고 선량한 분이시겠지만요. 정말로 또 다른 사람에게 말을 전하고 싶습니까?"

"무슨 말씀이세요. 또 다른 사람이라니?"

"브랜던 부인이 알고, 도드라는 탐정이 알죠. 겔더 룬드퀴스트 도 알 겁니다, 아마. 이제 브랜던 씨 댁에서 일하거든요."

"그 사람들이 뭘 알 리가 없잖아요." 버턴이 날카롭게 대꾸했 다. "알 만한 일 자체가 없잖아요. 그건 그저 사악한 헛소문이에요. 전 부인할 거고요."

"그럴 수 있겠어요?"

"그럼요. 진실이라곤 한마디도 없는걸요."

"한마디도?"

버턴은 괴로워하며 고개를 위아래로 흔들었다.

"버턴 양, 내가 만약 거기 약간의 진실이 있다고 한다면요? 정 말 소문일 뿐일까요?"

"아니에요. 아니요! 아무 말도 하지 마세요!"

"알았어요."

그녀의 손가락 사이로 새어 나와 앙상한 손목을 타고 흘러내리 는 눈물이 보였다. 이젠 폭발하지 않겠지. 루퍼트는 생각했다. 시끄 럽게 굴다가 저절로 사그라들 거야.

버턴은 이제 눈물을 흘리는 여자일 뿐, 폭탄이 아니었다. 루퍼 트는 길게 심호흡을 하고 방 저편에 있는 그녀에게로 다가갔다.

"버턴 양……. 팻."

"가까이 다가오지 마세요! 아무 말 하지 마세요!"

"아무 말도 하지 않을 거예요. 하지만 눈물을 그치는 게 좋을 겁니다. 울면 눈이 붓잖아요."

"어떻게, 어떻게 아세요?"

"어머니 장례식 이후에 출근했던 때가 기억나는군요. 눈꺼풀이 물집처럼 부풀어서 온종일 그대로였잖아요. 정말 우스운 얼굴이었는데."

천천히, 버턴은 두 손을 얼굴에서 뗐다. 루퍼트는 웃음 띤 얼굴로 그녀를 내려다보고 있었다. 그 웃음이 어찌나 상냥하고 다정하던지 버턴의 심장은 태동하듯 덜컥 튀어 올라 가슴을 찔렀다.

루퍼트가 말했다.

"보로위츠에게 감정적 동요를 들키고 싶진 않겠죠. 버턴 양이 운 걸 보로위츠가 보기라도 하면 질문을 퍼부을 텐데. 뭐라고 대답할 말이 없잖아요."

"전…… 대답할 말이 없네요."

"피곤하군요. 택시를 부를 동안 잠깐 앉아 있어요. 그럴 거죠?"

"네."

"이젠 울지 않을 거죠?"

"네."

루퍼트는 부엌 전화로 택시 회사에 전화를 하면서 지난번에 택시를 불렀던 때를 떠올렸다. 일요일 저녁, 대략 삼 주쯤 전이었다. 그는 택시를 하나 부탁했다가 삼 분 후, 계획에 따라 취소했다. 택시 회사는 주소와 취소 내역을 기록해놓을 것이다. 회사에서 그런 기록을 얼마나 오래 보관하는지는 알지 못했다. 필요한 만큼은 오래 보관하기를 바랐다. 도드가 알아낼 정도로는. 지금까지 도드는 온갖 틀린 정보들을 수집하고 있었다. 죽은 오리를 물어 와야 하는데 유인용 미끼를 물어 오는 리트리버처럼. 아니, 반대일 수도 있고……

루퍼트가 서재로 돌아와보니 버턴은 울음을 멈췄지만 여전히 얼굴이 젖어 있고 부스스했다.

루퍼트가 말했다.

"매무새를 좀 가다듬는 게 좋겠네요. 욕실이 어딘진 알죠?"

버턴은 얼굴을 붉혔다. 불현듯 친밀하고 의미심장하게 들리는 말이었다.

"버턴 양 외모를 보고 택시 기사가 괜한 호기심을 가지면 안 되잖아요." 그가 덧붙였다. "십 분 후 카브릴로 북서편 모퉁이로 택시가 태우러 온답니다. 바로 집 앞에서 타는 것보다는 그편이 더 신중한 선택인 것 같아서. 우연이지만 신중은 버턴 양이 기억해두면 좋을 단어네요."

"전에는 신중할 필요가 없었는데." 버턴은 괴롭다는 듯 말했다. "아무것도 숨기는 게 없었거든요."

"지금은 있어요?"

"전, 전 잘 모르겠네요."

"잘 모르겠으면 있다고 치고 행동하는 편이 낫겠죠."

"너무 혼란스러워요."

"티를 내지 않으려고 노력해봐요."

"어떻게 그럴 수 있겠어요? 어떻게 내일 아침 아무 일도 없었던 양 출근할 수 있냐고요?"

"그래야 해요. 다른 선택이 없으니까."

"그만두면 되잖아요. 이런 상황에서는 그만두는 편이 나을 수도 있어요."

"그만두면 무슨 일이 벌어질지 알아요? 브랜던 씨는 내가 당신에게 한 살림 차려줬다고 생각할 겁니다. 아내 돈으로."

버턴은 노란 외투 안으로 움츠러들었다. 외투가 마치 숨을 수 있는 껍질이라도 되는 양, '살림'이라는 말이 풍기는 지나친 친밀감으로부터 보호해줄 수 있기라도 한 양.

"난 버턴 양을 도우려는 거예요. 하지만 자기 스스로도 도와야지. 나도 도와주고. 우린 함께 얽혀 있어요."

"아니에요." 버턴이 속삭였다. "우린 아니에요. 뭐가 됐든 함께 얽혀 있지 않아요. 전 아무 짓도 하지 않았어요. 아무 말도 안 했고요. 저는 결백해요. 결백하다고요!"

"난 알고 있죠."

"하지만 증명해야만 하잖아요. 어떻게 증명하죠?"

"자기 제어를 잘해야죠. 나나 내 개인적인 일을 누구한테든 말하지 말고. 질문을 받아도 대답하지 마요. 앞서서 정보를 주지도 말고."

"하지 말라는 것뿐이네요. 할 수 있는 건 뭐죠?"

"가장 좋은 건 서둘러 여길 나가는 거죠. 자, 가서 얼굴을 씻고 머리를 빗어요."

내용은 무뚝뚝했지만 어조는 다정한 아버지 같았다. 버턴은 고분고분한 아이처럼 따랐다.

부엌 옆에 있는 욕실에 들어간 버턴은 얼굴을 씻고 딱 한 장 걸려 있는 수건으로 닦았다. 루퍼트가 쓰는 수건임이 뻔했기 때문에 수건을 이마와 뜨거운 뺨에 대었을 때는 다시 울고 싶어졌다. 거기서 한참 울고 싶을 뿐이었다.

루퍼트는 외투와 중절모를 걸치고 부엌에서 기다리고 있었다. 형광등 아래서 그의 피부가 잿빛으로 보였다.

"모퉁이까지 바래다주죠."

"아뇨. 피곤하실 텐데요. 잠자리에 드세요."

"자정에 혼자 길거리를 걸어가도록 놔두고 싶지 않아요."

"벌써 자정이에요?"

"자정이 넘었죠."

밖에 나가자 안개가 비처럼 처마에서 뚝뚝 떨어졌다. 둘은 나란히 걸었지만 좁은 보도에서 가능한 한 멀찍이 떨어져 걸으며 몸이 닿는 것을 피했다. 하지만 분명 두 사람 사이에는 보이지 않는 다리

가 걸려 있었다. 버턴은 욕실에서 루퍼트의 수건을 얼굴에 댔을 때
와 같은 접촉을 느낄 수 있었다. 버턴은 그의 동작 하나, 숨결 하나
를 민감하게 의식했다. 성큼성큼 내딛는 긴 다리, 팔의 흔들림, 해
서는 안 되는 말 같은 한숨. 무슨 말일까. 버턴은 생각했다. 난 그
말을 듣고 싶은 걸까?

버턴은 생각을 숨기려고 입을 열었다.

"무척…… 조용하네요."

"그렇군요."

"이상하죠. 내 마음속은 참 시끄러운데."

"어떤 식으로 시끄럽죠?"

"신호용 종이 울리는 것처럼, 땡땡 울리는 소리요."

루퍼트는 살며시 미소를 지었다.

"난 그런 종소리는 듣지 못했는데. 천둥소리는 들었죠. 많이도."

"다들 시끄러운 소리를 각자 마음에 담고 사나 봐요."

"그런 것 같아요. 택시가 대기하고 있네요."

"저한테도 보여요."

"여기, 차비로 오 달러면 되겠죠."

버턴은 돈을 받자니 택시비 이상을 받는 듯한 느낌이 들긴 했으
나 굳이 사양하지 않고 망설이지도 않았다. 루퍼트는 오 달러짜리
지폐를 버턴의 길게 뻗은 손 위에 놓았다. 그날 밤 두 사람이 신체
적으로 닿은 건 유일하게 그때뿐이었다.

집에 돌아간 루퍼트는 그날 십여 번 했듯이 은상자에 딸려 온 편지를 읽고 또 읽었다.

루퍼트에게

루퍼트와 에이미에게 그렇게 예쁜 화환을 보내줘서 고맙다는 인사를 하고 싶네요. 또 루퍼트는 위로 편지까지 써주어서 고맙기 이를 데가 없고. 장례식은 아주 조용했어요. 윌마가 살아 있었다면 감상이 과하다고 했겠지만 우리는 만족스러웠답니다. 윌마가 항상 주장했듯이 장례식이란 야만적인 행사인지도 모르지만, 관습과 양식이라는 게 있잖아요. 스트레스를 받을 때는 관습과 양식에 기댈 수밖에요.

지금쯤 에이미가 충격에서 벗어났기를 바라요. 에이미가 증언을 했어야 했다니 유감이네요. 누구라도 증언을 해야만 하는 사건이라는 것도 유감이고요. 윌마가 그런 식으로 계획을 한 건지도 모르죠. 그 애는 뭐 하나 남몰래 개인적으로 하는 법이 없었어요. 항상 누가 봐주길 바랐죠. 그게 박수갈채를 보낼 만한 일이든 흉을 볼 만한 일이든 간에요. 처음 이혼하고 자살 시도를 했을 때도 성대한 파티가 열리는 친구네 집 욕실이었다니까요. 우리 중 누구도 그렇게 일어나는 일을 막을 수 있다고 생각하지 않았어요. 그러니까 에이미도 막을 수도 있었다고 자책하지 않길 바라요…….

루퍼트도 그 사건을 똑똑히 기억했다. 에이미는 그때 브랜던 부부와 함께 타호 호수에 갔기 때문에 루퍼트 혼자 병원에 있는 윌마를 병문안 갔었다. 맨얼굴에 환자복을 입은 윌마는 파리하고 야위어 보였다.

"윌마?"

"여기서 만나니 반갑네요. 편안히 앉으세요. 이런 냄새 나는 굴에서 편안할 사람이 있을지 모르겠지만."

"대체 어쩌다 그런 짓을 저질렀어요, 윌마?"

"무슨 질문이 그래요."

"내가 묻잖습니까."

"좋아요. 난 지루했어요. 멍청한 사람들이 떠들고 웃고. 약장에 알약이 있기에 먹은 거예요. 위세척해본 적 있어요? 꽤 대단한 경험이던데."

"정신과 상담을 받아보는 게 좋겠군요."

"지난 이 주 동안 정신과 의사를 만났어요. 귀엽더라고요. 속눈썹이 꼬불꼬불 말려서. 일주일에 세 번, 오십 분씩 앉아서 그 사람 속눈썹을 보죠. 아주 재밌어요. 어쩌면 그 사람에게 반했는지도 몰라요. 어쩌면 그냥 지루했는지도 모르고. 속눈썹에는 딱히 별게 없잖아요."

"좀 진지하게 받아들여요."

"난 피곤해요, 친구. 나가주시죠?"

월마는 정신과 의사의 속눈썹에 진력이 났는지 두 달도 안 되어서 상담도 그만두었다.

루퍼트는 다시 편지로 돌아갔다.

……월마에 관해서 얘기하라면 나도 한 번에 몇 시간이나 할 수 있고 실제로 그런 적도 있어요. 하지만 그 애를 제대로 이해하진 못한 것 같아요. 그 애의 충동과 에너지가 생산적인 배출구를 찾지 못했다니 얼마나 안타까운 일이에요. 위자료로 먹고사는 대신에 자기 손으로 살아보려고 했다면 훨씬 나았을지도 몰라요. 그건 그렇고, 월마 남편인 로버트 와이엇이 어디 있는지는 알아낼 수 없었어요. 월마의 부고를 전하려고 했는데. 사실 그 사람은 별 감흥도 없을 거예요. 그 덕에 돈을 아끼게 되어 잘됐다는 것 말고는.

아마도 은상자에 관해서 궁금해하지 않을까 하네요. 그건 멕시코시티에서 부친 월마의 짐 속에 들어 있었어요. 이동중에 약간 망가진 듯한데 그래도 여전히 예쁜 물건이잖아요. 얼과 나는 뚜껑 안에 적힌 머리글자를 보고 루퍼트에게 줄 선물로 샀구나 짐작했어요. 월마는 언제나 무척 정다운 태도로 루퍼트 얘기를 했으니까요. 게다가 루퍼트와 에이미가 얼마나 참을성 있게 월마를 대해줬는지도 잘 알아요. 얼은 월마의 그런 짓을 장난이라고 치부했지만요. 월마에 대한 추억으로 이 상자를 받아주세요.

에이미에게 우리 안부를 전해주세요. 그리고 다시 한번 화환 보내준

것 감사해요. 노란 장미는 언제나 윌마가 가장 좋아하는 꽃이었죠.

기억해주다니 참 배려가 깊으세요.

루스 설리번 드림

노란 장미.

윌마가 언젠가 이렇게 말한 적 있었다.

"내가 죽으면 누가 노란 장미를 보내줬으면 좋겠어요. 어때요,

루퍼트?"

"좋아요. 그때 내가 아직도 살아 있으면."

"약속이죠?"

"물론."

"죽은 사람에게 한 약속은 잘 안 지키잖아요. 부모님에게 내가

한 약속들을 생각해보면 알 수 있죠. 내가 그중 뭐 하나라도 지켰다

면 순전한 우연일 거예요. 그러니까 다 잊어버려요, 그럴 거죠?"

에이미가 새침하게 끼어들었다.

"자기 장례식에 관해 얘기하는 건 별로 좋지 않은 것 같은데 말

이지……."

루퍼트는 편지와 봉투를 불속에 던져버렸다. 그런 다음 손대고

싶지 않다는 듯 머뭇머뭇 은상자를 집어 들었다. 상자는 마치 작은

관처럼 보였다. 하지만 월마의 관은 아니었다. 뚜껑에 썬 머리글자
는 루퍼트의 것이었으니까.

그는 상자를 코트 속에 넣은 채로 차고로 나갔다.

삼십 분 후, 골든게이트브리지 한가운데 쯤 이르렀을 무렵 그는
작은 은관을 난간 너머로 던졌다. 상자는 안개 속으로 떨어지더니
곧이어 물속으로 깊이 잠겨버렸다.

국제공항의 활주로는 깜짝 얼굴을 내민 태양의 열기 아래서 김을 뿜었다. 밤새 착륙한 비행기들은 활주로가 비는 대로 여기저기를 향해 이륙했다. 유리 벽 안의 스피커는 보이지 않는 독재자처럼 백성들을 향해 쉴 새 없이 명령을 내뱉었다.

"팬 아메리칸 월드 항공, 하와이행 509편 7번 게이트에서 탑승 중입니다. 폴 미첼 씨, 유나이티드 항공으로 연락 바랍니다. 폴 미첼 씨……. 트랜스 월드 항공, 시카고행과 뉴욕행 703편은 삼십 분 지연 운행됩니다……. 항공편 번호를 방송으로 알려드리기 전에는 탑승하지 마십시오……. 팬 아메리칸 월드 항공, 하와이행 509편은 7번 게이트 탑승입니다……. 제임스 스워츠 씨, 반복합니다, 제임스

스워츠 씨, 텍사스 댈러스행 항공표가 확인되지 않았습니다. 즉시 유나이티드 항공사 데스크로 연락 주십시오……. 시애틀행 314편 탑승을 위해 10번 게이트가 열렸습니다."

웨스턴 항공사 카운터 뒤에서 낯빛이 불그스름하고 뿔테 안경을 쓴 젊은이가 서류 작업을 하고 있었다. 그의 앞에 놓인 명패에 따르면 그의 이름은 찰스 E. 스미스였다.

도드가 다가가자 젊은이는 올려다보지도 않고 말했다.

"뭘 도와드릴까요?"

"달로 가는 비행기표를 사고 싶은데."

"그게 무슨……. 아, 도드 씨군요. 누가 살해되기라도 했나요?"

"그래." 도드는 유쾌하게 대답했다. "자네 가족 모두. 사촌 메이블을 포함해서 미친 폭탄범에게 몰살당했지."

"제가 자백하겠습니다."

"착한 청년이네."

"그외에 새로운 소식이라도?"

"정보를 구하러 다니는 중이야, 스미티."

"네, 그래서요?"

"9월 14일 일요일 밤에, 멕시코시티발 비행기를 탄 한 부부가 여기서 내렸을 거야. 내가 알고 싶은 건 둘 다 비행기에서 내렸는지, 한 사람만 내렸는지, 그랬다면 어느 쪽이 내렸는지 하는 거네."

"말은 꽤 간단하지만요. 실제로는 그렇지 않아요."

"기록이 있을 거 아냐. 그렇지 않나?"

"그럼요. 기록이 있죠. 지난 이 년간 우리 비행기에 탑승한 승객들은 빠짐없이 기록되어 있어요."

도드는 약간 짜증이 나는 표정이었다.

"그래서?"

"탑승이라고 했잖아요. 우린 심심풀이로 영업하는 건 아니거든요. 푯값을 받고 승객들을 태웁니다. 어디서 내리는지는 우리가 상관할 바가 아니에요."

"자네 말은 내가 뉴욕행 비행기표를 사고 시카고에서 내린다고 해도 아무도 알아채지 못한다는 뜻인가?"

"우리 기록에는 남지 않는다는 거죠. 알아차린 사람은 있을지도 모르지만요."

"가령?"

"승무원은 알지도 모르죠. 예를 들자면 스튜어디스 중 한 명이 특별히 기억을 하고 있을 수도 있어요. 도드 씨가 치근덕거린다거나 저녁 전에 마티니 한 잔 주는데 혼자 세 잔을 마신다거나. 혹은 무선 통신사나, 부기장, 기장이 알지도 모르죠. 그 사람들은 가끔 비행기 조종석까지 가는 길에 멈춰서 승객들하고 잡담을 나누기도 하거든요."

"항공편마다 탑승하는 승무원들을 다 기록하나?"

"운항 관리자가 하죠."

"9월 14일 자 찾아볼 수 있어? 13일을 확인하는 게 더 낫겠군."

스미스는 안경을 벗고 눈을 문질렀다.

"대체 무슨 일을 꾸미는 거예요, 도드?"

"언젠 내 일이 깨끗했었나."

"그건 알아요, 하지만 뭐가 관련된 거죠?"

"사랑, 증오, 돈. 뭐든 골라."

"나라면 돈을 고르겠네요."

스미티는 무뚝뚝하게 대답했다.

"뇌물을 받겠다는 뜻이야? 이거 충격인데, 정말로 끔찍한……."

"커피숍에서 기다려요. 십오 분 후면 근무 교대니까."

커피숍은 문까지 손님이 빽빽했다. 비행기 기다리는 사람들을 구경하기 쉬웠다. 다들 한 눈은 시계에서, 한 귀는 스피커에서 떼지 않으며 초조하게 허겁지겁 먹고 있었다. 여자들은 모자를 쓴다 가방을 든다 수선을 떨었고 남자들은 탑승권을 재차 확인했다. 모두 바짝 긴장해서 불안해 보였다. 도드는 휴가지 광고에서 보았던 행복한 여행자들은 다 어디로 갔나 생각했다.

그는 사람들 사이를 비집고 들어가 카운터에 자리를 잡고 커피와 데니시 패스트리를 주문했다. 먹는 동안 옆자리에 앉은 두 중년 부인이 나누는 대화를 엿들었다. 두 사람은 댈러스로 여행을 떠나는 중이었다.

"나 뭔가 까먹고 온 느낌이 든다. 분명히……."

"가스야. 가스 확실히 잠그고 왔어?"

"잠근 건 확실해. 잠근 것 같은데? 어머나!"

"멀미약은 가져왔겠지?"

"여기. 그렇다고 약이 듣는 건 아니지만. 벌써 속이 울렁거려."

"뻔뻔스럽게도 공항 직원들이 내 가방을 짐이랑 같이 부치라고 하는 거 있지. 약간 크다나."

"내가 가스 잠그지 않았다고 해도 집이 폭발하거나 그렇진 않겠지?"

"멀미약 먹어. 그럼 마음이 진정될 거야."

여자들이 나갈 때 도드는 그들이 무사히 여행하기를 말없이 빌어준 후, 외투를 빈 의자에 놓아 스미티의 자리를 맡아놓았다.

도드가 커피를 두 잔째 마실 때쯤 스미티가 나타났다.

"해 왔어?"

"해 왔어요."

스미티가 말했다.

"9월 13일 토요일. 기장 로퍼트 포브스. 샌카를로스에 살지만 지금은 비행중. 부기장 제임스 빌링스, 소설리토. 지금 비번. 통신사 조 마지노. 데일리시티. 지금은 병가중. 스튜어디스 셋. 그중 둘, 앤 매카이와 마리아 페르난데스는 비행중. 세 번째, 베티 디윗은 기혼 사실이 들통나서 지난달에 파면. 그 남편인 버트 라이너는 모펏필드에 배속된 제트기 조종사로 지금은 샌프란시스코 반도 아래 마운틴뷰라는 데 살아요. 라이너 부인이 바로 도드 씨가 찾는 사람이에요. 그 여자를 만날 수 있으면."

"어째서?"

"13일과 14일 이틀 다 비행한 승무원은 그 사람뿐이거든요. 병가 낸 여직원 대신 근무했다고. 문제는 베티가 협조를 안 해주려고 할 거예요. 결혼한 게 들켜 잘린 것 때문에 엄청 뿔이 났거든요."

"어쨌든 한번 해봐야지. 고맙네, 스미티. 자넨 정말 유능의 화신이야."

"비행기 태우지 마요. 그냥 돈이나 내요."

도드는 십 달러를 주었다.

"세상에, 짠돌이 같기는."

"그거 알아내는 데 십오 분 걸렸잖아. 시간당 사십 달러야. 어디 가서 시간당 사십 달러를 벌겠어? 나중에 봐, 스미티."

도드는 베이쇼어 프리웨이를 타고 시내로 돌아갔다. 사무실에 들어가자 비서인 러레인은 통화중이었다. 얼굴에 떠오른 신물난다는 표정으로 보아 도드가 내준 업무를 못마땅해하는 것을 알 수 있었다.

"알겠어요. ……네, 켈로그 씨가 다른 보관소 이름을 준 모양이네요. 귀찮게 해드려서 죄송합니다."

러레인은 전화를 끊고 메모판에 적은 번호 중 하나에 가위표를 한 후 즉시 다시 전화를 걸기 시작했다.

도드가 다가가서 전화기 후크를 눌렀다.

"오늘 아침엔 나한테 말을 안 걸기로 했어?"

"앞으로 줄곧 거짓말을 해야 하니까 목소리를 아껴야죠."

"이제까지 별 소득은 없었고?"

"없었어요. 후두에 발작이 올 것 같아요."

"발작 올 때까지 계속 전화해."

도드는 러레인의 엄살에 장단을 맞춰주면 안 된다는 걸 잘 알고 있었다. 어찌나 병이 많고 다양한지 의학 교과서 하나를 써도 될 정도였다.

"우편물은?"

"파울러 씨가 멕시코시티에서 보낸 우편물이 있어요. 특별 우편으로. 책상 위에 놓아두었어요."

러레인은 감기 물약을 집어 전문가답게 왼쪽 볼 안쪽에 넣고 다시 전화를 걸기 시작했다.

"켈로그 씨의 스코치테리어 때문에 전화드렸는데요……."

도드는 편지를 뜯었다. 파울러가 로스앤젤레스 경찰 시절에 익힌 독수리 타법으로 들쑥날쑥하게 친 편지였다. 날짜도 없고, 반송주소나 인사도 없었다.

목소리 다시 들으니 좋던데, 이 친구야. 그런데 왜 그렇게 허둥지둥

들떠 있어? 이쪽에서는 모든 게 순조롭게 진행됐어.

켈로그 부인은 9월 12일에 퇴원했어. 부인이 입원했던 병동에서 일하는 인턴과 이야기를 해봤지. 처음에는 내켜하지 않더라고. 딱 이십오 달러어치만큼 내켜하지 않았달까. 처음 병원 당국에서는 켈로그 부인을 일찍 퇴원시키고 싶어 하지 않다가 켈로그 씨가 부인과 집으로 갈 때 동행할 간호사를 고용하겠다고 한 후에야 퇴원 허가를 내주었다는 걸 인정했다네. 인턴 말에 의하면 켈로그 부인의 뇌진탕이 얼마나 심한지에 대해선 의사들 간에 의견 차이가 있었던 모양이야. 뇌진탕은 뇌전도 검사로도 정확히 측정할 수 없는데다 켈로그 부인은 주사를 두피에 꽂아야 한다는 걸 알자 그것도 응하지 않겠다고 했다는군. 개인적으로는 켈로그 부인이 바늘을 두려워했다는 게 무슨 상관이 있는지 알 수 없지만 자네가 세세한 사실 하나까지 빠뜨리지 말고 전하랬으니 계속 하지. 이 인턴은 막 졸업한 터라 당연하게도 뇌진탕에 대해선 모르는 게 없더라고. 내게 책도 읽어줬다네. 뇌진탕의 정도는 오직 역행성, 순행성 기억상실증의 정도에 의해서만 판단할 수 있다. 이게 사실이 아닐까?

켈로그 부인이 퇴원하던 날에 부인과 남편은 윈저 호텔로 돌아갔대. 거기서 남편은 미국 대사관에 있는 존슨 씨란 사람에게 전화를 걸었어. 이 나라에서 전화하기란 하나의 예술이지, 과학이 아니고. 전화 교환수들은 기질이 오페라 스타와 똑같거든. 단어나 억양이 마음에 안 들면 전화선을 엇갈리게 꽂지. 분명히 켈로그는 억양을 틀린 모양이야. 전화 거는 데 우여곡절이 있었던 모양인데, 텔레포니스타

본인에게 직접 들은 거야. 그래서 대사관에 가서 존슨 씨라는 사람과 얘길 나눠봤어. 알고 보니 이 사람이 켈로그 씨에게 사건 소식을 맨 처음 전했던 사람이더라고. 켈로그 씨가 여기 오면 도와주겠다고도 했고.

켈로그 씨의 요구는 간단했다던데. 민사 전문인 저명한 변호사 한 명을 추천해달라고 했다는 거야. 존슨은 라몬 히미네스라는 사람을 추천했다는데. 히미네스는 여기서는 유력한 시민이고 정치 활동도 활발하게 하는 사람이지. 영리한 변호사인 건 물론이고. 그래서 그런지 나한테 정보를 주지 않으려고 하더라고. 하지만 내가 벌써 정보는 입수했고 맞는지 아닌지 확인만 해주면 된다고 하자 켈로그에게 아내의 위임권을 실행할 수 있는 절차를 밟아줬다는 걸 말하더라고. 재정적인 부분과 다른 일들까지. 모든 게 합법적이고 공정했다던데. 강압이라는 말만 나와도 펄쩍 뛰었지. (물론 정중하고 조용한 태도기는 했지만.) 그러면서 나보고 사무실에서 나가라고 했지. 내 느낌으로는 강압은 전혀 개입되어 있지 않았던 것 같아. 그랬다면 히미네스가 그 일에 손도 대지 않으려 했을 테니까. 켈로그가 낼 푼돈 받으려고 자기 평판을 해칠 위험을 무릅쓸 까닭이 뭐 있겠나? (자네가 계산한 켈로그의 재정 상황이 정확하다고 가정하면 말이야.)

자, 자네가 확인하라고 한 다른 건에 대해서도 얘기를 해보지. 미국에서는 검시관 심리 같은 걸 하지만 여기서는 와이엇 부인 사망에 관한 공식 청문회는 열리지 않았어. 하지만 여남은 명의 목격자들이 경찰에 진술서를 냈다더군. 현장 목격자, 즉, 그때 아베니다를 지나던 통행인들의 진술은 일단 빼야 할 거야. 서로 모순이 어찌나 많던지. 흥분도 하고 어두웠던데다가 미신과 종교적 공포가 섞여서 정확히 관찰한 사람은 하나도 없었어. 비극적 사건에 관한 켈로그 부인의 설명은 객실 청소부인 콘수엘라 곤살레스의 진술과 상당히 일치해. 그 여자는 대체 무슨 이유인지 모르겠지만 근처 청소 도구 벽장에서 밤을 보내다 켈로그 부인의 비명을 들었다더군. 그래서 방으로 뛰어갔다던데. 와이엇 부인은 이미 발코니 너머로 몸을 던졌고 켈로그 부인은 죽은 듯 기절해서 바닥에 쓰러져 있었다지. 호텔의 곤살레스 양에게 연락을 해보려 했는데 손님 물건을 훔치고 지배인에게 대들었다가 해고당했다더군. 바텐더는 와이엇 부인이 죽는 장면은 목격하지 못했지만 술에 취해서 시비조였다고 증언했어. 뭔가 떨떠름한 기분이 든 건 바로 거기였어. 술 취해서 시비조인 사람은 다른 사람한테 싸움을 걸지 자기를 괴롭히진 않거든. 빈약한 추측이긴 하지. 마티니 한 방울만 더 들어가도 시비가 우울로 바뀔 수 있으니까. 이 경우에는 테킬라였지만. 뭐, 어쨌든 자네야 여기 경찰이 무사태평에 무능하다고 생각할지도 모르겠지만 그 정도는 아닌데, 와이엇 부인의 사망 원인이 자살이라는 결론에는 완전히 만족하고 있어. 유해와 소지품은 샌디에이고에 사는 언니, 셜리번 부인에게 보냈다더군. 보고서 서두에도 썼지만 이쪽에서는 모든 게 다 잘된 듯 보이네. 영문 모를 요소가 있긴 한데 사건과 관련이 있을지도 모르지만 전혀 없을 수도 있는 일이거든. 알아두면 좋을 테니 얘기는 하겠네.

조 오도널에 관한 일이야. 자네가 조사해달라고 부탁했던 남자. 일주일 전에 종적을 싹 감췄다는 거야. 근 일 년간 매일 밤 윈저 호텔 바 주변에서 어슬렁거렸다는데 연 사나흘 모습이 보이지 않아서 고참 바텐더 에밀리오가 아파트로 찾아가봤대. 오도널은 아파트에 없었고 이웃들도 한동안 못 봤다고 하더라고. 집주인 여자 말로는 밀린 집세도 있는데 그냥 튀었다는 거야. 그 말이 사실일 수도 있지만 바에 나오지 않는 이유는 알 수 없잖아. 그 친구는 거기를 자기 '사무실'이라고 하고 다녔다는데, 에밀리오는 오도널이 '사무실'에서 무슨 사업을 벌였는지는 어물쩍 넘기려고 하면서도 합법적이라고 주장하더라고. 오도널이 경찰이나 호텔 관리부서와 문제를 일으킨 적도 없다면서 말이야. 내 추측으로는 자잘한 사기 행각을 꾸민 게 아닌가 싶어. 돈 많아 보이는 여자를 꼬여서 돈을 빌리는 거지. 가령 와이엇 부인 같은. 아니면 미국 사업가들을 불러 포커 파티를 연다든가 경마 도박을 한다든가 하는 수작이겠지. 딱히 불법적이지도 않고 크게 대단하지도 않은 것들. 오도널은 꽤 매력이 있는, 아니, 있었던 모양이야. 다들 그 친구를 좋게 얘기하던데. 너그럽고 친절하고 재미있고 지적이며 잘생겼다나. 이런 슈퍼맨이 어쩌다 밤마다 술집에서 공짜 술이나 구걸하고 남창 노릇을 하게 됐을까? 알다가도 모를 노릇이야.

에밀리오에게 더 캐물어봤어. 손님이 며칠 바에 오지 않았다는 이유만으로 바텐더가 손님 집까지 찾아가본다는 게 이상하잖아. 에밀리오는 역시 우물쭈물 피하더라고. 멕시코 사람이 보통 그렇긴 하지만 거짓말할 땐 속이려는 의도보다는 비위를 맞추려는 목적일 때가 더 많거든. 일단 이런 기질을 이해하면 그다음부터는 다루기가 쉽지. 알고 보니 호텔로 조 오도널을 찾는 편지가 왔는데 에밀리오가 받았대. 샌프란시스코에서 보낸 항공우편이었는데, 스페인어로 "긴급 배달"이라고 씌어 있었다고.

에밀리오가 편지를 오도널에게 건네자 자기는 동부 사람이라서 샌프란시스코에 아는 사람이 없다고 했다더군. 켈로그 부인이나 와이엇 부인 같은 사람 얘기가 아니었을까 싶어. 어쨌든 오도널은 자리에 앉아 맥주 한 병을 마시면서 편지를 다 읽었대. 에밀리오가 반쯤은 농담조로 뭐가 그렇게 '긴급'이냐고 물었더니 오도널은 네 앞가림이나 잘하라고 대꾸를 했다던데. 그러더니 벌떡 일어나서 술집에서 나갔대. 그게 사람들이 본 마지막 모습이었다지.

당연히, 에밀리오는 호기심이 잔뜩 일었지. 와이엇 부인이 죽은 이후로 항상 자살 생각이 마음에 떠나지 않았던가 봐. 전적으로 종교적이진 않은 이유로 자살은 다른 폭력보다도 그 평범한 멕시코인에게 깊은 영향을 끼쳤다는군. 에밀리오는 오도널이 편지로 아주 나쁜 소식을 들었기 때문에 자살한 게 아닌가 하는 어렴풋한 두려움에 아파트로 찾아갔던 거지.

자, 얘기는 이게 다네. 내가 오도널의 주소를 알고 있으니까 더 확인해보겠어. 또, 에밀리오에게 오도널이 다시 바에 나타나면 연락해달라고 부탁해뒀네. 다시 올지도 모르잖아. 아니면 이번에는 아프리카에 갔을지도 모르고. 이 나라에서 빠져나가는 건 아무 문제없었을 거야. 미국 시민인데다 이제까지 당국과 아무런 문제도 일으키지 않았으니까.

켈로그 부부 얘기로 돌아가보지. 그들은 9월 13일 아침 일찍 윈저 호텔에서 체크아웃하고 택시로 공항까지 갔어. 간호사의 흔적은 전혀 없었네. 켈로그가 병원에는 아내와 동행하도록 간호사를 고용하겠다고 했었잖아. 아마도 마음을 바꿨나 보지. 어쩌면 공항에서 만나기로 했는지도 모르고. 호텔을 나설 때 켈로그 부인은 왼쪽 관자놀이에 붕대를 감았고 한쪽 눈이 멍들어 있었대. 도어맨에 따르면 약에 취한 듯 움직였다는데. 하지만 나라면 이 말은 귓등으로 흘려듣겠네. 비위를 맞추려고 거짓말하는 이 나라 국민성이 나온 경우일 수도 있으니까. 즉, 내가 캐물어보니 뭔가 이상한 점이 있나 의심한다고 지레짐작하고 그저 '도움'을 주려 한 거지.

그럼 또 지시를 기다리겠네. 잘 있게나.

파울러

도드는 보고서를 재차 읽은 후에 버저를 눌러 러레인을 호출했다.

"파울러에게 전보를 보내."

"긴급 전신으로 해요, 아니면 야간 서신으로?"

"야간 서신으로."

"좋아요. 오십 단어까지 쓰실 수 있어요." 러레인은 보고서가 든 봉투에서 파울러의 주소를 베껴 썼다. "불러보세요."

"오도널이 빠져나갈 수단을 모두 확인. 아파트에서 편지와 은행 정기 보고서, 연애 관계 증거 수색. 접근할 만한 친구 명단 확보. 계속 잘해주게. 잘 있어. 도드."

"오십 단어가 아니잖아요."

"그래서?"

"뭔가 더 붙여야죠. '아내에게 안부 전해주게'라든가."

"그럴 수도 있겠지. 하지만 그건 악취미 같은데. 그 친구 홀아비거든."

"오십 단어어치를 내는데요. 이 달러나 되는데……."

"제발 그냥 이대로 보내줘. 더이상 손보지 말고. 그다음엔 모펏 필드에 전화해서 버트 라이너라는 조종사의 집주소와 전화번호를 알아내. 계급은 모르겠는데. 아내와 함께 마운틴뷰에 산다더군."

러레인이 일어섰다.

"뭐, 어쨌든 애견 보관소와 동물병원을 뒤질 필요는 없으니 기분 전환은 되겠네요."

"그런 다음에 거기도 다시 찾아보고."

"어째서 이 스코치테리어를 찾으려 하시는지 얘기만 해줘도 일이 훨씬 덜 지루할 텐데요. 전 사장님 비서니까 알 권리가 있다고요."

"그럴지도 모르겠군. 내가 잊어버릴 수도 있으니까 나중에 말해 달라고 해. 크리스마스 선물로."

대화가 끝나자 러레인은 머리가 지끈거릴 지경이었다. 두통을 가라앉히려고 아스피린 한 알, 곤두선 신경을 누그러뜨리기 위해서 진정제 반 알, 평소의 원칙에 따라 비타민 알약 한 알을 먹었다. 그런 후 러레인은 다시 수화기를 들었다.

마운틴뷰는 제트기 시대의 자비로운 전제정치 아래서 몸을 사리고 있는 마을이었다. 옛날부터 살았던 주민들은 공청회를 열거나 신문에 항의 편지를 써서 비행기 소음이 시끄럽고 창문도 종종 깨지는데다 폭파 사고가 잦으며 하늘 풍경이 바뀌었다고 불평을 했다. 그 대응으로, 공군 관계지와 안보 의식이 좀더 투철한 시민들도 편지를 보냈다. 요컨대, "제트기가 보호해주지 않으면 침략을 받았을 때 어떻게 하겠는가?" 하는 내용이었다.

라이너 부부는 엘 커미노 리얼 근처, 신축한 2세대형 삼나무 목조 주택 아래층에 살았다. 베티 라이너가 문을 열어주었다. 키가 크고 날씬하며 예쁜 갈색 머리 여자였다. 눈은 초록색이고 얼굴에는 찡그린 표정이나 마찬가지인 진심 하나 없는 기계적인 미소를 지었다. 몸에 붙는 검은 칠부 바지와 실크 셔츠를 입고 허리 아래까지 내려오는 두 줄짜리 진주 목걸이를 걸고 있었다. 도드는 라이너 부인이 평소 집안일을 할 때도 이런 옷을 입는지, 아니면 손님 올 때를 대비해서 차려입은 건지 궁금했다.

"대체 무슨 소동인지 모르겠네요."

라이너 부인은 깔끔하게 흑백으로 장식한 거실로 안내하며 도드에게 말했다.

"커피를 마시려던 참인데요. 좀 드시겠어요?"

"고맙습니다. 한잔 주세요."

"설탕하고 크림은요?"

"둘 다 약간씩요."

부인은 검은 래커 손잡이가 달린 하얀 도자기 주전자에서 커피를 따랐다. 이 방에서 색깔이라고는 라이너 부인의 초록 눈과 손톱에 바른 오렌지색 매니큐어뿐이었다.

"일할 때 타줬던 커피에 오 센트씩이라도 받을걸. 승객들은 공짜인 줄 알면 막 퍼마시거든요."

라이너 부인이 커피를 건넸다.

"스미티가 여기를 알려줬군요?"

"그래요. 그 친구는 부인이 내가 알고 싶은 정보를 갖고 있을지 모른다고 하더군요."

"어쩌다 그런 생각을?"

"부인이 사진 같은 기억력을 가지고 있다고 하던데요."

라이너 부인은 빈틈없는 여자여서 뻔한 사탕발림에는 넘어가지 않았다.

"그렇게 좋지도 않아요. 어떤 건 기억하고 어떤 건 기억 못 하고. 뭘 알고 싶으신데요?"

"멕시코시티에서 샌프란시스코로 오는 항공편요."

"어떤 것? 그런 비행은 쉰 번도 넘게 했을걸요."

"9월 13일 토요일요."

"내가 해고되기 일주일 전이네요. 스미티가 말했겠죠? 기혼자라는 게 발각되어서 해고당했어요. 말도 안 되는 규칙이죠. 결혼이 일의 능률을 떨어뜨린다면 어째서 공군은 내 남편이나 다른 기혼 조종사들을 해고하지 않는 걸까요. 사람들은 스튜어디스라는 직업이 화려하고 품위 있는 직업이라고 생각할지 모르지만 실제로 하는 일이라고는 웨이트리스와 식모 역할일 뿐이에요. 게다가 팁도 못 받고."

"9월 13일 토요일 말입니다." 도드는 참을성 있게 되풀이했다. "기장과 부기장은 로버트 포브스와 제임스 빌링스였고 함께 근무했던 승무원은 앤 매카이와 마리아 페르난데스였다는데요. 기억이 나십니까?"

"물론이죠. 주말에 친구가 병이 나서 내가 그날 밤 멕시코시티로 돌아가는 비행편과 다음날 오는 같은 항공편에서 대신 근무해주기로 했어요. 그것도 규칙에 어긋나는 일이긴 해요. 하지만 말했듯이 거긴 말도 안 되는 규칙이 많거든요."

도드는 A. 켈로그라고 쓰인 마닐라지 파일을 펼쳐 에이미의 사진을 꺼냈다.

"이 여자분이 그때 비행기에 탄 것 같은데요. 남편과 동행했고 어쩌면 제삼자도 같이 있었을지 모릅니다."

라이너 부인은 사진을 유심히 뜯어보았지만 금방 알아보진 못했다.

"이제까지 본 사람들 수백 명하고 별로 다르지가 않아요. 특별한 점이 하나라도 있었나요?"

"두 가지죠. 왼쪽 관자놀이에 붕대를 붙였고 한쪽 눈이 멍들어 있었을 겁니다."

"눈이 멍든 여자……. 물론 기억해요! 마리아와 나는 어쩌다 그랬는지, 남편에게 맞아서 그랬나 하면서 농담을 했거든요. 남편은 그런 사람 같지 않던데. 잘생긴데다 조용하고 배려가 깊었어요."

"누구에게 배려를 했단 말입니까?"

"음, 물론 부인이죠. 하지만 우리 스튜어디스들에게도 점잖게 대했어요. 대부분 장시간 비행을 할 때는 이것저것 해달라는 게 많거든요. 그런데 그 남편은 딱히 시키지 않더라고요. 부인도 그렇고. 부인은 비행 내내 잤어요."

"적잖은 승무원들이 간호사 면허가 있죠? 라이너 부인도 면허가 있습니까?"

"아뇨."

"간호 경험은?"

"우리 훈련 과정서 기초를 익힌 정도예요. 멀미에 어떻게 대처하나, 천식이나 심장병 발작을 일으킨 환자일 경우 산소 공급을 어떻게 하나 정도요."

"그럼 켈로그 부인의 경우가 자연 수면인지 아닌지는 모르시겠네요."

"'자연 수면'이 무슨 뜻이죠?"

"약을 먹었을 가능성은 없나요?"

라이너 부인은 진주 목걸이를 만지작거렸다.

"남편이 부인에게 멀미약, 드라마민을 주었어요."

"드라마민인지 어떻게 알았죠?"

"뭐, 딱 그렇게 생긴 하얗고 작은 알약이었으니까요."

"마약성 진통제나 최면용 바르비투르산염도 똑같이 하얗고 작은 알약인데요."

"드라마민이라고 한 건 요새 그 약을 먹는 승객들이 많기 때문이에요. 드라마민을 먹으면 무척 졸릴 수 있다는 건 아시죠. 심리적인 이유일 수도 있지만 어쨌든 졸리니까요."

라이너 부인은 진주 목걸이로 매듭을 지었다가 푼 후 커피잔을 향해 손을 뻗었다.

"믿을 수가 없네요. 믿고 싶지도 않아요. 내 코앞에서 내가 맡은 승객이 타의로 약을 먹었다니."

"한 번이든 두 번이든 부인이 약 때문에 소동을 피우진 않았습니까?"

"내가 본 건 한 번뿐이에요. 또 먹었을 수도 있겠죠. 소동을 피우진 않았어요. 하지만 내 보기엔 여자분이 약간 겁을 먹은 듯하더라고요. 약 때문이라기보다는 평범하게 겁을 먹은 상태였달까. 겁먹은 표정을 한 승객들은 많거든요. 특히 기상 상태가 좋지 않을 때는."

"켈로그 부부는 둘만 여행했습니까, 아니면 다른 동행이 같이?"

"둘만 있었어요."

"확실해요? 켈로그 씨는 여행에 아내와 동행해줄 간호사를 고용하기로 했었는데요."

"둘만 있었어요."

라이너 부인은 단호하게 되풀이했다.

"내 기억에 두 사람이 다른 사람에게 신경쓰는 기색은 없었어요. 우리가 흥미로운 일을 여러 번 모른 척해주면, 승객들은 자리에서 일어나서 옆 사람과 친해지기도 하고 그러거든요. 켈로그 부부는 그러지 않았어요."

"일등석이었죠?"

"네."

"통로 양쪽으로 좌석이 두 줄로 배치되어 있습니까?"

"네. 켈로그 부인은 창가 자리에 앉았어요."

"켈로그 씨의 통로 건너편엔 누가 앉았습니까?"

라이너 부인은 이맛살을 찌푸렸다가 손끝으로 주름을 폈다.

"자신할 순 없지만 멕시코 여자 두 명이었던 것 같아요. 엄마랑 딸처럼 보였는데."

"통로 자리에 앉은 쪽은 누구였죠?"

"기억나지 않아요. 이해 못 하시는 것 같네요, 도드 씨. 나처럼 똑같은 비행을 수십 번 하다 보면 각각의 경우를 구별하긴 힘들어요. 뭐, 켈로그 부인의 사진을 봐도 멍든 눈이라는 실마리가 없었더라면 알아보지 못했을걸요. 어떤 비행을 기억 속에서 두드러지게 구별하려면 특별한 점이 있어야죠."

"이젠 이 비행이 두드러진 상황이니 점점 더 기억이 나지 않습니까?"

"그렇긴 해요. 계속 멀미를 했던 꼬마 소녀가 앞에 앉아 있었어요. 게다가 심장병을 앓는 나이 지긋한 남자 손님도. 그래서 산소 호흡기를 드렸죠."

"항공사에서는 매번 비행할 때마다 탑승객 명단을 작성해 보관한다고 알고 있습니다만."

"그런 명단이 몇 개 있죠. 나도 갖고 있고."

"승객 명단에는 다른 정보도 포함되어 있습니까?"

"다음 행선지요."

"켈로그 부부의 다음 행선지는 어디였죠?"

"둘 다 샌프란시스코 왕복표를 갖고 있었어요. 그 비행의 기착지는 딱 한 곳, 로스앤젤레스뿐이었고요."

부인은 커피 주전자를 다시 집으려 했지만 별안간 허공에서 손이 멈췄다.

"그러고 보니 웃기네요. 켈로그 부부가 샌프란시스코로 돌아갈 예약을 한 것만은 확실한데……. 잠깐만요, 되짚어볼게요. 비행기는 로스앤젤레스에서 멈췄고 모두 내렸어요. 보통 기착지에서는 다들 그러거든요. 심장병을 앓는 승객만 빼고요. 나도 그분과 함께 남았어요. 어찌나 겁을 내시던지, 불쌍하게도. 정성껏 간호해드렸어요. 다시 비행이 시작되고 나는 평소 업무를 재개했죠. 새로 타신 승객들을 편안히 맞아드리고 베개 같은 걸 가져다드렸어요. 비행기 후미로 갔을 때……. 이제 기억나네요."

베티의 목소리가 흥분해서 약간 높아졌다.

"지나갈 때 보니 켈로그 부부가 앉아 있던 자리에 여자 둘이 앉아 있는 것을 봤어요. 그래서 그 자리에는 주인이 있다고 말씀을 드리려던 찰나, 짐칸에서 켈로그 부인의 외투와 여행 가방, 켈로그 씨의 모자와 서류 가방이 없어진 걸 알아챘죠."

"로스앤젤레스에 내렸군요, 그럼?"

"그래요. 표는 샌프란시스코행이었고요. 내가 잘못 알았을지 모르지만."

"잘못 안 게 아닙니다."

"괴상하지 않아요? 하지만 뭔가 논리적인 설명이 있겠죠."

"설명이 있다는 건 분명합니다. 얼마나 논리적인진 모르겠지만. 다른 게 기억나시면 아무리 사소한 거라도 즉시 이 번호로 연락주세요. 아무때나."

"알겠어요."

"정보 정말 감사합니다, 라이너 부인."

"도움이 되었으면 좋겠네요."

"될 겁니다."

도드가 떠난 후 베티는 자리에 앉아 남은 커피를 마저 따랐다. 그때의 비행이 마음속에서 선명히 구별되자 계속 기억이 떠올랐다. 샌프란시스코에 비행기가 착륙했을 때 심장병을 앓는 노인은 상태가 나빠져 활주로에서 곧장 구급차에 실려가야만 했다. 멀미를 했던 꼬마 소녀는 회복이 되어 껌을 여러 개 씹다가 몇 개가 머리에 붙어버렸다. 결국 얼음 조각을 이용해 찬찬히 떼어내야만 했다. 신혼여행을 온 부부는 트랜지스터라디오를 야구 경기의 마지막 회에 맞춰놓고 들으면서 나갔다. 휴대용 술병을 들고 음담패설을 늘어놓던 건방진 승객 하나는 착륙장에서 넘어질 뻔했다. 켈로그 부부 건너편에 앉았던 멕시코 여자 둘은 모녀 사이 같았지만 그렇지 않았다. 둘은 말을 섞지 않고 따로 나갔다. 젊은 쪽은 가방에 미래가 담겨 있기라도 한 양 두 손으로 움켜쥐고 있었다.

"평범하고 일상적인 비행이었어."

베티는 마치 도드가 거기 남아 그 말을 부정하기라도 한 양 큰 소리로 말했다.

"불길한 기운은 하나도 없었는데. 켈로그 부인 눈이 멍든 건 사고 때문이지 맞아서 그런 것도 아니잖아. 남편이 준 알약도 드라마민이고. 부인이 겁먹은 듯 보였던 건 비행기 여행이 싫어서겠지. 로스앤젤레스에 내린 이유는……. 글쎄, 여러 가지 이유가 있겠지. 켈로그 부인 상태가 좋지 않았다던가, 켈로그 씨가 갑자기 처리해야할 업무가 있었다거나. 아니면 둘 다 오랫동안 만나지 못한 친척을만나러 가기로 했다던가."

제트기 한 무리가 이륙하더니 머리 위로 포효하며 날아갔다. 집이 흔들리고 창문이 덜그럭거렸다. 하늘의 풍경이 변했다.

헐린 브랜던은 길을 깜짝 놀래줄 외출 계획을 세웠다. 정오 직전 헐린은 담비 털이 달린 정장에 가장 좋은 진주로 치장해서 세련되고 명랑한 모습으로 길의 사무실에 나타났다.

길의 개인 비서인 킬리 부인은 마지못한 태도로 헐린을 맞았다. 주부라면 집에나 있을 일이지 남편 사무실을 들락거리면 쓰겠어.

"안녕하세요, 브랜던 부인. 브랜던 씨와 약속을 하신 건 아니죠?"

"아뇨, 약속은 없어요. 깜짝 방문이에요."

"아, 사장님은 오늘 아침 무척 바쁘셔서요. 점심시간까지는 방해하지 말라는 명령을 남기셨는데요."

"지금이 점심시간이에요."

헬린은 길의 사무실 문을 살며시 열었다. 그가 구술을 하거나 통화할 경우를 대비해서였다. 둘 다 아니었다. 그는 책상 위에 몸을 숙이고 두 손에 머리를 묻고 있을 뿐이었다. 주식 시세를 표시해주는 티커 테이프 기계가 옆에서 관심 좀 보여달라는 듯 콜록콜록 돌아갔다. 헬린은 꼼짝 않고 서서 남편을 가만히 바라보았다. 남편이 참으로 연약해 보인다는 생각에 놀라웠다. 이런 모습을 보고 싶지 않았다. 차라리 시비를 걸고 소리를 지르고 비난을 하는 편이 낫지 이처럼 무방비 상태로 앉아 있는 모습은 싫었다.

"길?"

그가 천천히 고개를 들었다. 눈은 세게 문지르기라도 한 양 불그레했다. 보고 싶지 않은 이미지를 지우려 한 듯했다.

"안녕, 헬린."

"비서 말로는 바빴다고 하던데. 지금도 바빠요?"

"응."

"뭐하느라고?"

"생각."

"설마⋯⋯. 오, 길. 그만해요. 어쩔 수 없는 일 가지고 걱정하지 마요."

"에이미가 실종된 후로 어느 때보다 지금 걱정할 거리가 많아."

"왜요? 무슨 일이 생겼어요?"

헐린은 방을 가로질러 남편의 어깨에 두 손을 얹었다. 솜을 넣은 캐시미어 코트 아래 남편의 어깨는 부서질 듯 굽어 있었다.

"길리, 여보. 나한테 털어놔요."

"에이미는 일요일 밤에 집에 온 적이 없대. 루퍼트는 집에 혼자 온 거야. 그 녀석이 한 말은 속속들이 새빨간 거짓말이었어."

"믿을 수가 없네요……. 어떻게 알아요?"

"도드가 알아냈어."

"그 사람 믿을 수 있어요?"

"루퍼트보다는 훨씬 믿을 수 있지."

헐린이 끌어안은 어깨가 짜증스럽게 움찔거렸다. 헐린은 뒤로 물러서며 두 손을 옆으로 떨어뜨렸다. 갖은 생각이 마음속 수면 위로 헤엄쳐 떠올랐다. 해초와 바위틈에 잠복하던 꼬치고기처럼 추악하고 날카로운 생각이었다. 에이미가 집에 오든 말든 상관없어. 차라리 오지 마. 다신 모습을 보이지 마.

"두 사람 토요일에 멕시코시티를 떠났대."

길이 말했다.

"샌프란시스코행으로. 수화물도 확인됐고. 그런데 짐만 오고 사람은 안 왔어. 둘은 로스앤젤레스에 내렸다는 거야. 짐은 일요일 저녁까지 찾아가지 않았다는군."

"그래서 뭐가 증명이 됐는데요."

"내가 줄곧 의심했던 게 증명이 됐지. 루퍼트가 한 얘기는 모두

거짓말이라고. 에이미는 일요일 밤에 집에 오지 않았어. 개를 데려
가지도 않았고 루퍼트가 역에 데려다준 적도 없지. 립스틱이 묻은
하이볼 잔은 에이미 게 아니고…….”

“어떻게 그렇게 확신해요? 어쩌면 함께 로스앤젤레스에 내렸다
가 다음날 비행기를 같이 탔을지도 모르잖아요.”

“어째서 짐도 없이 로스앤젤레스에 내렸겠어? 혼자 여행하는
남자라면 그럴지도 모르지. 하지만 여자는 안 그래.”

길은 말을 멈추고 다시 눈을 비볐다.

“루퍼트가 에이미를 좀더…… 순순히 만들려고 약을 먹였다는
증거도 있어.”

“약을 먹여요? 와, 정말 정신 나간 소리네요. 완전히 정신 나갔
어요!”

“내 생각엔 당신은 루퍼트가 썩었다기보다는 내가 미쳤다고 믿
고 싶은가 봐.” 길은 조용히 말했다. “그런 거야, 헐린?”

헐린은 책상에 털썩 기댔다.

“난, 난 당신이 미쳤다고 한 적 없어요. 그저 몇몇 생각이…….”

“당신은 굳게 믿고 있잖아. 안 그래? 내가 에이미에 관한 강박
때문에 판단력이 흐려졌다고. 자, 인정해, 헐린. 오랫동안 그렇게
생각도 했고 말도 흘렸고 은근히 그런 티도 냈잖아. 대놓고 말해버
리는 게 좋지 않겠어?”

헐린의 입은 마치 덫에서 빠져나오려는, 궁지에 몰린 짐승처럼

더듬더듬 움직였다.

"당신이 미쳤다고도 루퍼트가 썩었다고도 생각 안 해요."

"양다리를 걸치겠다 이거야, 응?"

"난 그저 거리를 두고 합리적으로 대하려는 것뿐이에요."

"그래, 거리를 두고 있지. 오랫동안 거리를 뒀어. 에이미한테도 그렇고 나한테도 그렇고."

헐린은 목에서 말이 양잿물처럼 부글부글 끓어오르는 기분이었지만 꿀꺽 삼키고 침착하게 말했다.

"길, 난 당신에겐 거리를 둔 적 없어요. 당신도 알잖아요. 하지만 그게 당신 의견에 모두, 언제나 동조한다는 뜻은 아니에요. 당신은 루퍼트를 좋아하지도 않고 한 번도 좋아한 적 없었지만 나는 좋아하는걸요."

"어째서? 그 자식이 에이미랑 결혼하고 우리 손에서 걔를 치워줘서?"

거의 정곡을 찔렀다.

"루퍼트가 아가씨에게 좋은 남편이 되어줄 거라 생각했어요. 실제로도 그랬고요. 이렇게 될 때까지는……."

"될 때까지는. 그래. 그것참 대단한 표현인데……."

"아, 길. 그만해요. 날 자꾸 당신 뜻과 반대로 루퍼트 편을 드는 입장으로 몰지 마요."

"당신은 사실과 반대로 그 녀석 편을 드는 거야. 내게 반대하는 게 아니라. 사실이라고. 내 말 제대로 듣고 있어?"

"이 건물에 있는 사람들은 죄다 듣고 있을걸요."

"들을 테면 들으라지!"

두 사람은 책상을 사이에 두고 서로 노려보았다. 헐린은 분노보다 더 큰 안도를 느꼈다. 길이 고함을 지르고 있어. 좋은 거지. 적어도 이젠 연약해 보이지 않으니까. 맞서 싸우려 하지. 교수대 올라온 사람처럼 고개를 수그린 채 목을 드러내놓고 앉아 있지 않으니까.

그가 좀더 부드럽게 말했다.

"불만을 늘어놓는 김에 이 부탁도 해두고 싶은데, 기차 타고 시내 나올 땐 진주 목걸이 하고 나오지 마."

"왜요?"

"요새 보석 강도가 그렇게 많대."

"진주 목걸이에 보험 들어놨는데."

"귀해서 그러는 게 아니야. 없어지면 새걸 사줄 여유가 없어. 당신도 이제 알 거 아냐. 요새 우리 사정이 빠듯하다는 거. 내 운이 나빴든, 판단을 잘못했든, 양쪽 다이든, 뭐라고 해도 좋아. 어쨌든 이제 우리는 씀씀이를 줄여야 해. 어쩌면 집을 팔아야 할지도 몰라."

"집을 팔아요?"

"그렇게 될지도 모른다는 거지."

"어째서 더 일찍 말하지 않았어요? 돈을 아낄 수 있는 방법이 수백 가지도 넘게 있었는데."

"지금부터라도 하면 되지."

"그래요, 그것도 괜찮아요."

괜찮은 것 이상이었다. 헐린은 변화한다는 생각, 도전이라는 생각에 들떴다. 어쩌면 그들은 무너져가는 옛날 집을 찾아야 할지 모른다. 길과 아이들이 수리를 도와 칠을 하고, 새 지붕을 얹고, 커튼을 수선하고, 문과 계단을 보수해야 할지도 모른다. 온 가족이 공동 목표를 위해 함께 일한다.

"이전에도 가난했었는걸요. 상관없어요."

"난 상관있어. 많이 상관있다고."

헐린은 마음속으로 여전히 옛날 집을 떠올리고 있었다. 하지만 집을 고치는 사람은 하나도 없었다. 지붕은 비가 새고, 계단은 삐걱거리고, 창문엔 금이 갔고 커튼도 없으며, 칠은 벗겨지고 있었다. 길은 앞 베란다에 앉아 두 손에 머리를 묻고 있었다. 그의 목은 무방비하게 드러나 있었다. 어떤 공격도 막을 수 없었다.

"젠장. 맞서 싸워요."

"싸워? 뭐랑 싸워? 당신이랑?"

"내가 아니에요. 나랑 싸우면 안 되죠. 우린 같은 편에 서야 해요, 힘을 한데 모아서. 우린 그래야 한다고요. 만약에……."

"만약 뭐? 만약 뭔지 말해봐."

"만약 에이미를 위한 게 아니라도요."

길은 고통스러운 표정을 짓긴 했지만 놀라진 않았다.

"그런 말 한 거 후회할 거야."

"어쩌면 벌써 하는 것도 같네요." 헐린은 맑은 정신으로 말했다. "하지만 믿지 않기 때문이라서는 아니죠."

인터폰이 울리더니 비서의 목소리가 방안에 서서히 흘러들어왔다. 사서가 속삭이듯이 고요를 꿰뚫으면서도 부드러운 소리였다.

"브랜던 씨, 도드 씨가 다시 전화하셨습니다. 받으시겠습니까?"

"연결해요. ……도드? 그래요, 그래. 이해해요. 언제? 얼마나? 세상에, 아무도 막지 않았답니까? 합법적인 건 알지만 그런 환경에서는……. 아니, 오후 늦게까지는 사무실에서 나갈 수가 없어요. 잠깐만요."

길은 한 손으로 수화기를 막고 아내에게 날카롭게 말했다.

"밖으로 나가서 기다렸으면 좋겠는데."

"왜요?"

"개인적 문제니까."

"에이미 아가씨에 관한 일이란 뜻이겠죠?"

"당신이 상관할 바가 아니란 뜻이야."

"어차피 상관하지도 않았는걸요."

헐린은 명랑하게 대꾸했지만 볼은 타는 듯 붉어졌다. 문으로 걸어가는 다리가 고무처럼 후들후들 떨렸다.

헐린은 바깥 사무실로 나가서 비서의 책상 앞에 섰다.

"브랜던 씨에게 내가 기다릴 수 없었다고 전해주세요. 다른……

약속이 있어서."

약속은 딱 맞는 표현이 아니라고 헐린은 아래층으로 내려가는 엘리베이터 속에서 생각했다. 볼일이 더 맞는 말이지. 자비심에서 비롯된 볼일. 아니면 장난으로 인한 볼일이라고 해야 하나. 관점에 따라 다를 뿐이지.

거리에 나선 헐린은 택시를 잡아타고 루퍼트의 회계 사무소 주소를 댔다.

"걸어가도 되는 거리인데요."

택시 기사가 대꾸했다.

"알아요. 급해서 그래요."

"알았습니다. 페닌슐라에서 오셨어요?"

"그래요."

기사는 얼굴을 일그러뜨리며 소리 없이 웃었다.

"딱 보면 안다니까요. 이런 일을 이십육 년이나 하다 보면 감이 생기죠. 나도 페닌슐라 출신이에요. 레드우드 시티. 아침마다 여기까지 기차를 타고 출근해서 종일 택시를 몰다 저녁에는 기차 타고 퇴근하죠. 기차를 좋아하거든요. 마누라는 나보고 기술자가 되지 그랬냐고, 그러면 어디다 주차를 하라느니 일방통행 도로에서는 뭘 어떻게 하라느니 하는 돌머리 경찰들을 상대할 일도 없었을 텐데, 그래요. 일방통행 도로에선 기름이 얼마나 낭비되는지, 원."

기름 낭비 많이 하고 있네요, 끝. 헐린은 짜증스럽게 생각했다.

다른 때라면 택시 기사의 농담도 재미있었을지 모르고 이런저런 질문으로 얘기를 끌어내어 길하고 아이들에게 얘기할 만한 재미있는 이야깃거리를 만들어냈을지도 몰랐다. 하지만 오늘은 택시 기사가 그저 수다스럽고 짜증스러운 불평꾼 노인처럼 보일 뿐이었다.

기사는 붉은 포석 옆에 정차했다. 헐린은 택시비를 내고 가능한 한 빨리 택시를 빠져나왔다.

루퍼트의 사무실에 당도하니 버턴이 한창 머리카락을 빗고 있었다.

"어머, 브랜던 부인."

버턴은 허둥거리며 가방에 빗을 도로 넣었다.

"저희는 오시는지 전혀 몰랐어요."

이게 그저 표현상의 '저희'인지 루퍼트와 나라는 뜻의 '저희'인지, 헐린은 궁금했다. 이전에는 버턴을 딱히 관심 있게 본 적 없었고 길이 의심하지 않았더라면 지금도 아마 무심히 지나쳤을 터였다. 딱히 특별한 점도 없는 여자였다. 약간 근엄해 보이는 푸른 눈, 작은 들창코, 통통하고 불그레한 뺨, 금방 색을 바꾸는 머리카락. 오래도록 충실히 봉사하기 위한 짧고 튼튼한 다리. 이 모든 것들이 한데 모인 모습에서 솔직함과 소박함이 그대로 드러났다. 심지어 감정적인 난시인 길조차도 이를 부인할 수 없을 것이다.

헐린은 태연히 말했다.

"켈로그 씨 계신가요?"

"방금 나가셨어요."

"괜찮으면 기다리죠. 아니면 쇼핑이라도 하고 나중에 오든가."

"오늘은 사무실에 다시 들어오지 않으실 거예요. 몸이 좋지 않으시다고 해서. 감기 기운이 있으신 것 같더라고요. 요새 몸을 잘 돌보지 않으셔서. 켈로그 부인이…… 혼자 사시게 된 후로는요."

"아."

"제 말은, 음, 일단은 식사를 제대로 하셔야 한다는 거죠. 뜨뜻한 음식을 든든히 먹는 게 중요하잖아요."

"버턴 양은 요리 잘해요?"

"요리요?"

버턴은 목부터 귀 끝까지 새빨개졌다.

"왜요? 왜 그런 걸 물으시죠?"

"그저 관심이 좀 있어서."

"먹어줄 사람이 있으면 요리하는 걸 좋아하죠. 하지만 그럴 사람이 없어서요. 그걸로 대답이 된 것 같네요. 그 뒤에 숨어 있는 다른 질문에도요."

"무슨 다른 질문?"

"무슨 뜻인지 아시잖아요."

"모르겠는데요. 전혀 모르겠어요."

"남편분은 아시겠죠."

버턴은 목소리가 떨리고 왼쪽 관자놀이에서 맥이 세차고 불규

칙적으로 뛰기 시작했다.

"똑똑히 아실 거예요."

"남편이 버턴 양에게 뭐라고 하던가요?"

"저한테요? 아뇨. 저한테 하신 건 아니죠. 제 등뒤에서 하셨죠. 느끼한 탐정을 고용해서 제 뒤를 밟게 하고, 정보를 캐게 하고. 하지만 마른땅을 캐봤자 나올 건 없잖아요. 하나도 찾아내지 못했죠. 브랜던 부인도 마찬가지세요. 알아낼 게 없으니까요. 저는 한 번도……."

"잠깐만요. 내가 남편이 시켜서 여기 왔다고 생각해요?"

"참 이상한 우연이네요. 어제는 탐정이, 지금은 사모님이."

헐린은 짧게 웃었지만 웃음이라기보다는 분노가 섞인 기침 소리에 가까웠다.

"내가 여기 온 걸 길이 안다면, 그이가…… 뭐, 상관없어요. 이렇게 말해두죠. 난 남편이랑 매사에 의견이 일치하는 건 아니에요. 남편이 한 무슨 짓에 화를 낸다면, 괜찮아요. 그건 버턴 양 권리이니까. 하지만 화풀이를 내게 하진 마요. 나는 루퍼트의 친구로 여기 온 거니까요. 버턴 양도 친구 아닌가요. ……그렇죠?"

"그래요."

"뭐, 그렇다면, 힘을 모으는 편이 낫지 않겠어요? 서로에게 협조하는 편이?"

버턴은 고개를 저었다. 싫다기보다는 슬프다는 뜻이었다.

"모르겠어요. 이제 누굴 믿어야 할지 모르겠어요."

"우린 같은 배에 탔네요. 문제는 배가 어디로 가느냐는 거죠. 그리고 누가 키를 잡는가?"

"전 배에 대해선 아무것도 몰라요." 버턴의 목소리는 차갑고 조심스러웠다. "아무것도 몰라요."

"실은 나도 그래요. 남편이랑 샌프란시스코 만에서 딱 한 번 배를 탔을 뿐이죠. 몇 년 전, 우리 둘이서만. 길이 항해사였고 난 선원 역할을 맡았죠. 세상에, 끔찍했지. 처음부터 난 겁을 잔뜩 먹었거든요. 수영도 잘 못하는데다가 강풍이 몰아치기 시작하는데 길은 고래고래 소리만 질러대고. 그런데 무슨 말인지 하나도 모르겠는 거야. 무슨 외국어나 아이들이 재잘거리는 헛소리처럼 들리더라고요. 뭘 준비하라고 하고, 키를 현측으로라나, 세로돛 이동이라고. 길이 나중에 설명해주긴 했지만 그땐 어찌나 정신이 없던지. 나한테 즉각 긴급 조치를 취하라는 것 같은데 뭔지 이해할 수 없었으니까요. 지금도 그런 기분이에요. 바로 지금, 강풍이 불고 위험이 닥쳐오죠. 뭔가 해야만 해요. 하지만 뭔지 모르겠어요. 명령은 헛소리 같고 어디서 오는지조차 알 수 없어요. 그런데 배에서 내릴 순 없죠. 버턴 양은 내릴 수 있겠어요?"

"해본 적이 없어서요."

"하려고 하지도 않을 거죠?"

"네. 너무 늦었어요."

"그럼 우리는 신호를 제대로 받는 편이 좋아요." 헐린은 무뚝뚝하게 말했다. "그렇게 생각하죠?"

"그런 것 같네요."

"루퍼트는 어디 있죠?"

"말씀드렸잖아요. 편찮으시다고 집으로 가셨어요."

"집으로 곧장?"

"점심 먹으러 식당에 들르셨을지도 모르고요. 정오에 항상 같은 곳에서 점심을 드시니까요. 마켓 스트리트에 있는 래시터라는 식당이에요. 키어니 근처."

래시터는 가격이 적당한 식당 겸 주점으로, 금융가의 남자들이 주로 가는 곳이었다. 마티니를 마시러 온 손님들이 바글바글했다. 상무이사, 영업부장, 서부 해안 지사장 들로 모두 간부급이었다. 이 말은 두 시간 동안 점심을 즐길 자격이 있는 사람이라는 뜻일 뿐이었다.

헐린은 루퍼트를 금방 찾았다. 앞에 맥주 한 병과 햄버거를 두고 카운터에 앉아 있었다. 둘 다 손도 대지 않았다. 펼쳐놓은 문고본을 맥주병에 기대놓고 빤히 들여다보긴 했지만 읽고 있진 않았다. 바짝 굳어 무언가를 기다리는 모습이었다. 마치 좋아하지 않는 사람이나 마주하고 싶지 않은 무언가를 기다리는 듯했다.

헐린이 어깨를 톡톡 치자 루퍼트는 펄쩍 일어섰다. 그 바람에

책이 옆으로 쓰러지며 맥주병이 비틀거렸다.

헐린이 물었다.

"점심 안 먹을 거예요?"

"안 먹을 것 같네요."

"난 뭐든 낭비하는 게 싫더라."

"마음껏 드십시오."

루퍼트가 일어서자 헐린은 카운터 자리를 차지하고 창피해하거나 남을 의식하지도 않고 거리낌 없이 햄버거를 집었다.

헐린이 먹는 동안 루퍼트는 잠깐 뒤에 서 있었다.

"여기서 뭐하는 겁니까, 헐린?"

"서방님이 주로 여기서 점심을 먹는다고 버턴 양이 말해줘서요. 와봤더니 정말 있네요."

"그래서요?"

헐린은 옆자리에 앉은 남자가 엿듣지 못하도록 빠르고도 조용히 말했다.

"길이 막 전화를 한 통 받았어요. 도드라는 남자한테. 서방님하고 무슨 돈 이야기인 게 분명해요. 통화 내용을 조금밖에 듣진 못했지만요. 나보고 나가 있으라고 해서 더이상 들을 수가 없었어요. 오늘 오후 늦게 도드를 만날 건가 봐요. 무슨 담판을 지을 계획을 세우는 것 같기도 하고요."

"돈 문제로?"

"그런 것 같아요."

"아무 근거가 없을 텐데."

옆 자리에 앉은 남자가 계산을 하고 나가자 루퍼트는 그 자리에 앉았다.

헐린이 말했다.

"잘 들어요. 나도 이 일에 관해 좀더 알아야겠어요. 서방님을 옹호해주려다 내 입장도 난처해졌어요. 내가 올바른 행동을 하고 있다는 확신을 받고 싶어요."

"그러고 계십니다."

"도드가 말한 돈 얘긴 뭐죠?"

"에이미의 계좌에서 수표를 바꿔서 현금을 좀 찾았어요. 재정 위임권을 써서."

"왜요?"

"사람들이 현금을 찾는 이유가 뭐겠습니까? 돈이 필요해서지."

"아뇨. 대체 도드나 길 쪽에서 이런 소동을 피우는 이유가 뭐냐는 거죠. 길 말로는 그 상황에서 서방님을 제지했어도 법적으로 문제가 없을 거라고 하던데요."

"아무도 절 제지하지 못할 겁니다. 제게 질문할 권리가 있는 사람도 없어요. 사실 어떤 직원이 도드에게 그 사실을 제보했다면 그야말로 부정행위로 유죄입니다. 공식적 직함도 없는 도드에게 개인 기록을 공개해서는 안 되죠."

"도드는 어떤 사람이에요?"

"모르겠습니다. 만난 적이 없으니까요."

"버턴 양은 만났다던데." 헐린은 신중하게 말했다. "지난밤에."

루퍼트는 무심한 표정을 지으려 애썼다. 헐린은 카운터 뒤 거울에 비친 루퍼트의 표정을 볼 수 있었다. 온갖 표정을 지으려 애썼지만 그중 어느 하나도 상황에 어울리는 표정은 없었다. 마침내 루퍼트는 말했다.

"그래, 버턴 양은 얌전히 입을 다물지 못했군요."

"나한테 말할 작정은 아니었어요. 버턴 양을 너무 나쁘게 생각하지 마요. 내가 그 위대한 브랜던-도드 연합 전선의 스파이로 사무실에 왔다고 생각하더라고요. 웃기지 않아요?"

헐린은 혐오스럽다는 표정으로 빈 접시를 밀어냈다. 돌이켜보니 별로 배고프지 않았다는 생각이 들어 햄버거를 먹어치운 것을 후회하는 듯했다.

"버턴 양은 서방님을 사모해요. 서방님도 그걸 알 거고."

"아니, 아닙니다!" 루퍼트는 날카롭게 말했다. "지금 무슨 상상을……."

"그럼 이제 알 때도 됐네요. 얼굴에 딱 써 있잖아요, 루퍼트. 난 안쓰러워요."

"어째서 그런 생각을?"

"공감 같은 거죠. 나도 그런 경험이 있었거든요. 내 존재를 알아

채지도 못하는 사람을 사랑했던 경험. 물론 몇 년 전 일이지만." 헐
린은 재빨리 덧붙였다. "길을 만나기 전에."

"그러시겠죠."

"급한 볼일이라도?"

"왜요?"

"계속 벽시계를 쳐다보고 계셔서요."

"아, 사무실에 금방 들어가봐야 해서요."

"오늘 오후에는 사무실에 안 들어가실 줄 알았는데."

"어째서 그런 생각을 하셨죠?"

"버턴 양이 그러던데."

"버턴 양이야." 그는 편안하게 받아넘겼다. "내가 몸이 안 좋다
고 하니까 집에 가서 쉬라고 나를 설득하더라고요. 거의 넘어갈 뻔
했죠. 지금은 몸이 좋아져서 오후에 일하러 들어가보려고요."

그는 일어서서 떠나려는 듯 의자를 빙그르르 돌렸다. 하지만 한
순간 망설이더니 다시 반 바퀴 돌아 카운터를 마주보았다.

"그럼 커피나 한잔할까요?"

헐린이 의심을 품고 있지 않았더라도 그 행동은 너무 뻔했다.
헐린은 머리를 살짝 갸웃해서 거울에 비친 출입문을 보았다. 막 들
어온 젊은 여자 한 명이 초조하게 실내를 살피고 있었다. 체구가 좋
고 예쁜 여자였다. 몸에 딱 맞는 모직 정장을 입고 깃털 모자를 쓴
데다 색유리구슬 목걸이를 몇 줄씩 감고 있었다. 에나멜 가죽 하이

힐은 어찌나 굽이 높던지 몸이 강풍을 맞은 양 앞으로 기울어져 있었다. 여자가 한 손으로 금발 곱슬머리 위에 얹은 깃털 모자를 바로 잡자, 백금 결혼반지가 불빛 아래서 빛을 발했다.

헐린이 말했다.

"저 여자 예쁘네요."

"누구요?"

"문 옆에 서 있는 젊은 여자. 누굴 찾고 있는 것 같은데요."

"전 못 봤는데요."

"지금이라도 보세요."

"그래야 합니까?"

"아, 흥미가 있을지도 모르잖아요. 저 여자는 흥미가 있나 본데요. 이쪽으로 오고 있어요."

"그럴 리가요. 이전에 한 번도 본 적 없는 여자인데."

루퍼트는 몸을 돌려 차가우면서도 신중한 눈길로 여자를 응시했다. 여자는 우뚝 멈추더니 높고 좁은 힐로 불안하게 비틀거리며 담배 자동판매기로 갔다. 헐린은 여자의 발이 다른 부분에 비해서 크다는 데 눈길이 갔다. 인생의 상당한 기간 동안 맨발로 다녀서 넓적해진 듯했다. 여자는 자동판매기 배출구에서 담배를 꺼내어 검은색 에나멜 가죽 핸드백에 넣더니 출구로 걸어나갔다. 여자가 지나갈 때 그 옆자리에 앉아 있던 남자 하나가 휘파람을 불었지만 여자는 소리를 듣지 못했는지 무슨 뜻인지 모르는지, 아니면 누구에게 그러는지 모르는 양 아무런 관심도 두지 않았다.

헐린이 말했다.

"저 여자 농장 출신인가 봐요. 옷차림은 영화 잡지를 보고 그대로 따라한 것 같네요. 관점에 따라서는 피부를 잘 그을린 금발이라고도 할 수 있고, 아니면 염색을 잘한 갈색 머리라고도 할 수 있겠어요."

"전 아무 관점이 없습니다. 모르는 여자니까요."

"아마도 같은 건물 다른 사무실의 비서 아닐까요. 루퍼트에게 홀딱 반해 짝사랑하는 거죠."

"엉뚱한 말씀 마세요. 여자들이 저 같은 남자에게 반할 리가 있습니까."

"사실이 그렇잖아요. 서방님은 완벽하게 훌륭한 아버지가 될 것 같은 이미지예요. 심지가 굳지만 친절하고, 강하지만 상냥하고, 그런 식. 치명적인 매력이죠. 저 나이의 여자애들에겐. 저 여자애가 몇 살이나 된 것 같아요? 스물둘? 스물다섯?"

"그런 생각은 해본 적도 없고 그럴 마음도 없습니다."

"어쨌든 버턴 양보다는 몇 살이나 어리겠네요. 그렇지 않나요?"

"게임은 그만하세요."

헐린이 미소를 지었다.

"난 게임을 좋아해요. 그렇지 않았다면 여기 오지도 않았겠죠. 어떤 면에서는 재미있어요. 길과 도드가 불안한 사냥개 한 쌍처럼 킁킁 냄새를 맡고 다니는데, 나는 그 둘을 냄새에서 멀어지게 만들고 있으니까요. 무슨 냄새겠어요? 바로 서방님 냄새죠."

"어째서 그러시는 거죠?"

"말씀드렸잖아요. 게임을 좋아한다고."

"나도 게임을 좋아합니다. 상품이 내 머리 가죽이 아닐 때는요. 길의 동향에 대해 경고를 주신 게 두 번째인데요. 진짜 이유가 뭐죠, 헐린?"

"설명하기가 복잡해요."

"그럼 설명하지 마십시오."

"안 할 거예요."

"어쨌든 고맙습니다. 저 때문에 괜한 수고까지 하시고."

"무슨 그런 말씀을. 적어도 저한테는 안 그러셔도 돼요. 잘 모르겠네요. 전…… 배신자 같은 기분이 들기 시작하네요. 내가 배신자가 아니라는 확신을 얻고 싶어요. 여기 온 게 옳은 행동이라고요."

"옳은 일을 하신 겁니다." 루퍼트가 엄숙하게 말했다. "다시 한 번 감사합니다, 헐린. 언젠가, 아마도 곧, 에이미도 감사 인사하러 올 거예요."

"에이미 아가씨가요? 곧?"

"그러길 바랍니다."

"다시 오는 건가요?"

"물론 다시 오죠. 왜 안 온다고 생각하셨죠?"

"아니, 딱히 그런 생각은."

"어쩌면 추수감사절에는 올 겁니다. 적어도 크리스마스까지는 올 거예요. 우리 모두 다시 함께 만날 수 있겠죠. 전부 예전과 똑같 아질 거예요."

"똑같이." 헐린은 멍하게 반복했다. "물론, 정확히 똑같겠죠."

정확히. 필연적으로. 돌이킬 수 없게.

헐린은 아무에게도 들려줄 수 없는 소리가 나오지 않도록 한 손 으로 입을 꾹 누르며 일어섰다.

나중에 질문을 받았을 때 헐린은 그다음 두 시간을 어떻게 보냈 는지 제대로 기억하지 못했다. 여러 거리를 혼자 걸으며 상점 진열 장과 낯선 이들의 얼굴을 들여다본 건 기억이 났다. 오랫동안, 아 니면 잠깐인지는 모르지만 유니언 스퀘어의 벤치에 앉아 슬픈 눈을 한 노인들이 빵부스러기와 팝콘을 비둘기에게 던져주는 광경을 구 경하기도 했다. 비둘기들은 통통하고 매끈해서 에이미와는 닮은 구 석이 없었지만 헐린은 비둘기들이 발치로 가까이 다가오자 질색하 며 물러섰다. 비둘기의 의존성, 먹이를 달라고 계속 졸라대는 끈질 긴 온순함이 혐오스러웠다. 에이미. 또 에이미. 추수감사절까지. 아 니면 크리스마스에. 영원히 사라질 희망은 없는 거야.

보슬비가 내리기 시작하자 노인들은 벤치를 포기하고 비를 피 해 비척비척 떠나버렸다. 헐린은 장갑을 끼고 가려고 일어서다 래시터 식당에서 본 여자가 파월 스트리트에서 유니언 스퀘어로 들어오는 것을 보았다. 이 여자가 자기를 알아본 건지, 설사 알아봤더라도 그게 중요할지는 알 수 없었지만, 헐린은 주의를 기울이는 차원에서 풀밭에 버려진 신문지를 주워 앞으로 펼쳐 들었다.

처음에 여자는 혼자인 것처럼 보였고 나란히 걷던 남자는 여자를 휙 지나쳐 제 갈 길을 가려는 줄 알았다. 하지만 남자는 그냥 지나치지 않았다. 남자는 줄곧 여자 오른쪽 옆에서 걸으며 마치 한창 다투는 중이거나 다툰 직후의 사람들처럼 약간 거리를 두었다. 두 사람은 헐린이 흐늘흐늘한 신문지 뒤에 숨어 있는 벤치까지 접근했다. 비둘기들이 발밑에서 구구거리며 쪼아댔다.

남자는 여자만큼이나 머리색과 피부색의 대조가 두드러졌다. 머리색은 아주 밝았지만 피부색은 짙게 그을렸다. 두 사람은 남매 사이 같기도 했다. 남자가 연상으로 삼십 대 초반처럼 보였다. 눈가와 입가에는 웃어서 생긴 주름이 선명히 잡혀 있었지만 남자는 웃고 있지 않았다. 짙은 피부임에도 창백해 보였고 요란한 격자무늬 스포츠 코트를 입은 몸은 허약해 보였다. 헐린은 처음 보는 남자였지만 이와 비슷한 사람을 본 기억이 났다. 몇 년 전, 오클랜드에서 불황기를 겪을 때 학교 가는 길에 있던 당구장에는 일자리가 없는 청년들이 할 일 없이 모여 빈둥거리고 있었다. 얼굴이나 자세에 공통적인 표정이 있었다. 딱히 비통하거나 화가 난 것도 아니고 께느른한 얼굴. 세상에 별로 바라는 것도 없다는 듯했다. 격자무늬 코트를 입은 남자도 똑같은 표정을 짓고 있었다.

농장 아가씨와 당구장 건달이라. 둘 다 유니언 스퀘어에는 어울리지 않았고 서로 어울리는 한 쌍도 아니었다. 헐린은 둘 중 하나가 루퍼트와 관계가 있다는 추측도 할 수 없었다. 내가 오해했나봐, 헐린은 생각했다. 여자를 모른다고 한 루퍼트의 말은 사실이었던 거야. 전에 한 번도 본 적 없다고 한 것도. 루퍼트가 한 말은 모두 진실인지도 몰라. 의심은 전염되지. 길에게 옳은 거야.

헐린이 길의 사무실로 돌아갔을 때는 4시가 다 된 시각이었다. 길은 외투를 입고 서류 가방을 겨드랑이에 낀 채로 막 나가려던 참이었다.

길이 말했다.

"쫄딱 젖었네. 어디 갔었던 거야?"

"산책요. 이것저것 구경도 하고."

"서두르면 집에 가는 4시 37분 기차를 탈 수 있어."

"당신은 안 가고요?"

"나중에. 도드를 만나야 해."

"왜요?"

"루퍼트와 담판을 지어야 하니까."

"왜 지금, 오늘요?"

"개를 찾았거든."

헐린은 멍청하게 남편을 바라보았다.

"개라니, 무슨……?"

길이 말했다.

"에이미의 개."

도드가 말했다.

"시데일리아 보관소입니다. 작은 동물병원 겸 애완동물 보관소예요. 시 경계 바로 바깥인 스카이라인 불러바드에 있어요. 그 사람이 9월 14일 일요일 밤에 개를 데려왔답니다. 수의사는 없었지만 여름방학 동안 일을 돕는 대학생이 그때 근무중이었대요. 개가 등에 습진성 반점이 하나 있어서 켈로그는 다음에 연락할 때까지 개를 맡아달라는 부탁을 했다더군요. 한 달 치 비용을 미리 냈다고 합니다. 개는 격자무늬 목걸이를 하고 있었지만 줄이 달려 있진 않았고요. 수의사 말로는 개 상태는 좋대요. 습진도 사라졌고 켈로그가 마음만 먹으면 언제든지 데려가도 된다고……. 그건 그렇고 켈로그 사무실에 전화는 했습니까?"

길이 고개를 끄덕였다.

"버턴 양이 받더니 정오에 집에 간다고 나갔다더군요."

"그럼 집으로 가서 잡읍시다. 이해하실지 모르겠지만 우리가 질문을 던지면 그 사람이 답변을 주기를 바랄 도리밖에 없어요. 개를 보관소에 맡기는 건 불법이 아니거든요. 또 재정 위임권을 쓰는 것도 불법은 아니죠. 만오천 달러라고 해도."

"그 자식이 왜 그만한 돈이 필요하단 말이오?"

"그거야 가서 알아봐야죠. 괜찮으시면 제 차로 가시죠."

비가 약해지자 바람이 높아졌고 작은 폭스바겐은 길 위를 구르는 회전초처럼 돌풍을 맞고 흔들렸다. 하지만 구를 만한 여유 공간은 없었다. 풀턴 스트리트부터 꽉 막혀 5시 퇴근 차량들이 지렁이 걸음으로 기어갔다. 길은 불끈 쥔 두 주먹을 허벅지 위에 올려놓고 앉아 있었고, 도드가 브레이크를 밟을 때마다 길의 발이 바닥을 쿵 내리쳤다.

"작은 차인데요." 한참 있다가 도드가 말했다. "운전자는 하나면 충분합니다."

"미안하군요."

"그렇게 긴장할 까닭은 하나도 없습니다, 브랜던 씨. 우리가 알아낸 진실을 들이대면 그 사람은 무너질 거예요. 우리가 알아내지 못한 나머지는 알아서 술술 불고요. 아니면 또 전부 적당한 핑계를 꾸며대겠죠."

"돈을 포함해서?"

"돈 부분은 쉬워요. 에이미에게 보낼 돈이 필요했다고 하면 되니까. 뉴욕 생활비가 생각보다 많이 든다면서."

"걔는 뉴욕에 있지 않아요."

"제가 켈로그 씨 입장이라면 증명해보라고 하겠죠."

"그럴 거요. 맨손으로 그 자식에게 진실을 짜내는 한이 있더라도."

도드는 잠시 아무 말 없이 차들 사이를 헤치고 가는 데만 집중했다. 프리시디오 불러바드 서편으로 갈수록 차는 적어졌다.

"솔직하세요, 브랜던 씨. 정말 맨손으로 알아내려는 건 아니잖아요."

"그럴 거요."

"총은 왜 가지고 왔습니까?"

"난……. 모르겠소. 오늘 오후에 샀죠. 이전에는 총을 가져본 적이 없었는데. 갑자기 하나 있어야겠다, 하나 필요할지도 모르겠다, 하는 생각이 들어서."

"그래서 기분이 좋아졌습니까?"

"아니요."

"저도 그렇군요." 도드가 음울하게 대답했다. "없애버리세요."

"그럴 필요까지 있습니까."

"그래야 할 겁니다. 브랜던 씨는 장전된 총을 가지고 돌아다닐 만한 사람이 아니에요."

"나도 그 정도는 알아요. 장전은 안 했소. 탄창을 안 샀으니까."

도드는 흥미거나 안심, 혹은 둘 다를 담은 소리를 작게 냈다.

"브랜던 씨는 정말 속을 알 수가 없군요."

"내가 내 속을 그렇게 드러내고 싶다면 당신 표현대로 정신과 의사에게 갔겠죠, 탐정이 아니라. 다음 모퉁이에서 우회전해요. 그 집은 세 번째 블록 한가운데 있으니까."

"총은 차 안에 놔두는 편이 좋겠어요."

"왜요? 장전되어 있지 않다니까."

"켈로그는 장전되어 있다고 오해할지도 모르잖습니까. 그래서 장전된 총으로 맞설 수도 있고. 그랬다간 우리 둘 다 빼도 박도 못할 위태로운 처지에 놓여요."

"마음대로 해요."

길이 건넨 총을 도드는 조수석 글러브 박스 안에 넣고 잠갔다.

"한 가지만 더요, 브랜던 씨. 얘기는 저한테 맡기세요. 일단 처음에는요. 필요하면 나중에 끼어드셔도 좋지만 처음부터 괜한 감정으로 일을 망치지는 맙시다."

길은 뻣뻣하게 차에서 내렸다.

"당신 표현이 마음에 들지 않는군."

도드의 대답은 바람에 묻혀 들리지 않았다. 그는 외투 옷깃을 세우고 길을 뒤따라 현관으로 향하는 보도에 올라섰다.

외관에 무척 신경을 쓰는 중산층 동네였다. 알로카시아 이파리만 한 잔디밭은 완벽하게 정돈되었고 덤불 울타리는 자랄 틈도 없이 다듬는 모양이었다. 장미와 동백은 여기 사는 사람들만큼 규칙적으로 물과 양분을 주고 병이 들지 않았나 꼼꼼하게 검사하며 보살피는 듯했다. 획일적인 거리였다. 똑같은 모양의 집들은 매해 봄 동시에 새 칠을 할 것이고, 정원과 울타리와 미래는 균등한 관심 아래서 설계한다는 규칙이 존재할 것이다. 모든 게 잘못되더라도 기본 계획은 여전히 유효하리라. 외관을 깨끗이 유지하기, 덤불 울타리 다듬기, 잔디밭 깎기. 그래서 이 집들이 삼중 담보에 걸려 있다는 사실과 어머니의 두통은 편두통이 아니라 마티니를 하도 마셔서 생긴 증상임을 아무도 눈치채지 못하도록.

도드가 물었다.

"누가 이 집을 골랐죠?"

"에이미가요." 길은 초인종을 눌렀다. "말하자면 에이미가 내 충고를 받아들인 거지. 이 부지는 시장에 공개적으로 나오기 전에 내가 알아낸 부동산 매물의 부분이었소."

"동생분은 좀더 고급스러운 집을 사실 여유가 있지 않았습니까?"

"그럴 수 있었죠, 그래요. 하지만 루퍼트는 아니었거든요. 에이미는 항상 루퍼트의 수입 내에서 살아야 한다고 우겼소."

"어째서요?"

길은 언짢은 표정이었다. 도드는 그의 심기가 불편한 이유가 자기가 한 질문 때문인지 아니면 초인종에 아무도 대답하지 않기 때문인지 알 수가 없었다.

길이 말했다.

"여동생은 구식 결혼 생활을 믿었어요. 남편이 가장으로 가정을 부양하는 형태 말이오. 구두쇠…… 아니, 검소해서 그런 게 아닙니다."

도드는 재빨리 말을 바꿨다는 사실이 흥미로웠다. 그래, 실은 동생을 구두쇠라 생각한다는 거지. 어쩌면 동생에게 돈을 빌려달라 했다가 거절당한 건지도 모르겠는걸. 요새 얼마나 쪼들리는지 궁금하군. 에이미를 필사적으로 찾는 주된 이유가 오빠로서의 걱정인지 경제적 문제 때문인지도 알고 싶고.

집안에서 전화벨이 울리기 시작했다. 전화는 여덟 번, 열 번 울리다 몇 초간 멈추더니 다시 울리기 시작했다. 전화를 건 사람이 처음 번호가 틀렸나 싶어 다시 건 듯했다.

도드가 말했다.

"집에 아무도 없군요. 시간만 낭비했어요."

"몇 분만 더 기다려봅시다. 샤워중일 수도 있으니."

"아니면 샌타크루즈에 갔을지도 모르고."

"왜 하필 샌타크루즈요?"

"이유는 없어요." 도드는 어깨를 으쓱했다. "행선지를 알리고 싶지 않을 때 갈 만한 곳으로 불현듯 떠올라서."

"다른 곳이 아닌 그 장소를 고른 덴 분명히 이유가 있을 텐데."

"꼭 그렇게 타당한 이유는 아닐 수도 있어요."

"어쨌든 들어봅시다."

날은 어둑어둑해지고 있었다. 거리 양쪽의 집에서 거의 동시에 불이 들어왔다. 몇 분 후, 커튼이 쳐지고 블라인드가 내려지기도 전에 거리엔 축제 기분, 크리스마스 같은 느낌이 감돌았다.

도드가 말했다.

"예감이죠. 켈로그가 이 동네에서 튀려고 한다면 가장 먼저 할 일이 뭐겠습니까?"

"현금을 챙기려 하겠지."

"그건 오늘 아침에 했잖아요. 다음 행보는 뭘 것 같아요?"

"모르겠는데요."

"나도 몰라요. 짐작할 뿐이지. 하지만 내가 들은 성격으로 판단해보건데 켈로그는 개부터 챙기려 할 것 같아요. 시데일리아 애완동물 보관소는 스카이라인 불러바드에 있고, 스카이라인 불러바드는 샌타크루즈로 이어지죠. 버턴 양 주장대로 켈로그가 정오에 떠났다면 지금쯤은 샌타크루즈에 도착하고도 남아요. 거기서는 아마 로스앤젤레스로 갈 거고."

"샌타크루즈는 로스앤젤레스행 직통 도로 위에 있지 않은데."

"직통 도로를 피하려 하는지도 모르죠."

"이 도시를 떠났다고 지레짐작할 순 없어요. 뭐하러 그러겠소? 우리가 개와 현금 건을 알아냈는지 모를 텐데."

"누가 귀띔을 했는지도 모르죠."

"그럴 리가 없어요. 달리 아는 사람은 없으니."

"아무도요?"

"내 비서만 알아요. 아내 헐린하고. 두 사람은 제외해도 됩니다."

"물론이죠." 도드는 이렇게 대답했으나 비꼬는 말투에 그 말의 의미가 무로 돌아갔다. "아내분은 지금 어디 계시죠?"

"집에 가고 있소. 기차 타고."

길은 시계를 살폈다.

"아니, 4시 37분 차를 탔으면 지금은 집에 도착했겠군. 헐린은 이 건과 아무 상관없소."

"상관있다고는 안 했습니다."

집안에서 전화가 다시 울리기 시작했다. 도드는 베란다 계단으로 돌아섰다.

"여기서 잠깐 기다려요. 내가 돌아보고 올 테니."

"같이 가겠소."

"여기 있는 편이 좋아요. 켈로그나 다른 사람이 나타나면 나한 테 신호를 줄 수 있으니까."

"신호? 뭘 하려는 거요?"

"경찰 교본에선 이렇게 표현하죠. 불법 침입이라고. 그 정도까지는 안 가길 바라지만."

"그건 안 돼요. 불법이잖소. 그런 일엔 끼지 않겠소. 난 잃을 게 많아요. 평판도 있고……."

도드는 이미 베란다 모퉁이 너머로 사라져버렸다. 거기서부터 가파른 차로가 2인용 차고로 이어졌다. 머리 위로 올라가는 알루미늄 문은 잠겨 있지 않아 불어오는 바람에 덜거덕거렸다. 도드는 문을 당겨 열었다. 루퍼트의 차, 이 년 된 뷰익은 안에 주차되어 있었고, 열쇠도 꽂힌 채였다.

도드는 차 후드 위에 한 손을 대고 가만히 서 있었다. 엔진은 차가웠다. 도드는 손전등을 꺼내 집으로 이어지는 문을 비추었다. 예상과 희망대로 자물쇠는 허술했다. 집에 붙은 차고는 도둑 들기 쉬운 구조인 경우가 많다. 현관은 꼼꼼하게 단속하는 이들이 차고로 열리는 문에는 쓸모없는 자물쇠를 걸어놓는 경우가 적잖았다. 도드는 몇 분 만에 주머니칼로 자물쇠를 풀었고 문은 안으로 열렸다.

도드는 손전등을 끄고 암흑 같은 그늘 안에 서서 집안에 사람의 기척이 있나 귀를 기울였다. 하지만 바람 소리가 너무 시끄러웠고 바람 소리에 더해 대답해달라 조르는 전화벨 소리가 다시 울리기 시작했다.

도드는 소리를 따라 방 저편으로 가서 수화기를 들었다. 자기 생각이 틀리기를 바랐다.

"여보세요?"

"루퍼트? 여보세요?"

틀리지 않았다.

"네. 막 집에 왔어요. ……헐린?"

"한 시간 동안 전화했어요. 들어봐요. 길이 탐정을 만나러 갔어요. 개를 찾았다며 서방님이랑 담판을 짓겠대요."

"어디서요?"

"어딘지는 모르겠어요. 내가 아는 건 서방님이 개 얘기로 나한테 거짓말을 했다는 거예요. 그렇죠? 원 참, 거짓말이죠?"

"맞아요."

"게다가 정오에 래시터에서 봤던 여자. 이전에 한 번도 본 적이 없다고 했지만 아는 사이 맞죠? 그 여자랑 거기서 만날 약속을 했잖아요, 그렇죠?"

"저기, 제 말 좀……."

"더이상 루퍼트 말은 듣지 않겠어요. 서방님이 한 말은 온통 거짓말뿐이잖아요. 내 입장이 얼마나 난처해졌는지 알아요? 난 믿었어요. 도와주려고 했다고요. 길한테 들키면 어째요? 에이미 얘기만 나오면 펄펄 뛴단 말이에요. 무슨 끔찍한 짓을 할지도 몰라요. 얼마나 무서운지, 무서워서 죽겠어요."

"길은 모를 겁니다. 마음 편히 가지세요."

"모든 게 엉망진창이에요. 어떻게 해야 할지 모르겠어요."

"아무것도 하지 마세요. 이제 끊어야겠네요, 헐린. 누가 문 앞에 있어요."

"길이에요?"

"네. 길이 맞는 것 같네요."

"그이를 조심해요." 헐린은 서둘러 속삭였다. "사람이 변했어
요. 그이가 이제 무슨 생각을 하는지 당최 모르겠어요. 뭘 하려는
지도."

"조심하겠습니다. 신중하게 행동하세요. 안녕히, 헐린."

헐린은 울기 시작했다. 도드는 조용히 전화를 끊었다. 그녀가
눈물이 흔한 여자인 건지, 아니면 말한 대로 남편이 무서워서 그러
는 건지 궁금했다.

눈이 어둠에 익기 시작했다. 부엌 가구의 윤곽이 보였고 크롬으
로 테를 두른 아침 식사용 식기, 노란 조리대, 그에 어울리는 스토
브와 냉장고까지 눈에 들어왔다. 그의 시선은 냉장고를 어정거렸
다. 윗부분은 온전했으나 아랫부분은 바닥이 다이너마이트로 날아
가기라도 한 양 갑자기 윤곽이 깨져보였다. 아니, 무슨 미친 생각이
야. 도드는 생각했다. 냉장고에 구멍이 난 게 아니지. 그림자가 져
서 그래. 앞에 뭔가 놓여 있네.

도드는 조심스레 벽을 더듬어 조명 스위치를 찾아 켰다. 한 남
자가 얼굴을 바닥에 대고 쓰러져 있었다. 피 웅덩이가 점점 퍼져 나
와 도드의 발까지 닿았다. 결혼반지를 낀 왼손은 쭉 펴고 있었고 그
너머에는 진한 얼룩이 묻은, 이십오 센티미터짜리 날이 달린 식칼

이 놓여 있었다. 누군가 헛되이 난장판을 치우려 했던 흔적도 보였다. 피에 젖은 목욕 수건 두세 장이 뒤집힌 세제 상자와 함께 싱크대 안에 담겨 있었다.

도드에게 맨 처음 떠오른 건 참 어이없게도 애완동물 보관소에서 주인을 기다리고 있을 작은 개 생각이었다. 오래 기다려야겠지. 길고 긴 기다림이 되리라.

도드는 등을 돌려 어두운 복도를 더듬더듬 지나 앞문으로 갔다. 그가 문을 열자 길은 마치 도망치기라도 하려는 양 뒤로 두어 발짝 물러났다.

도드가 말했다.

"잠깐 안으로 들어오시는 편이 좋겠습니다."

"마음에 안 드는데. 전혀 마음에 안 들어요. 그, 그 사람 안에 있소?"

"안에 있어요."

"당신이 이렇게 밀고 들어가니까 어떻게 나옵디까?"

"아무 불평 안 하던데요."

"아, 그래. 그렇다면야." 길은 공격에 대비하기라도 하는 양 뻣뻣하게 몸을 움직이며 안으로 들어섰다. "아무것도 안 보이는데, 불을 켜죠."

"나중에요. 오늘 내내 어디 있었습니까, 브랜던?"

"내 사무실에요, 왜요?"

"오늘 오후에 매제를 찾아왔던 건 아니죠?"

"물론 그랬을 리 없죠."

"사무실에서 나와 총을 사러 갔을 때 다른 사람이랑 같이 있었습니까?"

"아뇨."

"얼마나 오래 나갔다 왔습니까?"

"그게 무슨 상관이오?"

"아까 혼자 여기 왔다면 나를 데리고 여기 온 건 좋은 눈속임이 되죠."

"대체 무슨 말을 하는 건지 모르겠소. 대체 왜 불은 켜지 않는 거지? 루퍼트는 어딨소? 대체 무슨 일이 일어나고 있는 거요?"

"아무 일도 일어나고 있지 않아요. 모두 끝났으니까. 루퍼트는 부엌에 쓰러져 있어요. 죽은 채로."

"죽어요? 자, 자살입니까?"

"그럴 수도 있지만 아닐 수도 있어요. 그 후에 누가 난장판을 치우려고 했더군요."

"난장판요? 어쩌다……?"

"칼로요."

"아, 맙소사. 아, 세상에 맙소사. 이제 어떡하면 좋소?"

"곧장 나랑 부엌에 가서 경찰에 신고해야죠."

"안 할 거요. 할 수 없어요. 우리 가족, 내 평판은 어쩌라고. 여기서 빠져나가야 해요. 빨리. 지금. 누가 오기 전에. 맙소사. 지문 어쩌지. 뭐라도 만졌나? 문손잡이를 만졌지. 손잡이를 닦아야 하는데…….”

“겁부터 내지 마요, 브랜던.” 도드는 한 손으로 길의 팔을 꽉 잡았다. “긴장 풀어요.”

“놔요! 여기서 나가야…….”

“성질부리기엔 때가 좋지 않아요. 날 믿어요. 이제 정신 차립시다. 할 수 있겠어요? 나라고 이 상황이 마음에 드는 게 아니에요. 잔꾀 부리다 면허가 취소될 수도 있단 말입니다.”

“그건 당신 생각이었어. 다 당신 생각이었다고.”

“좋아요. 원하는 대로 비난해요. 성질만 부리지 맙시다.”

“에이미는 어쩌죠? 불쌍한 에이미. 하느님이 에이미를 도우셔야 할 텐데.”

“에이미는 여기 없어요. 여기 있는 건 우리지. 하느님이 누굴 도와준다면 내가 우선권을 잡고 싶군요. 자, 진정해요. 할 일이 있으니까.”

“나, 난 못 하겠어요. 이전에는 한 번도 죽, 죽은 사람 본 적도 없는데. 토할지도 몰라요.”

“고개를 바짝 쳐들고 입으로 숨을 쉬어요.” 도드가 명령했다. “그리고 시체를 보면서 부디 기억합시다. 어쨌든 이 사람을 죽도록 싫어했었다는 걸.”

“이 냉혹하고 둔감한 짐승 같으니.”

"나야 그렇죠. 하지만 지금은 당신과 같은 운명이니까 말 좀 가려서 하자고요."

도드는 이렇게 말하며 길을 살짝 밀었다. 길은 입에 손수건을 대고 복도를 따라 내려갔다. 부엌 문 앞에 이르자 길은 멈칫하더니 탄성을 내뱉었다. 손수건은 어느덧 바닥으로 펄럭펄럭 떨어졌다.

길이 속삭였다.

"아니오. 저 사람은 루퍼트가 아닌데."

"확실해요?"

"루퍼트는 덩치가 더 크고 머리 색깔도 더 짙어요."

"저 사람은 누굽니까?"

"난 모르는 사람이오. 여기선 얼굴도 안 보이고."

"그럼, 가서 한번 봐요. 손대지 않도록 조심하고."

길은 조심스레 피 웅덩이를 돌아 죽은 남자 위로 몸을 숙였다.

"한 번도 본 적 없어요."

"머리를 쥐어짜봐요. 루퍼트의 친구도 생각해보고. 에이미의 친구라든가……."

"걔들 친구를 다 아는 건 아니지만, 적어도 친구는 아닌 게 분명해요."

"어째서 그런 말을?"

"머리 모양이나 옷이나. 저기 그랜트 애버뉴에서 어정거리는 건 달이나 비트족처럼 보이잖소."

"건달과 보헤미안 사이엔 상당한 차이가 있는데."

"내 말은 그저 에이미나 루퍼트가 이런 남자와 어울려 다닐 것 같진 않단 뜻이었소."

"그럼 이 사람이 이 집 부엌에서 뭘 하는 거죠?"

길의 얼굴은 젖은 퍼티처럼 회색으로 빛났다.

"나 원 참, 난들 어떻게 압니까? 황당하고 어이없군."

"뭐, 그럼 당신은 경찰에 신고하는 게 좋겠군요."

"왜 내가? 당신이 하면 안 되나?"

"경찰이 왔을 때 난 여기에 없을 테니까."

"나한테 이걸 떠넘기고 그냥 도망갈 순 없어요."

"할 수 있는데. 해야만 하고."

"당신이 간다면 나도 갈 거요. 경고했어요. 나 없이 여기서 빠져나가진 못해요."

"아, 젠장. 진정하고 잠깐만 내 말 들어요. 이제 켈로그가 이 도시에서 튀고도 남을 만한 이유가 있다는 걸 알았잖습니까. 그런데 차는 아직도 차고에 있죠. 난 그 사람이 어떻게 떠났는지, 누구랑 같이 갔는지 알고 싶어요. 아직도 개에 대한 예감은 맞다고 생각하니까 애완동물 보관소에 가서 확인을 해볼 거요. 내가 여기 남아서 경찰이나 기다리고 있으면 몇 시간을 허비하게 되죠."

"경찰에겐 뭐라고 한단 말이오?"

"진실을 말해야죠. 우리가 여기 함께 온 이유랑, 내가 집안으로 들어간 방법. 정확한 진실만을 말해요. 아마도 강력반의 라빅이나 립스키를 보낼 겁니다. 둘 다 내 친구예요. 내가 여기서 쑤시고 다니는 걸 좋아하진 않겠지만, 나중에 연락해서 정보를 줄 거라고 말해요."

"그 얘기도 해야 하나? 에이미에 대해서?"

"모든 얘길 해야 할 겁니다. 이제 살인 사건으로 번졌으니."

길은 바닥에 떨어진 손수건을 주워 이마에 댔다.

"변호사에게 연락하는 편이 좋겠군."

"그래요, 그편이 좋을 겁니다."

해안을 따라가는 동안 바람에 성난 파도가 철썩철썩 밀려들었다. 물보라가 육 미터까지 일어 비처럼 고속도로 표면을 쓸고 갔다. 도로 표면은 미끄럽고 위험했다. 도드는 시속 오십 킬로미터를 유지했지만 바다의 포효와 강한 바람 때문에 차가 덜거덕덜거덕 흔들려 훨씬 더 빠르고 위험한 기분이 들었다. 백 번도 넘게 지나다닌 길이지만 시끄러운 어둠 속에서는 낯설었다. 도로는 기억하지 못하는 곳에서 구부러졌고 보지도 못한 곳을 지났다. 동물원 바로 남쪽에서 도로는 내륙으로 휘면서 스카이라인 불러바드와 만났다.

시데일리아 보관소는 도시 경계에서 일 킬로미터 정도 떨어진 지점, 헐벗은 갈색 언덕 위에 있었다. 새로 지어 깔끔하고 조명을 환히 밝힌 이 층짜리 식민지풍 건물이었다. 양옆으로 전기 담장을 두르고 '애완동물병원'이라는 작은 네온 간판을 차도로 이어지는 입구에 달았다. 아래 달린 두 번째 간판은 첫 번째를 더 자세히 설명하는 내용이었다. 치료와 위탁. 소형 동물 전용.

도드가 차에서 내리자 에어데일테리어 한 마리가 불안하게 호기심을 보이며 우리 안에서 위아래로 펄쩍펄쩍 뛰었다. 제트기가 삑 소리를 내며 하늘을 갈랐다. 개는 고개를 쳐들고 불만스럽다는 듯 낑 울었다.

도드가 말했다.

"소용없어, 친구. 그게 발전이라는 거야."

울음소리에 다른 개들도 자극을 받았다. 도드가 현관에 이르기도 전에 모든 우리의 동물들이 살아나서 시끄럽게 울고 움직였다. 꼬리를 흔들거나 이를 드러냈다. 환영하는 뜻으로 짖어댔고, 경고하는 뜻으로 짖어댔다.

도드가 초인종을 누르려고 손을 뻗었을 때 문이 열렸다. 키가 작고 통통한 백발노인이 나왔다. 수염 없는 산타클로스가 떠올랐다. 하얀 가운을 입은 노인은 미소를 지었다. 가운과 미소 둘 다 신선하고 단정했다.

"내가 시데일리아 박사요. 들어오세요, 들어와. 환자는 어디 있소? 자동차 사고는 아니겠지? 그건 좀 무섭거든. 무척이나 슬프고, 무척이나 번잡해서." 의사는 도드의 어깨 너머로 소리를 질렀다.

"거기 친구들, 조용히 하지 못해! 내 말 듣고 있어?" 노인은 도드에게 설명했다. "착한 애들이라오. 다만 워낙 금방 신이 나는 애들이라. 그래, 뭘 도와드릴까?"

"저는 도드라고 합니다. 사설탐정입니다."

"어이쿠, 거참 신기하구먼. 그렇지 않소? 잠깐 아내를 불러올 테니 기다려요. 마누라가 추리소설을 좋아하거든. 늘 진짜 사설탐정을 만나보고 싶어 했다오."

"그러기보다는……."

"오, 전혀 폐는 아니라오. 우리 살림집이 2층에 있거든. 시끄럽긴 해도 그게 더 편하니까. 야간 응급 환자가 얼마나 많은지 믿지 못하실 거요. 산부인과 의사보다 더 많아. 도시에 살 때는 저녁 먹으러 집에 가자마자 다시 뛰어나와서 아픈 애들을 치료하러 와야 했지."

"내가 찾으러 온 아이는 말입니다." 도드는 무미건조하게 말했다. "스코치테리어인데요."

"좋은 종이지. 충성스럽고 용감하고 독립……."

"이름은 맥입니다. 맡긴 사람은 루퍼트 켈로그라고 하고. 아까 여기 직원하고 이야기를 했는데요. 직원 말로는 맥이 집에 갈 준비가 되었다고 하더군요."

"벌써 데려갔는데." 의사는 유쾌한 미소를 지으며 대답했다. "아, 서로들 얼마나 반가워하던지 보는 내가 마음이 즐겁더이다.

그 사람이랑 개랑. 스코치테리어는 진정한 스코틀랜드 출신이라오.
시간을 허투루 쓰지도 않고 아무에게나 애정을 주지도 않지. 정말
그렇다오. 착한 애들이야, 스코치테리어는."

"켈로그가 직접 와서 데려갔습니까?"

"그렇고말고."

"언제요?"

"3시에서 4시경이려나. 그땐 난 요크셔테리어 한 마리를 봐주
고 있었거든. 불쌍한 어린 것이 디스템퍼에 걸려서, 살 것 같지가
않아. 어쨌든 노력은 해봐야지. 희망도 잃지 말고. 사실을 말하자면
기도도 조금 하고 있어요. 마누라가 그런 쪽은 맡아서 하지. 착한
여자거든."

"켈로그는 혼자 왔습니까?

"여기 들어올 때는 혼자였지. 부인은 바깥 차 안에서 기다리고
있었고."

"부인은 지금 뉴욕에 있을 텐데요?"

"정말인가? 거참 이상하네, 그렇지 않나? 그러고 보니 이 년 전
쯤 맥에게 광견병 주사를 놔줄 때 켈로그 부인을 만났었는데. 조그
마하고 고운 부인이시지. 조용하지만 다정하고."

"차에 있던 여자가 확실히 켈로그 부인이라는 거죠?"

"그렇게 의심을 던지니 확신은 못 하겠소만. 그저 켈로그 씨와
같이 왔기에 켈로그 부인이라고 짐작한 거지. 어, 그러고 보니 내가

손까지 흔들었는데……. 잠깐, 생각해보니까 마주 손을 흔들지 않더라고. 또, 알아차린 게 하나 더 있는데……. 맥은 별로 차에 타려고 하지 않더구먼. 보통 여기서 잠깐 지냈던 애들은 다들 안달을 하며 가족이 탄 차 안으로 뛰어들고 집에 가고 싶어 하거든."

"저는 꽤 타당한 이유로, 켈로그가 자기 차를 몰고 온 게 아니고 부인과 같이 온 것도 아니라고 생각합니다."

"맙소사." 시데일리아 박사는 불편해 보였다. "그런 사람 같지는 않았는데. 동물을 아주 좋아하는 사람이었소."

"크리펜 박사도 그랬죠."

"영국인 살인범?"

도드는 고개를 끄덕였다.

"사실 크리펜이 잡힌 것도 개를 좋아하는 성향 때문이었죠."

"그건 몰랐구려. 크리펜이 교수형당한 후에 개는 어떻게 되었는지 궁금하구먼."

"모르겠군요."

"거참, 불쌍한 아이에게 좋은 집을 찾아주었으면 좋으련만. 주인을 잃는다는 건 개에겐 큰 타격이라."

시데일리아는 크리펜 사건이 최근 일이고 개가 살아 있는 양 말하긴 했지만 사건 관련자들이 오래전에 죽었다는 것을 분명히 알고 있는 듯했다.

"어째서 켈로그 씨와 관련해서 크리펜 얘기를 꺼낸 거요?"

"켈로그도 비슷한 문제에 휘말렸으니까요."

"설마 그 사람이…… 누굴 죽였다는 말은 아니겠지?"

"그런 것 같습니다."

"맙소사. 이거 충격이구먼. 앉아야겠어."

시데일리아는 비닐을 씌운 의자에 앉아 한 손으로 얼굴에 부채질을 했다.

도드가 말했다.

"신문하러 경찰이 올 겁니다. 어쩌면 한두 시간 안에요. 아마도 여자와 그 차에 관해 알고 싶어 할 겁니다."

"난 차는 잘 알아보지 못해요. 사람과 동물을 알아보지. 차는, 전혀 신경을 쓰지 않거든. 기억나는 건 더러웠다는 것뿐이라오. 먼지는 알아봤지. 내가 깔끔한 사람이라."

"차는 새것이었습니까?"

"새것도 낡은 것도 아니었는데. 평균적인 모양이었다오."

"색은요?"

"녹색 비스름하던데."

"쿠페 컨버터블? 세단?"

"기억 안 나오."

"개가 차 안으로 들어가려 하지 않더라고 하셨죠. 그 뜻은 서서 보고 계셨다는 건데요. 개가 차에 어떻게 들어갔습니까?"

"켈로그가 문을 열었지. 당연히."

"어떤 문요?"

"뒷문."

"문이 네 짝인 세단이겠군요. 그렇지 않습니까?"

"어이쿠, 그러네." 시데일리아는 유쾌하게 놀란 표정을 지었다. "그래, 그렇게 되겠구먼."

"여자는 개에게 어떻게 반응했습니까? 소동을 피우던가요? 손을 뻗어 예뻐해주던가요?"

"아니, 그런 것 같진 않던데."

"그 여자가 켈로그 부인이었다면 그게 일반적인 행동이라고 하시겠습니까?"

"맙소사, 아니지! 우리 꼬마 환자들이 퇴원하면 집안 식구들은 무척 좋아한다오. 그게 내 인생의 기쁨 중 하나지. 가족이 다시 만나는 모습을 보는 게."

"여자 차림은 어땠습니까?"

"나한텐 머리만 보였다오. 환한 빨간색 스카프를 턱밑으로 맸던데."

"머리 색깔은요?"

"머리카락이 보였는지도 기억이 안 나오. 피부를 아주 그을렸더라고. 여긴 여름 내내 안개가 자욱했는데 어떻게 피부를 그 정도로 그을렸을까 궁금했던 기억이 나는구려. 물론, 이제 그 여자가 켈로그 부인이 아니었다는 게 확실하니 어쩌면 그 여자는 피부를 그을린 게 아니라 타고나기를 거무스름한 피부였던 것일지도 모르지. 요새는 차이를 모르겠다니까. 여자들이 감자처럼 새카맣게 그을려 가지고."

도드는 생각했다. 피부를 그을렸거나 거무스름한 여자. 녹색 비스름한 세단, 검은 개. 이거 가지고는 조사할 게 많지 않은데.

"켈로그가 떠날 때 어느 방향으로 갔습니까?"

"모르겠소. 차가 떠나자마자 안으로 들어와버렸으니까. 말한 대로 그때 진찰대에 환자가 있어서. 디스템퍼에 걸린 요크셔 강아지 말이오. 잔인한 병이지, 디스템퍼는. 보통 무관심한 주인 때문에 불쌍한 짐승들이 그런 병에 걸린다오. 디스템퍼 예방에 관한 팸플릿 하나 받아보시려오?"

"전 개가 없습니다."

"고양이도 걸릴 수 있는 병이지."

"고양이도 없어요."

"맙소사, 외로운 분이시구먼."

시데일리아는 안됐다는 듯 말했다.

"그럭저럭 버팁니다."

"궁금해서 그러는데, 지금 여기 좋은 가족을 찾는 꼬마 친구가 둘이 있다오. 순종 코커스패니얼 두 마리지. 형제라오."

"사정이……."

"도드 씨는 참 인상이 좋으시구려. 문을 열자마자 얼굴을 보고 착한 분이시구먼 싶더라니까. 동물이랑 잘 지낼 분이라고 내 장담하지.”

“전 아파트에 삽니다.” 도드는 거짓말을 했다. “집주인이 개를 허락하지 않아요.”

“분명 냉정한 분이겠군. 내가 도드 씨라면 당장 그런 집에서 이사할 거요.”

“생각해보겠습니다.”

“내 말 믿어요. 동물에 편견이 있는 사람은 믿을 수가 없는 사람이라오.”

도드는 문을 열었다.

“충고 고맙습니다. 정보도요.”

“이렇게 금방 가시게? 진짜 사설탐정을 만날 기회를 놓치다니 아내가 무척 실망할 텐데. 전화를 해볼까. 몇 분 안 걸릴 거요.”

“다른 때 하시죠.”

“할 일이 있으시겠지. 그래, 내가 도움이 되었으면 좋겠구먼. 켈로그 씨가 곤란한 일에 휘말렸으면 좋겠다는 건 아니지만. 그 사람 참 괜찮고, 개를 사랑하던데 말이오.”

“무슨 곤란한 일에 휘말렸든 그 사람이 자처한 일입니다.”

“세상만사가 그런 법이지.” 시데일리아가 비난보다는 동정을 담아 말했다. “그럼 일단은 작별 인사를 합시다. 잊지 마요. 새집으로 이사하면 세상에서 제일 좋은 친구는 코커스패니얼 두 마리라는 것을."

"명심해두죠."

도드는 차에 올라타면서 시데일리아와 십 분만 더 같이 있으면 뒷좌석에 코커스패니얼 두 마리와 골칫거리를 태우게 될지도 모른다는 것을 깨달았다. 재미도 더 있겠지. 도리스가 뭐라고 할까. 내가 만약…… 아냐, 미친 짓이야. 한 마리면 괜찮을지도. 하지만 두 마리라니, 아내는 정신이 나갔다고 생각할 거야. 그래도 예쁜 순종 코커스패니얼 두 마리를 아무한테나 주겠다고 하는 것도 아닌데. 세상에, 정말 귀엽겠지…….

수의사가 불 밝힌 베란다에 서서 손을 흔들고 있었다. 도드는 액셀을 세게 밟았다. 시데일리아의 친구들이 뒤를 쫓아오기라도 하듯 작은 차는 쌩하니 달려갔다.

도드는 포톨라 드라이브를 도로 타고 도시로 돌아갔다. 별로 서두르지도 않았다. 한 시간 전만 해도 켈로그가 모는 차의 차종, 연식, 번호판까지 찾을 수 있다는 과하게 낙천적인 희망을 품고 있었다. 경찰이 닿기 전에 켈로그를 쫓는 모습도 상상했다. 경찰이 사건이 있다는 사실을 알기도 전에 사건을 해결하는 자신의 모습.

"도드, 몽상가 소년 같으니." 그는 생각을 입 밖에 내어 말했다. "게다가 얼굴도 착하게 생겼지."

경찰은 켈로그의 집에서 도드를 기다리며 그 자리에 없는 이유를 의심할 것이다. 하지만 몇 분 더 늦게 간다고 딱히 달라질 것도 없었다. 지금 걸려고 하는 전화는 비밀리에, 브랜던도 다른 경찰도 듣지 않는 데서 해야 했다.

그는 사무실 건물 앞에 차를 주차하고 엘리베이터를 타고 3층으로 올라갔다. 비서 러레인이 타자기에 전갈을 남겨두었다. 그가 자리를 비운 동안에 중요한 일이 생기면 이렇게 하곤 했다.

파울러가 보낸 특별 우편이 책상 위에 있음.

못 보고 지나치는 일이 없도록 러레인은 편지를 재떨이 두 개 사이에 끼워두었다. 도드의 시력, 혹은 물건 찾는 능력을 못 믿겠다는 투었다.

도드에게

일전에 자네에게 보내는 편지를 막 부치고 오자마자 원저 바에서 일하는 에밀리오가 전화를 했다네. 밀라그로소*한 일이 일어났다는 거야. 내 보기엔 그리 기적도 아니더만 흥미롭긴 해. 누가 샌프란시스코 소인이 찍힌 봉투로 그에게 십 달러짜리 지폐 두 장을 보냈다더군. 처음에는 그에게 반한 여자 관광객이 보낸 돈이 아닌가 생각했대. 그러다 몇 달 전 오도널에게 이백오십 페소를 빌려줬다는 게 기억이 난 거지. 그게 대략 이십 달러쯤 되는 돈이라네. 여기서 몇 가지 결론을 내릴 수가 있지.

● **밀라그로소** _ '기적적인'이라는 뜻의 스페인어.

1. 오도널은 샌프란시스코에 있다.

2. 먹고살 만한 수단이 있다.

3. 양심의 가책을 느끼고 두려워하고 있다. (내 경험상 '양심 돈'은 보통 빚이나 절도 자체와는 아무 상관이 없어. 그건 다른 것에 대한 뇌물에 가깝지. 두려움이 동기가 되는 거야.)

4. 마음에 걸리는 게 뭐든지 간에, 익명으로 돈을 보낼 정도로는 심각하지만 자기 행적을 완전히 덮어버릴 정도로 심각하지는 않다.

이게 내 결론이네. 자네도 나름대로 결론을 내려봐.

즐거운 수사되길!

파울러

즐거운 수사라니. 도드는 부엌 바닥에 쓰러져 죽은 남자를 떠올리며 그 말을 음울하게 곱씹었다. 파울러의 편지에는 실수가 많았다. 시제가 죄다 틀렸다. 수사는 끝났다.

도드는 전화를 들고 애더턴 번호를 눌렀다.

전화벨이 두 번 울렸을 때 어떤 여자가 받았다.

"브랜던 씨 댁입니다."

"브랜던 부인과 통화하고 싶은데요."

"브랜던 부인은 자러 들어가셨어요."

"중요한 일입니다."

"두통이 있으세요. 저한테 방해하지 말라는 지시를……."

"룬드퀴스트 양입니까?"

"어머, 그런데요."

도드는 목소리에 기름을 발랐다.

"전 브랜던 씨의 친구입니다. 룬드퀴스트 양 이야기를 자주 하더군요."

"그러셨어요? 어머나, 이를 어째."

"전 도드라고 합니다. 브랜던 부인과 통화를 해야 해요. 그렇게 전해주실 거죠?"

"중요한 일이라고 하시니, 부인께서도 마다하지 않으실 거예요. 잠깐만 기다리세요."

도드는 어깨와 귀 사이에 수화기를 끼고 기다리면서 담배에 불을 붙였다. 다른 편에서는 아무런 소리도 들리지 않았다. 속삭임이나 바스락거리는 소리조차 나지 않았다. 전화가 끊겼나 싶었다. 몇분이 지나갔다. 막 끊으려던 찰나, 힐린 브랜던이 날카롭게 귀에 말을 걸었다.

"여보세요, 누구시죠?"

"엘머 도드입니다."

"모르는 분인데요."

"어떤 면에서는 아실걸요, 브랜던 부인. 두어 시간 전에 저와 통화를 하시지 않았습니까."

"무슨 농담을 하시는 거죠? 전 전화든 뭐든 당신과 대화한 적이 없는데요."

"부인이 켈로그 집에 전화를 거셨을 때 제가 거기 있었죠. 켈로그는 없었지만."

잠깐 침묵이 흐른 후, 헐린은 낮고 숨죽인 목소리로 말했다.

"지금 남편도 같이 있어요?"

"아뇨."

"남편이 알아요? 내가 전화한 것?"

"아직 말 안 했습니다. 곧 아시겠죠. 이 사건이 신문에 나면 캘리포니아 북부의 모든 사람이 알 거고."

"신문요? 대체 어째서 신문이 나와 우리 서방님 사이의 사적인 대화에 관심을 가진다죠? 아니, 내가 서방님이라고 생각했던 남자와의 대화에? 왜 그런 얘기를 신문에 내고 싶어 하시는 거예요?"

"저도 하고 싶지는 않습니다. 하지만 해야 하는 거죠. 저도 면허를 유지해야 하니까요. 증거를 감출 순 없습니다."

"증거라니요, 무슨?"

"브랜던 씨가 아직 연락을 안 하셨나요?"

"남편은 아직 집에 안 왔어요. 슬슬 걱정이 되던 참이에요. 이렇게 늦은 적이 없었는데. 어디 있는지도 모르겠고."

"아직도 켈로그의 집에 있습니다."

"남편을 루퍼트와 단둘이 놔두고 오지 마셨어야죠!" 헐린은 새된 소리로 외쳤다. "무슨 일이 일어날지 어떻게 알고요!"

"켈로그는 집에 없습니다. 이 동네를 떴어요. 경찰이 뒤쫓고 있습니다."

"경찰요? 왜요? 경찰이 찾았나요? ……에이미를?"

"에이미가 아닙니다. 어떤 남자, 낯선 사람이에요. 켈로그의 집에서 식칼로 살해되었습니다. 오늘 오후쯤 그런 것 같아요."

"아, 맙소사! 루퍼트가, 루퍼트가……."

"켈로그는 시체를 처리하려고 했던 것 같습니다. 현장을 치우려고 했지만 걷잡을 수 없었어요. 대신 동네를 떠나기로 한 것 같습니다. 그래서 개랑 여자친구를 데리고 떠났죠."

"무슨 여자친구요?"

"부인에게 거짓말했던 여자 말입니다. 정오에 래시터에서 보셨다면서요." 도드가 잠깐 말을 끊었다. "무슨 일이 있었습니까, 브랜던 부인? 약속도 없이 찾아가셔서 두 사람의 만남을 방해하신 건가요?"

헐린은 즉답을 피했다. 도드는 헐린이 울고 있을지도 모른다고 생각했으나 그녀가 다시 입을 열었을 때 목소리는 맑고 또렷해서 물기는 하나도 없었다.

"루퍼트와 식당 카운터에서 얘기하고 있을 때 여자가 들어왔어요. 여자가 루퍼트를 향해 똑바로 걸어왔는데 루퍼트가 등을 돌려 여자를 쳐다보더라고요. 난 독심술사는 아니지만 그 표정에 뭔가 의미가 담겨 있었다는 건 알아요. 어쨌든 여자는 담배 한 갑을 사더니 떠났어요. 루퍼트에게 물어보니까 한 번도 본 적 없는 사람이라고 하더라고요. 그때 이 사람이 거짓말한다는 감이 왔죠. 아직도 그래요. 하지만 그저 느낌일 뿐이지 뒷받침할 만한 증거는 없어요."

"있을 수도 있죠. 여자가 어떻게 생겼습니까? 어립니까, 아니면 성인이라고 할 수 있습니까?"

"이십 대 초반이에요. 금발에 꽤 예쁘고. 몸무게는 약간 많이 나가고요. 안절부절못하고 불안해 보였어요. 마치 새로 사 입은 옷이 너무 꽉 끼는 것처럼. 그땐 여자가 시골 출신이고 바깥일을 많이 하면서 자란 것 같다고 생각했어요. 이 근처에선 그렇게 피부가 그을릴 리 없거든요. 센트럴밸리의 농장에서 과일이나 목화 따는 이주 노동자한테서 볼 수 있는 피부였어요."

"이주자들 중 많은 이들이 멕시코 사람인데요."

"많은 이들은 백인이죠. 결국에는 피부색이 다 비슷해지지만."

"머리카락이 금발이라고 하셨죠?"

"탈색된 거예요."

"햇볕 때문에요, 아니면 약으로요?"

"아무리 센트럴밸리라고 해도 햇볕이 그 정도로 강하진 않을 거예요."

"이 여자가 밸리 출신이라고 생각하는 근거는요?"

"발 때문이에요. 아주 넓적했어요. 맨발로 다니는 데 익숙한 사람처럼."

도드는 말꼬리를 잡고 늘어지진 않았지만, 아무리 밸리의 노동자들이라도 신발 살 만한 여유만 되면 맨발로 다니는 사람은 거의 없으리라고 생각했다. 정오의 태양 아래서 땅은 화덕처럼 뜨거울 텐데.

헐린이 말을 이었다.

"나중에 그 여자를 또 봤어요. 자기보다 열 살은 연상처럼 보이는 남자와 유니언 스퀘어를 같이 걷고 있더라고요. 친오빠인지도 모른다고 생각했어요. 피부색이 비슷했고 분위기도 비슷했거든요. 둘 다 도시가 불편하고 어울리지 못하는 사람들 같았죠. 무슨 이유인지 두 사람이 말싸움하는 건 확실했지만 실제 대화는 듣지 못했어요."

"남자가 격자무늬 스포츠 재킷을 입고 있던가요?"

"어머, 그랬어요. 어떻게 알았죠?"

"그 남자를 봤거든요."

"도드 씨도 유니언 스퀘어에 오셨던가요?"

"아뇨, 후에 봤습니다."

일생이 끝난 후에 봤지.

"그 사람 누구예요? 누구였어요?"

"부인의 시누이와 아는 사이인 것 같습니다."

"아는 사이라는 말이 꽤 지저분하게 들리도록 말씀하시네요."

"제가요? 글쎄, 현실을 직면하도록 하죠, 브랜던 부인. 제가 하는 일에 어울리는 복장은 깨끗한 흰 장갑이 아닙니다."

"그럼 에이미 아가씨랑 이 남자가……."

"안다는 뜻이죠."

"그것도 역시 지저분한데요."

"어쩌면 부인이 지저분하게 듣기 때문이겠죠. 에이미 씨와 오도널은 멕시코시티의 호텔 바에서 만났습니다. 에이미 씨는 실종됐고 오도널은 죽었어요. 이제 제가 아는 만큼은 아시는 겁니다. 더이상의 정보가 있으면 지역신문과 상담하세요."

"신문이라니요. 맙소사. 이 사건이 모든 신문에 나겠군요. 길이……."

도드는 길이 어떻게 할지 듣고 싶지 않았다. 이미 신물나도록 보고 들었다. 그는 퉁명스럽게 말했다.

"브랜던 부인, 정오에 래시터에서 켈로그를 만났을 때 그 사람이 자기 아내 얘기를 했습니까?"

"네. 에이미가 곧 돌아올 거라고 말했어요. 추수감사절이나 크리스마스 때까지는."

"그럼 곧도 아닌데요."

"그런가요? 그거야 관점에 따라 다르죠."

헐린은 에이미를 향한 자신의 진짜 감정을 말해줘야 할지 망설이는 듯 잠시 머뭇거렸다. 이내 입을 열었다.

"아가씨가 돌아올 거라 생각해요?"

"저도 슬슬 궁금해지던 참입니다. 애초에 어딜 가긴 한 건지 모르겠군요."

식칼은 계획된 살인에 쓰이는 도구가 아니다. 긴급 상황에, 느닷없이 화가 나거나 두려울 때 무심코 집어 쓰기 마련이었다. 남자들은 빨리 공격이나 방어를 해야 한다면 습관적으로 주먹을 쓰기 마련이다. 여자들은 뭐든 머릿속에 제일 먼저 떠오르거나 주변에 있는 것을 집는다. 식칼은 부엌 조리대 위에 놓여 있었을 것이다. 누군가 집기를 기다리면서.

이 사건에 연루된 여자는 다섯 명이었다. 그중 한 명, 윌마 와이엇은 죽었다. 다른 여자들은 살아 있거나 살아 있다고 추정된다. 버턴 양, 헐린 브랜던, 머리를 탈색한 젊은 여자, 에이미 본인. 이 네 명 중에서 젊은 여자와 에이미만이 오도널과 면식이 있었다. 하지만 버턴 양이 켈로그를 통해서 오도널을 만났을 수도 있고 헐린 브랜던이 아무것도 모르는 순진한 모습을 보였다고 해도 죽은 남자를 알 수도 있었다. 이 남자를 알고 두려워할 만한 이유가 있었을지도. 그런 경우라면 헐린이 켈로그의 집에 전화해 실수로 얘기를 늘어놓은 것도 실수가 아니라 삼중의 목적을 가진 계획의 일부였을 수도 있었다. 자기의 결백을 증명하고 세우려고 하는 것. 시체가 발견되어 신원이 확인되었는지 알아내려고 하는 것. 머리를 탈색한 여자애를 확실히 사건에 얽어매려고 하는 것. 여자애를 끌어들이면 자신이 이 일에서 맡고 있는 모호한 역할로부터 직접적인 관심을 돌릴 수 있었다.

하지만 헐린이 오도널과 무슨 관계가 있을 수 있겠는가? 만약 무슨 관계가 있다고 한다면 오도널을 유니언 스퀘어에서 봤다는 목격담을 그렇게 스스럼없이 털어놓을 수 있을까?

아니야. 그는 생각했다. 말이 되지 않아. 이 사건의 바닥에 있는 여자는 헐린이 아니야. 에이미지. 모두 에이미에게로 향하고 있잖아. 그 여자는 어디로 갔고 어째서 떠났을까?

말도 안 되는 생각이 바다 괴물처럼 의식의 수면 위로 떠올랐다. 에이미가 애초에 떠난 적이 없다고 하자. 그동안 줄곧 숨어서 그 집에 살고 있었다고 생각해보자고. 아무도 알 수 없는 이유로. 있을 수 없는 일 같긴 하지만, 그럼 많은 것들이 설명된다. 식모인 겔더 룬드퀴스트를 해고한 것. 에이미의 존재를 노출할지도 모르는 강아지 맥을 처분한 것. 에이미가 쓴 것이 분명한 편지. 어쩌면 저 멀리에서가 아니라 자기집 침대에서 썼을지도 몰랐다.

도드의 마음속에 있는 문들이 열리며 그림자가 살고 목소리는 메아리로 울리는 방들이 드러났다. 어떤 그림자도 확실히 분간할 수 없고 메아리는 뒤로 돌리는 테이프처럼 말이 되지 않는 음절을 쏟아냈다. 어떤 방구석에서는 얼굴 없는 여자가 책상에 앉아 글을 쓰고 있었다.

헐린 브랜던과의 통화는 계속 이어졌다.

"도드 씨? 아직······?"

"듣고 있습니다."

"제 말 들어보세요. 제발 들어주세요. 저를 이 일에 끌어들여봤자 얻을 게 하나도 없잖아요."

"부인은 중요한 정보를 갖고 계시죠."

"이미 드렸잖아요. 이제 정보를 가진 건 도드 씨잖아요. 그게 중요한 것 아니겠어요? 정보 자체가 중요하지 누가 경찰에 말하느냐는 중요하지 않잖아요. 저를 이 일에서 빼주실 수 없겠어요? 대가는 치를게요."

"부인을 이 일에서 빼드리면 저야말로 대가를 치러야 할 겁니다."

"방법이 있을 거예요."

"하나만 말씀해보시죠."

헐린은 잠시 아무 말 없었다. 생각이 격렬한 신체 운동인 양 숨을 거칠게 몰아쉬는 소리가 들려왔다.

"당신요." 헐린이 마침내 말을 꺼냈다. "점심시간에 루퍼트와 그 여자애를 래시터에서 본 사람이 도드 씨라고 하는 거예요."

"그럴 수도 있겠죠. 그때 제가 사무실에서 사 온 도시락을 먹고 있었다는 사실만 빼면."

"혼자서요?"

"파리 두어 마리가 디저트를 달라고 같이 앉긴 했지만요."

"제발, 부탁인데 진지하게 받아주세요. 이게 저와 제 가족에게 어떤 의미인지 모르실 거예요. 우리 아이들 셋 다 아직 학교에 다녀요. 이런 일이 생기면 괴로워할 만큼 나이도 들었고요. 괴로워할 거라고요."

"아이들의 고통을 막을 순 없습니다. 고모부가 살인죄로 수배중이니까요."

"피가 섞인 친척은 아니잖아요. 저는 애들 엄마고요. 제가 이 일에 끌려 들어가면, 우리 아이들은 정말 어째요."

"알았어요, 알았습니다." 도드는 무미건조하게 대답했다. "제가 래시터에서 루퍼트와 여자를 본 걸로 하죠. 거기서 뭘 하고 있었다고 하죠?"

"점심을 먹었다고."

"제가 도시락을 가져온 걸 우리 비서가 잘 알고 있는데요."

"그럼 루퍼트를 쫓고 있었다고 하면 되잖아요. 미행했다고 해야 하나?"

"똑같은 말입니다."

"여자가 사건에 끼어들자, 루퍼트 말고 그 여자를 미행하기로 하고 그렇게 했다고. 여자는 유니언 스퀘어에 가서 누구를……."

"유니언 스퀘어까지 어떻게 갔죠?"

"파월 스트리트행 기차를 탄 거죠."

"부인이 진짜 아는 겁니까, 아니면 지어내고 있는 겁니까?"

"지어내고 있어요. 꽤 그럴듯하게 들리지 않아요? 그게 우리 목적이기도 하고요. 게다가 여자는 파월 스트리트 쪽에서 유니언 스퀘어로 들어왔어요."

"몇 시였죠?"

"모르겠어요. 그때 약간 시간 감각이 없어서. 전…… 에이미 아가씨가 집에 오는 생각을 하고 있었어요. 다른 일들이랑." 헐린은 위험한 땅을 밟지 않도록 스스로 다잡는 양 기침을 했다. "빗방울이 떨어지기 시작한 건 기억나요. 비둘기에게 먹이를 주던 노인들이 일어서서 가버려서요."

"비는 3시경부터 내리기 시작했습니다."

그는 시각이나 비를 딱히 의식하고 있진 않았지만, 사무실에 들어온 비서가 감기약을 사러 약국으로 가야겠다는 말을 특이한 방식으로 했다는 사실이 떠올랐다. "어떤 사람들은 비가 오면 공기를 말끔하게 씻어낼 줄 믿고 있지만요. 전 얼마 전에 비가 내리면서 되레 온갖 바이러스와 박테리아를 대기권 밖에서 가지고 온다는 사실을 알게 됐지 뭐예요. 스트론튬-90도 마찬가지래요. 사장님이야 스트론튬-90에 신경을 안 쓰겠지만 몸안에서 뼈가 부식되어봐야……."

헐린이 말했다.

"3시. 그래요, 그쯤이 분명해요."

"여자가 격자무늬 스포츠 재킷을 입은 친구를 어디서 만났죠?"

"모르겠어요. 그 여자를 다시 본 건 순전히 우연이었으니까. 뒤를 쫓거나 찾아다니거나 한 게 아니에요. 여자가 나타난 거지."

"알았습니다. 저도 그런 식으로 하는 게 좋겠군요. 우연이라고. 하지만 경찰은 우연을 좋아하지 않는데."

"그런 우연은 여기선 항상 일어나는걸요. 로스앤젤레스에서 시내에 한 달에 한 번만 나가면 이전에 봤던 사람을 볼 일이 없죠. 하지만 여기 시내는 어찌나 작은지 쇼핑하거나 점심 먹으러 나갔을 때마다 아는 사람을 만난다니까요. 그런 면에선 여긴 도시가 아니라 시골 마을이나 다름없어요."

"여기 토박이들은 부인이 하는 얘기를 들으면 심기가 불편하겠는데요."

"사실인걸요. 제가 좋아하는 점이기도 하고요."

"좋습니다. 그럼 작은 우연이라고 하죠. 내가 여자 뒤를 밟은 게 아니라 여자가 그냥 나타난 거라고."

"도드 씨, 절 도와주실 거죠? 정말로 도와주실 거죠?"

"부인을 돕는 게 아니죠. 애들을 돕는 겁니다."

도드는 이유를 말하고 싶었으나 하지 않았다. 그가 고등학교에 다닐 때 아버지가 음주운전으로 체포된 적이 있었다. 큰 죄는 아니었지만 신문에 실렸다. 도드는 학교를 떠났고 다시 돌아가지 않았다.

"이제 브랜던 부인은 신중하게 행동하시는 겁니다. 경찰이 질문을 하면 대답을 하세요. 자진해서 정보를 주진 마시고요."

"만약 경찰이 루퍼트를 찾아냈는데, 루퍼트가 래시터에서 그 여자와 함께 있는 모습을 본 사람이 나라고 말하면 어쩌죠?"

　　"루퍼트라면 그 얘기가 나오기도 전에 다른 할 얘기가 많을 겁니다."

버턴이 모퉁이를 돌자 눈앞에 보인 것은 그 동네에 사는 누가 거대한 선발 대회 무대를 세우고 동네 사람들 모두 출연자와 제작진으로 참가한 듯한 광경이었다. 어떤 종류의 대회인지는 말하기 어려웠다. 인물과 의상이 너무 다양하고 수도 많았다. 자전거를 탄 꼬마 소년, 실내복, 목욕 가운, 파자마를 입은 여자들, 카메라와 아기, 서류 가방을 든 남자들, 새처럼 재잘재잘 지저귀는 소녀 무리. 지금 목격하는 광경이 오래된 기억 속의 장면인 듯 입을 무섭게 꽉 다물고 무대 뒤에서 바라보는 할머니들.

거리 양쪽으로 차들이 줄지어 서 있었다. 어떤 차는 아직도 시동과 전조등이 켜져 있었고 사람들은 창문으로 고개를 내밀고 구경했다. 버턴은 발걸음을 멈추고 가로등에 기댔다. 갑자기 어지럽고 숨을 쉴 수 없었다. 대체 저 사람들은 뭘 보려는 거야? 버턴은 생각했다. 뭘 볼 거라고 생각하는 거야? 뭘 기다리는 거지?

바람이 머리카락을 움켜쥐고 입술을 멍들도록 꼬집으며 노란 코트를 비집고 들어왔다. 하지만 버턴은 몸의 아픔을 느낄 수가 없었다. 사람들이 밀치고 지나가며 바람 속에서 서로 고함을 질러댔다. 커다란 백구가 버턴에게 자기 가로등을 빼앗겼다는 듯 가만히 서서 빤히 쳐다보았다.

후줄근한 사향쥐 털 코트를 줄무늬 잠옷 위에 걸친 여자가 개를 쫓아주었다.

"쟤는 사람 안 물어요. 양처럼 순해서."

"무서워서 그런 거…… 아니에요."

"그렇게 보이는데, 뭐."

"아니에요."

"여기선 잘 안 보일걸요. 하지만 가까이 갔다간 인파에 휩쓸릴 거라. 가서 봐도 별거 없어요. 진짜로."

"무슨 일이에요?"

"살인 사건이 일어났대요. 켈로그 씨네 댁에서. 그 사람들 언제나 꺼림칙한 점이 있다고는 생각했지. 아, 물론 좋은 사람들 같긴 했어요, 겉으로는…… 어디 가요? 여봐요, 잠깐만요. 스카프 떨어뜨렸어요!"

버턴은 뛰듯이 군중 속으로 파고 들어가 거인에게 쫓기는 작은 쿼터백처럼 사람들을 헤치고 나아갔다.

도드는 모퉁이에 주차를 하다가 버턴을 보았다. 처음에는 노란 코트로 알아보았다. 버턴은 그를 보지 못해서 도드가 부르지 않았다면 거기 있는지도 모르고 지나칠 뻔했다.

"버턴 양!"

버턴은 몸을 돌려 그를 잠깐 멍하니 보다가 뛰기 시작했다. 도드는 움직이는 물건이라면 아무 생각 없이 따라 뛰는 개처럼 뒤쫓기 시작했다. 채 오십 미터도 가지 않아 그는 헉헉대기 시작했고 옆구리가 심하게 결렸다. 버턴이 보도에 난 금에 걸려 넘어지지 않았더라면 못 따라잡을 뻔했다.

도드는 버턴이 일어나도록 부축했다.

"다쳤어요?"

"아니요."

"단거리 달리기 연습하기엔 약간 이상한 시간 아닌가?"

"가버려요. 가버리란 말이에요."

"여기서 뭐해요?"

"아무것도 안 해요. 아무것도. 날 가만 놔둬요. 제발."

"나한테 제발이라며 애걸하는 사람이 갑자기 많아졌군요." 도드가 무미건조하게 말했다. "품위 있게 말하면 어디 큰일이라도 나나 보죠."

"제겐 큰일날 것도 없어요."

"켈로그 씨의 친구라면 큰일난 거죠. 그 사람에게 소식 들었습니까?"

"아니요."

"전화로 작별 인사도 안 하던가요?"

"하지 않았어요."

"나한테는 안 했다고 얼버무리고 빠져나갈 수 있을지도 모르지만 경찰은 호락호락하지 않을걸요. 벌써 버턴 양 아파트 앞에 가서 기다리고 있을 겁니다. 그리고 앞으로는 이렇게 하겠죠. 어딜 가든지 감시하고 미행하고. 우편물은 버턴 양이 보기도 전에 뜯어서 읽겠죠. 그럴 겁니다. 아파트에 도청기를 달고 전화도 도청하고."

"전 아무 정보도 없어요."

"정보가 넘치잖아요, 버턴 양. 경찰이 다 알아낼 겁니다. 시계처럼 버턴 양을 분해해서 부품을 꺼내 탁자 위에 놓을 거예요. 한번 그런 식으로 분해를 당하면 어떤 시계도 이전과 똑같이 작동하지 않아요. 전문가가 하기 전에는요. 경찰들은 전문가가 아니고요. 빌어먹게 투박하죠."

그의 말을 강조하듯 경광등을 켠 이륜 경찰차가 모퉁이를 돌아왔다. 운전자 몇 명이 보도에 차를 세웠고 나머지는 아무것도 듣고 보지 못한 듯 지나쳤다.

버턴은 괴로운 목소리로 말했다.

"어째서죠. 어째서 그렇게 잔인하신 거죠?"

"나중에는 이게 잔인하기는커녕 얼마나 친절한 행동인지 깨닫게 될 겁니다. 경찰이 언제 질문을 시작할지 경고를 해주었으니까요."

"있지도 않은 정보를 어떻게 주나요."

"있는 것도 안 주실 거잖아요?"

"말했잖아요……."

"버턴 양, 이 동네에서 뭘 하는 거죠?"

처음에 버턴은 대답할 생각이 없다는 양 고개를 절레절레 저었다. 그러다가 천천히 조심스레 입을 열었다.

"켈로그 씨가 정오에 사무실에서 나가셨어요. 몸이 편찮으시다고. 집에 들러서 도와드릴 게 없나 보려고 했죠."

"경찰에게 그렇게 말할 겁니까?"

"네."

"그러면 경찰에선 버턴 양을 정말 사려 깊고 헌신적인 비서라고 생각하겠네요."

"정말 그런걸요."

"실은 비서 이상이라고 생각할 겁니다."

"다른 사람의 마음에 낀 먼지까지 제가 어쩔 수 있는 노릇은 아니죠. 당신 마음까지 포함해서."

"제 마음에 먼지 같은 건 껴 있지 않습니다. 버턴 양에 관한 한."

"아니라고요?"

"그렇습니다." 그는 단호히 말했다. "전 버턴 양이 말한 그대로라고 믿어요. 헌신적인 비서고 거짓말하는 재능도 취미도 없죠. 버턴 양, 제가 불렀을 때 왜 도망쳤죠?"

"얘길 들었어요……. 살인 사건이 일어났다고."

"누가 그럽디까?"

"어떤 여자. 모르는 사람이었어요. 켈로그 씨 댁에서 살인이 있었다고 했어요."

"그게 답니까?"

"그게 다예요. 더 듣고 있을 수 없었어요. 휘말리기 싫어서 도망친 거예요."

"아무 질문도 하지 않고?"

"네."

"누가 살해당했는지 궁금하지도 않던가요?"

버턴은 아무 말 없이 고집스럽게 얼굴을 돌렸다.

"버턴 양의 상사는 그 집에 혼자 살죠. 아니, 혼자였을 거라고 짐작됩니다. 그렇다면 희생자가 켈로그라고 짐작하는 게 당연하지 않습니까? 또, 알아낼 때까지 여기에 있는 게 당연하지 않을까요?"

버턴은 입술을 움직였지만 아무 말도 하지 않았다. 도드는 버턴 양이 마음속으로 기도를 하고 있나 생각했다. 그러길 바랐다. 버턴 양은 받을 수 있는 도움이라면 전부 받아야 할 테니까.

"버턴 양, 희생자가 루퍼트 켈로그가 아니라고 생각할 만한 이유가 있는 거죠?"

"아니에요!"

"그 사람이 전화해서 무슨 일이 생겼으니까 여길 떠나야 한다고 말했을지도요. 어쩌면 버턴 양은 그 말을 안 믿었기 때문에 확인을 해보려고 오늘밤 여기까지 온 거죠. 아니면 켈로그가 무슨 일이 생겼는지는 정확히 얘기를 안 했기 때문에 직접 알아보러 왔든지요. 어느 쪽입니까?"

버턴은 양손으로 귀를 막았다.

"당신 얘기를 듣고 있을 이유는 없어요. 말할 필요도 없다고요! 가요! 가버리란 말이에요! 아니면 비명을 지르겠어요!"

"벌써 비명은 지르고 있는데요."

"더 크게 지를 수도 있어요!"

"어련하겠습니까. 하지만 벌써부터 경찰을 끌어들이고 싶진 않을 텐데요. 조용히 처리하죠? 비명을 지른다고 진실을 감출 수도 없는데요."

"당신이 생각하는 게 반드시 진실이라는 법은 없어요."

"그럼 어째서 이런 반응을 보이는 거죠? 흥분을 가라앉혀요. 생각을 좀 해봐요. 버턴 양 얘기는 말이 안 됩니다. 제가 안 믿는데 경찰이라고 믿겠습니까."

"전 아무런 도움도……."

"줄 수 있어요. 진실을 말해요. 켈로그가 어디 있는지 압니까?"

"아뇨."

"그러면 연락을 했어요?"

"아뇨."

"버턴 양, 한 여자가 실종되었고 한 남자가 살해당했습니다. 이런 상황에서 정보를 내놓지 않는 건 심각한 사안이에요."

"전 정보랄 게 없어요. 당신에게 줄 것도 없고 다른 누구에게도 마찬가지예요."

"뭐, 난 버턴 양에게 줄 게 있는데." 도드는 잠깐 뜸을 들였다. 기다리게 해서 버턴이 궁금해하고 걱정할 시간을 주었다. "켈로그가 이 동네를 떠날 때 혼자가 아니었습니다. 여자친구를 데려갔어요."

버턴은 움직이지 않았다. 얼굴엔 아무 표정도 스치지 않았다. 하지만 한줄기 홍조가 목에서부터 광대뼈, 귀 끝까지 피어올랐다.

"아주 고리타분하고 싸구려 속임수네요, 도드 씨."

"버턴 양을 위해서라면, 차라리 속임수면 좋겠습니다. 하지만 공교롭게도 사실이에요. 두 사람이 같이 있는 모습이 오늘 정오에 목격되었고, 켈로그가 보호소에서 개를 데려갈 때도 같이 있었다고 합니다."

"믿을 수 없어요. 소장님이…… 여자와 같이 있었다면, 분명히 사모님일 거예요."

"그럴 리가요. 여자는 예쁜 금발이었고, 부인보다 몇 살이나 어리다는데."

"어리다고요."

버턴은 마치 쓴맛이 나지만 삼켜야 하는 무엇처럼 그 말을 입
모양으로 되뇌어보았다.

"스물둘이나, 스물셋."

"이름이…… 뭐래요?"

"알면 말해줬겠죠."

버턴은 자기 몸을 지키려는 듯 노란 코트 안으로 말없이 웅크렸
다. 바깥에서 불어드는 바람이 아니라 마음속에서 이는 폭풍우를
피하려는 것 같았다. 마침내 그녀는 입을 열었다.

"오늘밤 저한테 할 얘기는 다 하신 것 같네요."

"할 수밖에 없었어요. 당신 같은 여자가 가치 없는 남자를 위해
위험에 빠지는 걸 손놓고 구경만 할 순 없습니다."

"제가 어떤 여자인지 어떻게 아시나요?"

"압니다. 지난밤 아카데미에서 말을 나눠봤을 때 알았죠."

고작 어제였는데도 도드는 아주 먼 옛날 일처럼 느꼈다. 버턴은
그를 비참한 표정으로 힐끔 보았다.

"어젯밤 교습 후 집에 갈 때 날 미행하지 않았나요."

"집으로 가지 않았잖아요, 버턴 양."

"미행했군요."

"그런 건 아닙니다."

"그렇다면 내가 어디로 갔는지 어떻게 그렇게 잘 알죠?"

"켈로그가 말했으니까요."

"거짓말 마세요. 소장님은 도드 씨를 알지도 못해요. 평생 한번 말을 나눠본 적도 없다고요."

"말로는 뭐라고 한들 행동으로 드러난다고 해두죠. 오늘 아침에 켈로그는 재정 위임권으로 부인의 은행 계좌에서 만오천 달러를 인출했습니다. 그걸로 미루어 볼 때 내가 뒤를 쫓는다는 사실을 누가 귀띔한 게 아닌가 싶군요."

버턴의 충격받은 표정을 보고 도드는 그녀가 돈과 위임권 얘기는 처음 듣는 것이리라 추측했다. 그는 이것을 무기로 밀어붙였다.

"켈로그가 만오천 달러 얘기는 깜박 잊고 안 했나 보죠? 그 사람 기억력도 편의적이군요."

"그, 그 돈은 제가 상관할 바가 아니니까요."

"그 돈을 금발 여자와 도망가는 데 썼어도? 금발 얘기도 깜박 잊고 안 한 모양인데."

"당신 참 나쁜 사람이군요. 밉살맞은 인간 같으니."

버턴이 소리 죽여 쏘아붙였다.

"그 말이 나를 미워한다는 뜻이라면 받아들여야죠. 하지만 내가 미움으로 가득차 있다는 뜻이라면 바로잡아주고 싶군요. 미워해서 이러는 게 아닙니다. 그저 버턴 양이 잘되길 바라는 거죠. 도와주고 싶고."

"어째서요?"

"버턴 양은 착한 여자라고 생각하니까. 의도는 좋은데 잘못된 행동을 할 뿐이지."

"난 아무 잘못도 저지르지 않았어요."

"그럼 경솔하다고 합시다." 도드는 누굴 한 대 치고 싶은 걸 눌러 참으려는 듯 두 주먹을 코트 주머니에 넣었다.

"어젯밤 켈로그에게 경고를 하려고 그 집에 갔었죠. 저도 그건 압니다. 그러니까 쓸데없이 잡아뗄 생각 마요. 자, 들어봐요. 중요한 겁니다. 앞문으로 갔더니 켈로그가 들여보내주던가요?"

"네."

"집안에는 방 여럿과 이어지는 긴 복도가 있죠. 그 복도 안으로 들어갔나요?"

"네."

"방문은 열려 있었나요, 닫혀 있었나요?"

"열려 있었어요."

"켈로그랑은 어디서 얘기를 나눴습니까?"

"서재에서요. 집 안쪽."

"다른 방에도 들어가봤습니까?"

"대체 무슨 얘기를 하려는 거죠?" 버턴은 새되게 소리를 질렀다. "혹여 소장님과 제가……?"

"대답해주십시오."

"화장실에 갔었어요. 맘대로 지어내봐요. 화장실에 가서 머리를 빗고 세수를 했어요. 울고 있었으니까요! 이제 마음대로 뭐든 상상해보라고요!"

도드는 버턴이 울었다는 말에 의기소침해진 양 괴로운 표정을 지었다.

"버턴 양이 울었던 이유를 물어보진 않겠습니다. 알고 싶지도 않아요. 그저 한 가지만 말해봐요. 혹시 그 집에 있는 동안 켈로그 외에 다른 사람이 사는 듯한 인상을 받지 않았습니까?"

"금발 말이죠?"

"잘못 생각했네요. 에이미 말입니다."

"에이미요."

버턴은 한쪽 입꼬리를 갑자기 휙 치키면서 미소에 가까운 표정을 지었다.

"허무맹랑한 생각이네요. 너무 허무맹랑해요."

버턴은 잠수하려는 수영 선수처럼 숨을 깊이 들이마시더니 꾹 참았다.

"아뇨, 에이미는 집에 있지 않았어요, 도드 씨. 어쨌든 살아서는 있지 않았어요. 우리 얘기를 듣고 있지도 않았고 들을 수도 없었어요."

"그렇게까지 확신하는 이유가 뭐죠?"

"다른 사람이 있었더라면 그분이 그런 말을 하지 않았을 테니까요. 특히 에이미라면."

그 개자식이 사랑 고백을 했군. 적어도 사랑 고백에 가까운 말을 했겠지. 도드는 자기도 모르게 대체 어느 정도였을지 열심히 머리를 굴렸다.

"고맙습니다, 버턴 양. 이런 말 하기 참 힘들었을 텐데……."

"고마워할 것 없어요. 이제 절 가만히 내버려두세요."

"집에 갈 겁니까?"

"네."

"제가 태워다 드리죠. 제 차가 바로 저 길 아래 있습니다."

"아니, 됐어요. 오 분 후에 버스가 와요."

여기 오는 버스 시간표까지 안단 말이지. 도드는 생각했다. 이 동네에 여러 번 다녔다는 뜻이군. 많이도 다녔겠지.

"음, 적어도 모퉁이 앞까지는 바래다주죠."

"안 그러는 편이 좋겠는데요."

"좋습니다. 혼자 가요. 안녕히."

둘 다 꿈쩍하지 않았다.

그는 무뚝뚝하게 말했다.

"서두르지 않으면 버스를 놓칠 텐데요."

"당신이 이 일에서 어느 편, 누구 편인지 알고 싶네요."

"난 에이미를 찾으라고 고용된 사람입니다. 켈로그의 여러 과외 활동, 가령 살인, 절도, 간통 같은 건 별로 관심 없어요. 그게 에이미를 찾는 데 도움이 되는 게 아니라면. 살았든 죽었든. 그러니까 나는 누구의 편도 아니라고 할 수 있죠. 당신 편일 수는 있지만 버턴 양이 원하지 않겠죠."

"싫어요."

"나한테도 그편이 좋습니다. 무소속인 편이 일하기 더 좋으니까."

그는 자리를 뜨려고 등을 돌렸다. "잘 가요."

"잠깐만요. 일 분만요, 도드 씨. 설마, 설마 진짜로 루퍼트 소장 님이 이 모든 짓을 저질렀다고 생각하는 건 아니죠?"

"그렇게 생각하는데요. 버턴 양이 그렇게 생각하지 않는다니 안 타까울 뿐입니다."

"난…… 그분을 믿어요."

"네. 뭐. 그럼 더 할 말 없죠?"

도드는 버턴이 경찰과 얘기를 나눈 후에도 그 믿음이 얼마나 지 속될지 궁금할 따름이었다.

경찰들은 켈로그의 집에서 기다리고 있었다. 도드가 잘 모르는 경사 한 명과 얼굴을 아는 라빅 경위. 몇 시간 전만 해도 그 집은 부 엌에 있는 시체 말고는 정리가 잘된 깔끔한 공간이었다. 지금은 엉 망진창이었다. 가구가 죄다 어질러졌고 담배꽁초와 다 쓴 전구는 바닥에 흩어져 있었다. 양탄자에는 진흙이 덕지덕지 묻어 있고, 부 엌에 있는 것이라면 벽이나 목조 부분, 스토브, 냉장고, 개수대, 수도, 의자 할 것 없이 죄다 지문 채취 가루가 잔뜩 묻어 검어졌다.

도드가 말했다.

"제 집처럼 편히 지냈나 본데, 경위. 이게 당신이 생각하는 우아한 삶인가?"

라빅의 넙데데하고 얽은 얼굴에 짜증스러운 표정이 스쳤다.

"그래, 척척박사님. 대체 이제까지 어딜 싸돌아다닌 거요?"

"내 이름은 도드인데. 친한 친구들만 날 척척박사라고 부른다고."

"내가 물었잖소."

"뭐, 대답을 생각하느라."

"좋은 대답을 내놓아야 할걸. 말해봐요."

도드는 말을 시작했다. 할말이 무척 많았다.

팔십 킬로미터 동안 도로는 바닷가 벼랑을 따라 굽이굽이 돌았
다. 어떤 곳에서는 벼랑이 어찌나 높이 솟는지 바다도 보이지 않고
소리도 들리지 않았다. 어떤 곳은 무척 낮아서 루퍼트는 초승달빛
속에서 부서지는 하얀 포말을 볼 수 있었다.

개가 뒷자리에서 낑낑대기 시작했다. 루퍼트는 조용히 말을 걸
며 개를 달랬다. 동행에게는 아무 말도 하지 않았다. 그들은 카멜
강을 지난 이후부터 말이 없었고 지금은 빅서를 지나치는 중이었
다. 거대한 침묵 속에 우뚝 선 세쿼이아 숲이 흔들바람과 거센 바다
에 맞서고 있는 지역이었다.

여자는 눈을 감고 문에 머리를 기대긴 했지만 잠들지 않았다.

그는 이미 여러 번 했던 생각을 다시 떠올렸다. 저 문이 커브길에서 확 열리면 어떨까. 저 여자가 밖으로 떨어지기라도 하면. 그러면 모두 끝날 텐데. 나는 혼자 계속 차를 몰고 가고⋯⋯. 하지만 그것이 끝은 아니었다. 끝은 까마득하게 보이지도 않았다. 갑자기 그는 옆으로 손을 뻗어 여자가 기대고 있는 문을 잠갔다.

여자는 그가 머리에 주먹을 날리기라도 한 양 움찔 물러섰다.

"왜 그런 거예요?"

"그래야 밖으로 떨어지지 않을 테니까."

그래야 널 밀어버리고 싶은 충동을 느끼지 않을 테니까.

"얼마나 남았어요?"

"아직 반도 못 왔어요."

여자는 알아들을 수 없는 말을 웅얼거렸다. 기도 같기도 하고 저주 같기도 했다.

"멀미 나요."

"약을 먹어요."

"길이 너무 구불구불해서 속이 안 좋아요. 다른 길이 있을 거 아녜요. 좀더 곧고 평탄한 길."

"좋은 도로엔 차가 많아요. 뒤에서 경찰차 사이렌 소리를 들으면 멀미가 한층 심해질 텐데."

"경찰이 이 차를 감시하는 건 아니잖아요. 조에게 차가 있는지는 모르니까. 그 사람이 누군지도 모를걸요. 내가 그 사람 주머니에서 지갑을 꺼내 왔어요. 더 찾기 힘들겠죠."

자신 있는 말투는 아니었다. 잠시 후 여자는 덧붙였다.

"거기 가면 어떻게 할 거예요?"

"그건 내게 맡겨요."

"날 돌봐주겠다고 약속했잖아요."

"돌봐줄 거요."

"그런 식으로 말하는 게 마음에 안 들어요. 미리 계획을 세우면
안 돼요? 바로 당장, 여기에서? 달리 할 일도 없잖아요."

"경치 구경이나 해요."

"먼저 결정부터 해야……."

"결정은 끝났소. 계획은 세웠고. 당신은 돌아갈 거요."

"돌아가? 설마 다시 돌아간다는 뜻은 아니겠죠?"

"정확히 온 데로 돌아갈 거요. 사람들에겐 잠깐 휴가를 갔다 왔다
고 하고 평소 생활로 돌아가고 싶다고 해요. 자연스럽게 행동하고 말
을 많이 하지 마요. 명심해요. 내 말은 충고가 아니니까. 명령이지."

"날 억지로 보낼 순 없을걸요. 난 돈이 있어요. 사라져버리면 그
만이지. 도시에선 쉽게 몸을 숨길 수 있다고요."

"그럼 정말 기쁘겠지만, 그렇게는 해결이 안 될 거요."

"그렇게 해결되도록 놔두지 않겠다는 뜻이겠죠. 당신이 다 말해
버릴 테니까."

여자가 톡 쏘았다.

"다 말할 거요. 내가 아는 걸 다. 그게 약속이니까."

"내가 어떻게 되든 관심도 없죠?"

"눈곱만큼도 없어. 당신이 연기 속으로 사라지면 난 창문을 열고 차를 환기하고 싶을 정도라고."

"당신…… 사람이 바뀌었네요."

"살인은 사람을 바꾸는 법이지."

루퍼트는 엔진 소리 속에서도 여자가 숨을 훅 들이켜는 소리를 들을 수 있었다. 그는 고개를 돌려 여자를 쳐다보았다. 이게 마지막이 되길 바랐다. 여자는 머리에 쓴 스카프가 조여 숨이 막히는지 이리저리 잡아당겼다.

그가 말했다.

"가만 놔둬요."

"왜요?"

"머리가 눈에 띄니까. 그것도 약하게 말해 그런 거지. 미용실에 가서 바꿀 때까지는 계속 써요."

"바꾸고 싶지 않아요. 마음에 든다고요. 항상 하고 싶었던……."

"스카프나 계속 쓰고 있어요."

여자는 턱밑에 매듭을 짓고 혼잣말하며 고개를 흔들었다. 그는 생각했다. 고분고분하게 시키는 대로 할 만큼 겁이 났군. 그거 하나는 좋은 징조야. 좋은 징조라곤 그거 하나지. 이 여자가 겁을 먹었다는 것.

삼십 분 동안 차 한 대도 지나가지 않았고 집이나 사람이 사는 흔적 하나도 보지 못했다. 여기를 마지막으로 지나간 사람들은 이 도로를 닦은 건설 노동자일 듯한 생각이 들 정도였다. 루퍼트가 판단해보건대 도로의 상태로 보아 그것도 아주 오래전 같았다. 도로 한 부분은 콘크리트에 설탕을 섞었는지 비를 맞아 무너져 있었다. 설탕 길이로군. 그는 음울하게 생각했다. 내게 미래가 있다면, 살아서 이 위를 다시 지난다면 항상 그 이름으로 부를 거야.

다음 굽이에서 거대한 나무 사이로 희미한 불빛이 보였다. 길고 어두운 터널 끝에서 비치는 빛 같았다. 그는 여자도 불빛을 보았다는 것을 알았다. 여자가 다시 속이 메슥거리고 머리가 지끈거린다고 불평을 늘어놓기 시작했기 때문이다.

"속이 안 좋아요. 물 마시고 싶어요."

"물은 없어요."

"저 앞에 불빛이 있잖아요. 가게일지도 몰라요. 가서 아스피린하고 물 좀 사 와요."

"여기 멈추면 위험할 수도 있어요."

"말했잖아요. 이렇게는 계속 못 가요. 토할 것 같아요. 죽을 것 같다고요."

"계속 갑시다."

"아, 당신은 정말 괴물, 악마예요……."

여자의 욕설은 계속 이어지는 헛구역질 속에 잠겨버렸다.

루퍼트가 말했다.

"연기 그만하지."

허리를 숙인 여자는 두 손을 입에 대고 연신 구역질을 해댔다.

나무 사이의 불빛은 네온사인이 되었다. 통나무집 몇 채와 무너져가는 커피숍이 있는 지역 간판이었다. 트윈 트리스 로지. 부동산. 가격 문의. 빈집 있음.

루퍼트는 길옆에 차를 댔다. 통나무집은 대부분 어두웠지만 커피숍에는 불이 켜 있고 남자 하나가 카운터 뒤에 앉아 문고본을 읽고 있었다. 차 소리를 듣지 못했든지 책에서 흥미로운 대목을 읽고 있었든지 고개도 들지 않았다.

뒷자리에 있던 개가 낯선 냄새와 통나무집 뒤로 흐르는 시냇물 소리를 듣더니 흥분해서 컹컹 짖어대기 시작했다. 루퍼트는 개에게 조용히 하라고 으르고서 여자에겐 차에서 내리라고 했다. 어느 쪽도 말을 듣지 않았다.

그가 말했다.

"차를 세워달라면서. 좋아요. 섰잖소. 이제 서둘러서 커피든 뭐든 사가지고 와요. 다시 갈 거니까."

루퍼트는 여자 앞으로 손을 뻗어 문을 열었다. 여자는 굴러떨어지듯 차에서 내리면서도 가방을 덥석 움켜쥐었다. 빠르고 침착한 동작으로 봐서 이제껏 했던 구역질은 진짜가 아니었던 게 분명했다. 연기의 일환이었지만, 루퍼트는 아직도 목적을 이해할 수가 없었다. 거의 반달 동안 여자는 한 역할을 연기했다. 자기 것이 아닌 대사를 하고 자기 것이 아닌 목소리와 표현을 썼다. 여자는 자기가 누구고 어떤 일을 했었는지 까맣게 잊어버린 사람 같았다. 딱 한 번, 여자가 역할에서 벗어나 자기 모습을 드러낸 적이 있었다. 부엌에서 오도널과 얘기할 때였다. "나 떠날 거야." 오도널이 말했다. "앙심은 품지 않는 거지? 걱정 마. 말은 안 할 테니까. 시끄러운 건 싫거든. 그저 집으로 돌아갈 돈만 주면……."

돈. 그게 방아쇠였다. 루퍼트는 여자가 주차장을 지나 커피숍으로 가는 모습을 쳐다보았다. 가슴에 가방을 꼭 부둥켜안은 꼴이 꼭 황금 아기 괴물을 안은 듯했다.

그는 여자가 카운터에 앉을 때까지 기다렸다가 차에서 내려 될 수 있는 한 조용히 차문을 닫았다. 커피숍 남쪽엔 화장실과 공중전화 부스가 있었다. 그는 네온사인의 불빛에 비치지 않도록 빙 둘러 공중전화로 향했다. 그는 자기가 쉬었다 가자고 말을 꺼냈다간 여자가 의심을 하고 감시의 끈을 늦추지 않았으리란 것을 알고 있었다. 실제로 여자는 자기가 우겼기 때문에 아무런 의심도 하지 않았다. 여자는 커피를 마시면서 도넛을 우걱우걱 씹고 있었다. 가방은 잘 보이는 곳에, 언제라도 집을 수 있도록 카운터 위에 놓아두었다.

그는 공중전화 부스로 들어가서 동전을 넣고 장거리전화를 걸었다. 밖은 어둑어둑해졌고 러시아워는 끝났다. 전화는 즉각 연결되었다.

"여보세요."

"도드 씨?"

"접니다만."

"저를 개인적으로는 모르시죠, 도드 씨. 하지만 당신이 관심이 있을 만한 제안을 하나 하고 싶은데요."

"합법적인 겁니까?"

"합법적이죠. 당신이 에이미 켈로그를 찾고 있다는 걸 압니다."

"그래서요?"

"어디 있는지 알려드리겠습니다. 대신, 저를 위해 뭐 하나 해주십시오."

카운터 뒤의 남자는 작은 부탄가스 버너에 커피를 다시 데웠다.

"준비운동 완료요, 손님."

여자는 멍한 표정을 지었다.

"뭐라고요?"

"내 말버릇이라오. 커피 리필해드릴까요, 라는 뜻."

"고마워요."

주인은 커피를 더 따라주고 자기 몫으로도 한 잔 따랐다.

"먼길 가시나?"

"그냥 시골 구경하면서 여행하는 중이에요."

"집시 여행이군요? 나도 집시 여행하는 거 좋아하는데."

여자의 귀에는 거슬리는 말이었다. 그 말은 집도 없이 유랑한다는 뜻, 뭐든 훔치는 가난한 사람이란 뜻이었다. 여자는 한 손을 가방에 대고 날카롭게 말했다.

"우린 집시가 아니에요. 내가 집시처럼 보이나요?"

"이런, 아뇨. 그런 말이 아니었는데. 내 말은 가는 곳 모르고도 훌쩍 떠날 수 있다는 뜻이었죠."

"어디로 가는지 아는데요."

"물론 그렇겠죠. 그냥 대화를 하는 거예요. 여긴 손님이 뜸해서 얘기 나눌 사람도 많지 않거든요."

여자는 주인에게 괜히 발톱을 세우는 실수를 저질렀다는 것을 깨달았다. 이제 주인은 여자를 생생히 기억할 것이다. 여자는 상냥하게 미소를 지으면서 만회하려고 했다.

"다음 도시는 어디예요?"

"1번 고속도로는 도시 위로 길게 뻗어 있는 게 아니죠. 경치를 보기 위한 길이에요. 세계에서 가장 절경인 곳이지. 어디 보자. 샌루이스 오비스포가 가장 가까운 도시라고 할 수 있으려나. 거기 가려면 101번 도로를 타야 해요. 거기가 주 고속도로니까."

"멀어요?"

"꽤 멀죠. 나라면 캠브리아에서 패소로블스를 횡단해서 갈 거요. 그렇게 가면 좀더 빨리 101번 도로로 올라설 수 있으니까."

"여기서 가는 버스 있나요?"

"자주는 안 오는데."

"하지만 있긴 한 거죠?"

"물론. 버스 회사에 우리 가게를 점심 휴게소로 삼으면 어떠냐고 제안해봤지만 여긴 크지도 않고 일 처리도 빠르지 않아서 안 된다고 하더라고요. 여기선 뭐든 처리할 사람이 나랑 내 마누라밖엔 없어요."

"도넛은 몇 개나 남았어요?"

"예닐곱 개 남았나."

"전부 살게요."

"그러시구려. 커피까지 해서 오십이 센트요."

여자는 가방 안에 돈이 얼마나 들었는지 주인이 볼 수 없도록 카운터 아래서 가방을 열었다. 자기도 확실히 몰랐지만 꽤 많은 액수 같았다. 루퍼트에게서 벗어날 수 있을 정도로 많은 돈. 그 사람에게서 도망칠 수만 있다면, 숲속에 숨을 수만 있다면. 어둠은 무섭지 않으니까. 다만 어둠 속에 그 사람과 같이 있는 게 무서운 거지.

그 사람. 그건 저주, 욕설, 금구였다.

여자가 커피숍에서 나왔을 때 그는 차 운전석에 앉아 있었다. 여자는 여행 동안 발이 편하게 굽 낮은 신발로 갈아 신었기 때문에 도시에서와는 달리 느긋하고 우아하게 움직였다. 시내에서는 마치 처음으로 엄마의 하이힐을 훔쳐 신은 소녀처럼 비틀거리며 앞으로 고꾸라지곤 했다.

여자는 차로 가는 대신 오른쪽으로 돌았다. 그는 여자가 화장실에 가려는 줄 알고 자리에 앉아 기다렸다. 계기반의 시계가 명랑한 농담처럼 째깍째깍 일 분을 셌다. 5, 7, 10분. 11분이 되자 그는 차창을 내리고 여자의 이름을 불렀다. 카운터 뒤에 있는 남자의 시선을 끌지 않을 정도의 큰 소리로. 아무 대답이 없었다.

루퍼트가 미처 깨닫기도 전에, 뒷자리의 개는 무슨 일이 일어났고 어떻게 해야 하는지 감지한 양 낑낑 울기 시작했다. 루퍼트가 차 문을 열자 개는 뒷자리에서 펄쩍 뛰어 밤의 어둠 속으로 나갔다. 개는 코를 땅에 박고 주차장을 빙글빙글 돌았다. 가끔 고개를 들고 루퍼트 쪽을 향해 컹컹 짖었다. 그러더니 갑자기 휙 돌아 통나무집 뒤편으로 날쌔게 달려갔다. 시내가 언덕을 타고 흘러 바다로 떨어지는 곳이었다.

개와 목표물, 둘 다 어둠에 가려 보이지 않았다. 루퍼트는 어느 쪽도 소리쳐 부를 수 없었다. 그저 미친듯 짖어대는 개의 소리를 따라 너른 나무 사이를 조용히 걸을 따름이었다. 그의 발소리는 빽빽이 쌓인 축축한 삼나무 잎에 묻혀 들리지 않았다. 그는 서두르지 않았다. 어둠에 눈이 익을 시간이 필요했고, 여자가 계속 뛰는 한 개는 멈추지 않고 쫓으리라는 것을 알고 있었다. 자유롭게 선택할 수 있다면 휘파람을 불어 개를 멈춰 세우고 차로 데려간 후 그대로 떠나고 싶었다. 여자는 혼자 숲속에서 헤매다 진이 빠져 나가떨어지도록 놔두고. 하지만 선택의 여지가 없었다. 여자는 그의 절망이기도 했지만, 동시에 희망이기도 했다.

여자가 시내에 이르러 막 건너려는 시점에 루퍼트가 따라잡았다. 여자는 개의 머리를 향해 발길질을 해댔지만, 개는 발이 닿지 않을 만큼 거리를 두고 펄쩍펄쩍 뛰고 있었다. 개는 테니스 공 대신에 발을 휘두르는 게 새로운 놀이인 줄 아는지 꼬리를 살랑살랑 흔들어댔고 짖는 소리는 성났다기보다는 장난스럽게 들렸다.

　　루퍼트가 다가가자 여자는 낯선 욕설을 퍼부어댔다. 그는 돼지 새끼고, 그 어머니는 암퇘지, 아버지 머리엔 뿔이 났다, 개새끼는 악마가 들렸다는 말이었다.

　　그는 여자의 손목을 잡았다.

　　"입 다물어."

　　"싫어! 이거 놔요!"

　　통나무집 한 군데에서 불이 들어오더니 어떤 남자의 머리 윤곽이 열린 창문에 어렸다. 머리는 갸웃하더니 귀를 기울였다.

　　루퍼트가 말했다.

　　"누가 보고 있어."

　　"보든 말든 무슨 상관이야!"

　　"상관있을걸."

　　"됐어!"

　　여자는 그의 손아귀 안에서 버둥댔다. 그는 간신히 여자를 붙들었다. 성난 여자는 남자만큼이나 힘이 셌다.

　　그는 조용히 말했다.

"얌전히 있지 않으면 어쩔 수 없이 널 죽일 거야. 여기 물은 웬만큼 깊지. 네 머리를 물에 처박을 거라고. 그때도 마음대로 소리쳐 봐. 꽤나 도움이 되겠군."

그는 여자가 물을 두려워한다는 것을 알았다. 여자는 바다 풍경만 봐도 질색했고 샤워기에서 물이 흐르는 소리만 들어도 안절부절못했다.

여자는 벌써 공포에 빠져 죽은 사람처럼 그의 팔 안에서 축 늘어졌다.

"어쨌든 날 죽일 거잖아요."

여자는 뚝뚝 끊기는 소리로 속삭였다.

"어리석게 굴지 마."

"눈에 훤히 보인다고요."

"헛소리는 그만해."

"손에서도 느낄 수 있어. 날 죽일 거죠?"

그래, 그럴 거야. 그 말이 입에서 튀어나오기 직전이었다. 그래, 난 당신을 죽일 거야. 하지만 맨손으로는 아니야. 지금은 아니지. 내일모레, 어쩌면 그 이후에. 당신이 죽기 전에 해결해야 할 일들이 있으니까.

한줄기 빛이 나무 사이에서 깜박거리더니 어떤 남자가 고함을 쳤다.

"거기 누구요! 어이! 이봐요!"

루퍼트는 여자의 손목을 더 꽉 잡았다.

"아무 말 하지 마. 말은 내가 할 테니까, 알았어?"

"알았어요."

"도움을 청하겠다는 생각은 꿈도 꾸지 마. 당신을 도울 사람은 나뿐이니까. 그 정도는 알 정도로 똑똑했으면 좋겠군."

커피숍 주인이 하얀 앞치마를 바람에 휘날리며 나타났다. 손전 등 불빛이 루퍼트의 따귀를 때리듯 덮쳐왔다.

"어이, 여기 무슨 일이오?"

루퍼트가 말했다.

"소란 피워서 죄송합니다. 우리 개가 차에서 뛰어내리는 바람에 아내와 내가 잡으려고 하던 참이었어요."

"아, 그게 다요?" 주인은 모호하게 실망한 표정이었다. "순간 무슨 살인 사건이라도 일어나는 줄 알았지."

루퍼트는 웃었다. 진심으로 우스워하는 소리였다.

"살인은 좀더 조용하고 재빨리 일어날 것 같은데요."

상상할 필요도 없는 일이었다. 오도널은 거의 즉사했다. 한마디 말이나 고통의 비명도 지르지 않았다.

"폐 끼쳐서 죄송합니다."

"아, 괜찮아요. 여기는 딱히 흥분할 일이 없거든요. 가끔은 그런 일이 조금은 있어도 좋다 싶지만. 그래야 계속 젊게 살지."

"전 한 번도 그런 식으로 생각해본 적 없었어요."

루퍼트는 한 손으로는 개를 안아 올리면서도 다른 한 손은 동행의 손목을 놓지 않았다. 개가 안겨 가기 싫다고 버둥댔으면 댔지, 여자는 상대적으로 가만히 있었다.

"음, 저흰 이만 가봐야겠네요. 갑시다, 여보. 오늘밤은 충분히 소란을 피웠으니."

커피숍 주인은 땅에 손전등을 비추며 주차장까지 가는 길을 안내했다.

"바람 방향이 바뀌었네요."

"전 몰랐어요."

루퍼트가 대꾸했다.

"그거 알아채는 사람 별로 없죠. 하지만 나는 바람을 확인하는 게 일이니까요. 지금 느낌으로 봐서는 안개가 곧 깔리겠어요. 이 지역에서는 안개가 문제죠. 안개가 깔리면 가게 문 닫고 잠자리에 드는 게 나을 수도 있겠군요. 로스앤젤레스로 갑니까?"

"네."

"나라면 될 수 있는 한 빨리 내륙을 가로지를 거요. 안개와 싸울 순 없어요. 최선의 방법은 도망치는 거죠."

"충고 고맙습니다. 마음에 새겨두죠."

루퍼트는 생각했다. 안개 말고도 싸울 수 없는 건 많고도 많아요. 도망칠 수밖에 없는 것들.

"안녕히 계십시오. 어쩌면 다시 만날지도 모르겠네요."

"난 언제나 여기 있을 거요. 내 돈을 다 여기 묶어두었거든요. 딴 데로 가려야 갈 수도 없어요."

커피숍 주인은 자신을 조소하듯 심술궂게 웃었다.

"자, 그러면 잘들 가요."

남자가 사라지자 루퍼트가 말했다.

"차에 타."

"난 정말 싫……."

"서두르라고. 당신이 연극하는 바람에 삼십 분이나 지체됐으니까. 삼십 분이면 소문이 얼마나 빨리 퍼지는 줄 아나?"

"경찰은 당신을 찾을걸요. 내가 아니라."

"우리 중 누구를 찾든지 간에, 한쪽을 찾으면 다른 쪽도 함께 잡히는 거야. 알겠어? 함께라고. 죽음이 우리를 갈라놓을 때까지."

세뇨르 에스카미요는 청소 도구 벽장을 홱 열어 엿듣는 벽에 귀를 대고 있던 콘수엘라를 찾아냈다.

"아하!"

그는 통통하고 짧은 집게손가락으로 삿대질을 했다.

"그래, 콘수엘라 곤살레스가 아직도 버릇을 못 고치고 또 수작을 꾸민다 이거지."

"아니에요, 세뇨르. 어머니 이름을 걸고 맹세컨대……."

"차라리 아버지 뻘을 두고 맹세를 한다고 해. 네 말은 도무지 믿을 수가 없어. 경력 직원이 절실히 필요하지 않았다면 너한테 다시 와달라는 부탁 같은 건 하지도 않았을 텐데."

지배인은 잠깐 콘수엘라에게 다시 와달라고 부탁한 진짜 이유를 떠올렸다. 그런 황당무계한 미국인들의 계획에 협조하기로 하다니 바보짓을 한 것인지도 모른다. 그는 커다란 금회중시계를 확인했다. 시간은 잘 맞지 않았지만 직원들을 관리할 때는 유용한 소품이었다.

"7시군. 어째서 객실에 새 수건을 놓고 침대를 정리하지 않는 거야?"

"객실은 대부분 정리했는데요."

"대부분이 아니라 다 정리해야 하는 거 아냐! 수건이 그렇게 무거워? 너무 버거운 짐이라 오 분마다 쉬어가며 해야 해?"

"아닙니다, 세뇨르."

"내게 설명을 해보라고."

에스카미요는 싸늘하고 위엄 있는 태도로 말했다.

콘수엘라는 발을 내려다보았다. 밀짚 에스파드리유를 신은 넓적한 발. 옷만 있으면, 콘수엘라는 생각했다. 옷만 제대로 입었으면 완전히 딴판이었을 텐데. 여기서는 시골뜨기 같은 옷을 입고 있으니까 시골뜨기로 대하는 거 아냐. 내가 하이힐을 신고 검은 드레스와 목걸이를 걸쳤으면 이 사람도 예의를 갖추면서 나를 세뇨리타라고 불렀을 거야. 우리 아빠 머리에 뿔이 났다는 말 따위는 감히 하지도 못했겠지.

"설명해보라니까, 콘수엘라 곤살레스."

"객실은 모두 정리했어요. 404호만 빼고요. 이 방도 하려고 했는데, 문 앞에 섰을 때 안에서 시끄러운 소리가 들렸어요."

"시끄러운 소리? 어떤?"

"안에 있는 손님들이 말다툼을 하고 있었어요. 끼어들지 않는 편이 나을 듯해서요. 손님들이 저녁 먹으러 나갈 때까지 기다리는 편이 좋지 않을까 하고."

"404호 손님들이 다퉜다고?"

"네. 미국인 손님요. 미국인 부인 두 명."

"어머니 이름을 걸고 맹세할 수 있어?"

"네, 세뇨르."

"아, 넌 참 새빨간 거짓말쟁이로군, 콘수엘라 곤살레스."

에스카미요는 이 상황이 얼마나 괴로운지 보여주려고 한 손을 심장께에 댔다.

"아니면 판단력을 잃었던가."

"손님들 소리 들었어요. 말했잖아요."

"그래, 말했지. 이제 내가 말하겠어. 이 404호는 비었어. 일주일 동안 비어 있었다고."

"그럴 리가 없어요. 들었는걸요. 내 귀로 똑똑히……."

"그럼 귀를 새로 갈든가. 404호는 비었다고. 내가 이 호텔 지배인이야. 어떤 방에 손님이 있고 어떤 방에 없는지 나보다 더 잘 아는 사람 있을 것 같아?"

"어쩌면 지배인님이 자리 비운 몇 분 사이에 누가 체크인했는지도 모르잖아요. 미국인 부인 두 명이."

"그럴 리 없어."

"내 귀로 들었는데 내가 모르겠어요."

혈관에서 피가 분노로 타오르는지 콘수엘라의 뺨이 붉은 포도주색을 띠기 시작했다.

에스카미요가 말했다.

"상태가 나쁘군. 다른 사람들 귀엔 안 들리는 소리를 듣는다니."

"들어보지도 않았잖아요. 여기, 벽에 귀를 대면⋯⋯."

"알았어. 여기 귀를 댔다고. 그럼 이제?"

"들어봐요."

"듣고 있어."

"사람들이 돌아다니고 있어요. 둘 중 하나는 팔찌를 많이 찼네요. 쩔렁거리는 소리가 나잖아요. 자. 이제 얘기를 하고 있어요. 목소리 들려요?"

"확실히 목소리가 들리는군."

에스카미요는 청소 도구 벽장에서 성큼성큼 걸어나가 소매와 옷깃에 묻은 먼지를 털어냈다.

"네 목소리와 내 목소리가 들리네. 빈방에선 아무 소리도 안 들려. 예수님 맙소사."

"이 방은 비어 있지 않아요. 말씀드렸잖아요."

"그래, 나도 다시 한번 말하겠어. 헛소리는 그만해, 콘수엘라 곤살레스. 최근에 묵주 기도를 게을리해서 주님이 노하신 거야. 그래서 너 혼자만 들을 수 있는 소음을 만드신 거지."

"전 주님이 노하실 만한 짓은 하지 않았어요."

"우린 모두 죄인이야."

에스카미요의 말에서는 콘수엘라 곤살레스가 여러 죄인 중에서도 가장 악한 죄인이고 오직 최소한의 자비만을 기대할 수 있을 거라는 투가 물씬 배어났다.

"바에 내려가서 에밀리오에게 그, 정신을 편안하게 해준다는 미국 알약이나 얻어먹는 게 나을 거야."

"내 정신엔 아무 이상이 없어요."

"없다고? 원, 참. 나같이 바쁜 몸이 너랑 말씨름이나 할 여유는 없어."

콘수엘라는 청소 도구 벽장 벽에 기대 에스카미요가 엘리베이터 안으로 사라지는 모습을 보았다. 기름 섞인 땀방울이 이마와 윗입술 위에 송골송골 맺혔다. 콘수엘라는 앞치마 모서리로 땀을 닦아내며 생각했다. 지배인은 날 겁주고 망신 주고 바보로 만들려고 하는 거야. 난 절대 바보 취급은 받지 않을 거라고. 이 방에 손님이 있다고 증명하는 것은 쉬워. 열쇠가 있으니까. 문을 아주 조용히 따고 아주 갑자기 열어젖히면 그 손님들은 말싸움을 하다 말고 돌아보겠지. 두 여자분. 미국인들.

콘수엘라는 열쇠고리를 밧줄 허리띠에 달아 허리춤에 차고 있었다. 404호실로 향하는 걸음을 따라 열쇠가 허벅지에 부딪히며 동전처럼 짤랑짤랑 소리를 냈다. 콘수엘라는 문 앞에 서서 머뭇거렸다. 저 아래 아베니다에서 들리는 차 소리와 자기 심장이 빠르고 리드미컬하게 뛰는 소리 말고는 아무것도 들리지 않았다.

딱 한 달 전, 미국인 부인 두 명이 바로 이 객실에 묵었다. 그 사람들도 말다툼을 했다. 한 명은 팔찌를 많이 끼고 빨간 실크 정장을 입었으며 눈에는 황금색 아이섀도를 칠하고 있었다. 그렇지만 다른 쪽은……

하지만 지금 그 두 사람을 생각하면 안 돼. 한 사람은 죽었고 다른 한 사람은 멀리 떠났잖아. 나는 살아서 여기에 있고.

열쇠고리에서 콘수엘라는 '아파르타미엔토스'라는 라벨이 붙은 열쇠를 골라 자물쇠에 집어넣었다. 재빨리 열쇠를 왼쪽으로 돌리면서 손으로는 손잡이를 오른쪽으로 돌리면 문이 열리고 방안의 손님들이 보이겠지. 에스카미요는 자기 말대로 소심한 거짓말쟁이라는 게 증명이 될 것이다.

열쇠는 돌아가지 않았다. 콘수엘라는 한 손으로 돌려보다가, 다른 손으로, 급기야는 두 손으로 돌려보았다. 콘수엘라는 힘이 세고 거친 일에 익숙한 여자였지만 열쇠는 꿈쩍도 하지 않았다.

콘수엘라는 문을 날카롭게 똑똑 두드리며 소리쳤다.

"객실 청소 담당입니다. 수건 갈아야 해서요. 안으로 들어가게 해주세요. 열쇠를 잃어버렸어요. 문 좀 열어주시겠어요, 네?"

콘수엘라는 떨리기 시작한 아랫입술을 꼭 깨물었다. 이 방은 비었어. 콘수엘라는 생각했다. 에스카미요 말이 맞아. 주님이 나를 벌하시는 거야. 다른 사람은 들을 수 없는 목소리가 들려. 존재하지 않는 사람들과 얘기하고. 아무것도 말하지 않는 벽에 귀를 대고 있어.

콘수엘라는 머뭇거리다가 재빨리 성호를 그었다. 그런 후 몸을 휙 돌려 복도를 달려가 직원용 계단으로 왔다. 계단에서 기도하려고 했다. 입이 움찔했지만 아무런 말도 나오지 않았다. 콘수엘라는 오랫동안 묵주 기도를 올리지 않았기 때문임을 알았다. 심지어 묵주를 어디에 두었는지도 기억나지 않았다.

네 층을 내려가자 바 뒤에 있는 작은 방이 나왔다. 에밀리오와 보조들이 몰래 담배를 피우거나 손님이 마시고 남은 술을 마시며 그날 받은 팁을 세러 오는 곳이었다.

콘수엘라가 무척이나 요란스럽게 계단을 내려왔기 때문에 에밀리오가 직접 무슨 난리인지 보러 왔다.

"아, 너구나."

은단추와 주황색 꼬임 띠 장식이 달린 새빨간 볼레로를 입은 에밀리오는 대담하고 우아해 보였다.

"또 지진이라도 난 줄 알았네. 왜 그래?"

콘수엘레는 빈 맥주 상자에 앉아 두 손에 머리를 묻었다.

"조는 어떻게 지내?"

에밀리오가 물었다.

미국인은 에스카미요의 사무실에서 기다리고 있었다. 탈출구를
찾지 못한 사람처럼 방안에서 이리저리 서성거리고 있었다. 그는
걱정스러운 얼굴, 에스카미요만큼 걱정스러운 표정이었다. 애초부
터 에스카미요는 이 상황에 대해서 심한 의문을 품고 있었지만 도
드가 무척 끈덕지게 설득을 해서 넘어갈 수밖에 없었다. 그는 이 계
획이 합리적이면서 실용적인 양 말했다.

에스카미요는 아직 불안을 드러내지 않았지만 둘 중 어느 쪽도
아니라고 생각했다. 그는 짧게 말했다.

"모든 게 준비됐습니다. 두 사람이 말다툼을 아주 잘하던데요.
무척 진짜 같았어요."

"콘수엘라는 엿듣고 있었겠지요?"

"그럼요. 엿듣는 건 걔의 오랜 버릇이니까."

"자물쇠는 바꾸어놓았죠?"

"전부 지시받은 대로 처리해놓았습니다. 콘수엘라는 오직 부인
들이 준비가 되었을 때만 그 방에 들어갈 수 있어요. 또, 은상자는,
말씀하신 대로 에밀리오에게 주었어요. 그렇지만, 은상자 건은 대
체 이해를 못 하겠네요. 어째서 똑같은 복제품을 구입해 오라고 한
거죠? 점점 궁금해지는데요."

평소 마시멜로처럼 말랑한 에스카미요의 얼굴은 재난을 예감한

듯 일그러져 있었다.

"차츰 의심이 들어요."

"그건 우리 둘 다 마찬가지죠."

"세뇨르?"

"우리 모두 의심이 있단 뜻입니다." 도드가 건조하게 말했다. "그저 그 여자의 의심이 더 크길 바라봅시다."

"아시겠지만 걔는 바보가 아니에요. 사기꾼, 거짓말쟁이, 도둑이긴 하지만 바보는 아니죠."

"미신을 잘 믿고 겁에 질려 있죠."

"걔가 겁에 질렸다고요, 하! 누군들 아니겠어요? 저도 간이 콩알만 해질 지경인데."

"아무것도 두려워할 필요 없어요. 이제 지배인님의 역할은 끝났으니까."

"여기는 내 호텔이라는 걸 다시 한번 깨우쳐주고 싶군요. 내 평판이 여기 달려 있어요. 내가 바로 책임을……."

책상에 놓인 전화가 울리기 시작했다. 에스카미요는 잽싸게 방 저편으로 달려가 전화를 받았다. 작고 포동포동한 손이 떨렸다.

"네? 그거 좋네요. 아주 좋습니다."

그는 전화를 내려놓고 도드에게 말했다.

"이제까지는 잘됐답니다. 걔는 에밀리오와 있대요. 에밀리오는 영리한 친구니까 믿어도 될 겁니다."

"믿어야죠."

"세뇨르 켈로그는 곧 오십니까?"

"지금 로비에서 기다리고 있습니다."

"몸싸움이 있겠죠? 폭력은 정말 싫은데."

에스카미요는 한 손으로 배를 눌렀다.

"나는 아직 세뇨르처럼 완전한 확신은 없어요. 이 일에는 뭔가 의문스러운 점이 있다고 속삭이는 작은 목소리가 계속 들리네요. 어쩌면 뭔가 불법적인 점이 있을 거라고."

작은 목소리는 도드에게도 연신 같은 얘기를 속삭였지만 지금 은 그 소리에 귀를 기울일 겨를이 없었다.

"조는 어떻게 지내?"

에밀리오가 되풀이했다.

"조?" 콘수엘라는 고개를 들고 그를 멍하니 바라보았다. 순간 그 멍한 표정은 진짜였다. 조는 오래전, 저 멀리에서 죽어버렸다. "어떤 조?"

"어떤 조인지 알잖아."

"아, 그 사람. 그 사람 본 적도 없어. 아무 짝에도 쓸모없는 인 간이야. 다른 여자랑 도망갔어."

"미국 여자랑?"

"왜 그런 말을 해?"

"나한테 빚진 이백오십 페소를 보냈거든. 봉투에는 샌프란시스코 소인이 찍혀 있었어."

"아, 그래? 여자가 돈이 많아서 그 사람이 행복하게 지냈으면 좋겠네."

돈 많은 부인이 둘 있었지. 콘수엘라는 생각했다. 두 사람은 나 잡아잡수 하고 있었는데. 조가 얻어낸 거라곤 중고차 한 대와 같이 묻힐 옷가지 몇 벌뿐이었지. 배짱을 잃어버리고 죄책감을 느꼈으니까. 마음도 뱃살처럼 흐물흐물해지고 말았어.

아니, 아니야. 그런 생각은 하면 안 돼. 피를…….

"무슨 일이야?" 에밀리오가 물었다. "안 좋아 보여. 유령 같아."

"나, 나 두통이 있어서."

"맥주 한 병 줄까?"

"그래, 고마워. 정말 고마워."

"그렇게 고마워할 건 없어." 에밀리오가 건조하게 말했다. "돈은 받을 거니까."

"돈 낼게. 돈은 있으니까."

콘수엘라는 생각했다. 쓸 수도 없는 돈이 있지. 입을 수도 없는 옷이 있고. 향수도 있는데 염소 새끼 같은 냄새나 풀풀 풍기며 돌아다녀야해. 넌 염소한테 냄새도 훔칠 거야, 조가 그렇게 말했었지.

이제는 우스운 옛이야기 같았다. 콘수엘라는 두 손으로 입을 가리고 부드럽게 킥킥댔다. 아무도 웃음소리를 듣지 못하도록, 어째서 웃는지 궁금해하지 않도록. 설명하기는 너무 힘들었다. 콘수엘라 본인도 이유를 알 수 없었다.

에밀리오가 싸구려 맥주 한 병을 들고 돌아왔다. 그는 맥주를 건넨 후 돈을 달라고 손을 내밀었다. 콘수엘라는 마지막 한 푼이라도 꺼내는 양 툴툴거리며 손 위에 일 페소를 올려놓았다.

에밀리오가 말했다.

"이거 가지곤 모자라."

"가진 게 이것뿐인데."

"내가 들은 소문은 다르던데. 지난주에 복권 당첨되었다며."

"아냐."

"내가 들은 소문은 그래. 돈을 받아다 숨겼다면서. 만약 그렇다면……."

"아니라니까."

"그렇다고 치자. 너 오늘 봉 잡은 거야. 너한테 보여줄 아주 좋은 물건이 있거든."

"네가 말한 좋은 물건들 너무 많이 본 것 같은데."

"이건 달라."

에밀리오는 문 뒤에 있는 높은 선반에서 《그라피코》 신문지로 싼 물건을 하나 꺼냈다. 그는 신문지를 벗기고 콘수엘라가 볼 수 있도록 그것을 내밀었다. 은으로 만든 상자였다.

"예쁘지, 그렇지 않냐?"

콘수엘라는 타오르는 이마에 차가운 병을 찜질팩처럼 댔다.

"보다시피, 약간 우그러지긴 했어. 움푹 들어간 자국이 있지." 에밀리오가 말을 이었다. "그러니까 이걸 이백 페소라는 말도 안 되는 가격에 내주는 거야. 자, 받아. 무게를 느껴봐. 순은이야. 상을 당한 사람의 심장처럼 무겁지. 그보다 더 무거울 수 있는 게 뭐겠어? 응, 콘수엘라?"

"이거, 이거 어디서 났어?"

"아, 그건 비밀."

"말해야 해. 난 알아야겠어."

"좋아. 내가 발견했어."

"어디서?"

"어떤 부인이 술집에 놔두고 갔어. 앉았던 자리에."

"어떤 부인이라니?"

"그 부인이 누군지 알면 내가 상자를 돌려줬겠지." 에밀리오는 가차없이 말했다. "난 정직한 사람이야. 다른 사람 물건을 슬쩍하지 않는다고. 절대 그런 적 없어. 하지만……."

에밀리오는 어깨를 으쓱하며 덧붙였다.

"그 부인의 이름을 모르니까. 부유하고 황금 팔찌도 많이 차고 있었고. 그래, 눈꺼풀에도 황금색을 발랐더라고……."

404호의 전화가 울렸다. 두 여자 모두 총소리라도 들은 양 펄쩍 뛰었다. 빨간 실크 정장을 입은 여자가 방 건너편으로 가서 전화기를 들었다.

"네?"

도드가 말했다.

"그 여자가 곧 다시 올 겁니다. 들어올 수 있도록 문을 살짝 열어두세요. 켈로그 부인은 괜찮습니까?"

"네."

"당신은요?"

"불안해요. 이런 옷차림에 화장까지 하고 있으니 몹시 이상한 기분도 들고요. 잘 해낼 수 있을지 모르겠어요."

"해야만 해요, 팻."

"난 배우가 아닌걸요. 어떻게 그 여자를 속이죠?"

"그 여자는 속을 준비가 되어 있어요. 다른 사람들도 다 역할을 잘 해냈습니다. 에스카미요, 에밀리오도요. 이제 당신들 차례예요. 켈로그가 곧 그리로 갈 겁니다. 저도 갈 거고요. 전 다른 방에 있을 겁니다. 그러니 걱정 마세요."

"알았어요." 버턴이 말했다. "알았어요."

버턴은 전화기를 내려놓고 방 저편, 트윈 베드 한쪽의 가장자리에 앉아 있는 여자를 쳐다보았다.

"그 여자가 곧 올라온대요. 준비를 해야겠어요."

"아, 맙소사." 에이미가 속삭였다. "난 확신이 없어요. 지금도 확신이 없어요."

"다른 사람들은 다 확신하는걸요. 모두가 그래요. 우린 다 확신하고 있어요."

"내가 그러지 못하는데 어떻게 다들 그럴 수 있죠?"

"우린 사모님 사람됨을 잘 아니까요. 우린 사모님이 그런 짓을……."

"하지만 말했잖아요. 가끔 기억이 나요. 선명하게 기억이 나요. 나는 은상자를 들어서 윌마가 해보란 대로 발코니 너머로 던지려 했어요. 그랬더니 그 애가 나한테 상자를 빼앗으려고 하다가 몸싸움이 벌어졌고, 그러다 내가 쳤는데……."

"실제로 일어나지도 않은 일을 기억할 순 없어요."

버턴은 완강히 말했다.

에밀리오가 말했다.

"……그리고 아름다운 실크 정장을 입고 있었지. 피 같은 색깔. 내가 가장 좋아하는 색깔이었어. 너도 가장 좋아하는 색깔이 그거 아니야, 콘수엘라?"

콘수엘라의 귀에 그 질문은 들리지도 않았다. 그녀는 은상자 안에 지옥의 악마들이라도 들어 있다는 양 쳐다보고 있었다.

"이거 놓고 간 부인 말이야, 이전에는 한 번도 본 적이 없다고 했지?"

"틀렸어. 이름을 모른다고 했지. 본 적은 물론 있고. 부인과 친구가 어느 밤 바에서 조와 한참 동안 여기를 나누던걸. 도란도란 아주 즐거워 보였어. 테킬라도 많이 마셨고."

"아니, 믿을 수 없어. 그럴 리가 없어."

"조에게 물어봐. 다음번에 볼 때."

"다음에…… 그 사람 볼 일 없어."

"아, 그러다 놀랄 일 생길걸. 조만간 아무 생각 없이 문을 열었는데, 그 사람이 딱…….."

"아니, 그런 일은 불가능…….."

"이전과 똑같은 모습으로 나타나는 거지. 새로 태어난 사람처럼 온전하게."

에밀리오는 불안하게 씩 웃었다.

"그러면서 조가 말하는 거야. '여기 왔어, 콘수엘라. 난 너와 너의 따뜻한 침대로 돌아왔어. 다신 떠나지 않을 거야. 난 언제나 너의 편이 되어줄 거야. 넌 나를 절대로 떨쳐버리지 못할걸.'"

"조용히 해!" 콘수엘라가 소리질렀다. "돼지 새끼, 거짓말쟁이." 콘수엘라는 에밀리오의 입을 닥치게 하기 위해서는 맥주병이라도 휘두르겠다는 양 병목을 꽉 움켜쥐었다. 맥주가 보글보글 흘러나와 마룻바닥에 떨어져 흔적을 남기고 틈새로 스며들었다. "그 사람 절대로 안 돌아와."

에밀리오의 얼굴에서 웃음이 싹 사라졌다. 두려움 때문에 마른

입술에 하얀 주름이 잡혔다.

"알았다, 알았어. 그 사람 안 돌아와. 이런 근육질에 성격도 괄괄한 여자와는 말씨름해봤자 소용없지."

"그 상자, 부인, 다 속임수야."

"무슨 뜻이야, 속임수라니? 난 속임수 같은 건 안 써."

"세뇨르 켈로그가 그 상자 준 거지. 네가 말한 여잔 없어."

에밀리오는 진짜로 영문을 모르겠다는 표정이었다.

"난 세뇨르 켈로그라는 사람은 몰라. 그 여자에 대해서는, 본 걸 봤다고 하는 것뿐이지. 내 눈이 거짓말하겠냐. 그 부인과 체구가 작은 갈색머리 친구는 5시 30분경 왔었어. 내가 직접 맞았는데. '안녕하세요, 세뇨라스. 다시 모시게 되어서 참 기쁩니다. 어디 갔다 오셨어요?' 그랬더니, 피 색깔 옷을 입은 세뇨라가 그러더라고. '그래요. 오래, 오랫동안 여행을 하고 왔죠. 돌아올 줄은 몰랐는데 이렇게 왔네요. 여기 다시 왔어요.'"

"내 묵주."

콘수엘라의 손에서 맥주병이 뚝 떨어졌지만 깨지지 않고 마룻바닥에서 또르르 굴렀다.

"묵주를 찾아야겠어. 청소 도구 벽장. 거기 놔두었나 봐. 가서 찾아야겠어. 내 묵주⋯⋯. 은총이 가득하신 마리아님⋯⋯."

루퍼트와 도드는 침실에서 기다렸다. 루퍼트가 말했다.

"한 손에는 악마, 다른 손에는 망상이었죠. 난 둘 사이에 갇혔어요. 한동안은 하릴없이 시간을 끌 수밖에 없었죠. 에이미가 다시 맑은 정신으로 생각할 수 있을 때까지 숨겨둬야 했어요. 진짜로 일어난 일과 콘수엘라가 일어났다고 주장하는 일을 구분할 수 있도록. 경찰은 물론, 무심코 '자백'해버릴지 모르니 가족이나 다른 사람도 만나지 못하도록 숨겨둘 수밖에 없었죠. 누군가 아내의 자백을 믿어버릴 위험을 무릅쓸 순 없었습니다. 나조차도 믿어버릴 뻔한 순간이 몇 번 있었어요. 정말 진솔하고 진짜로 그럴듯하게 들렸거든요. 하지만 난 아내를 잘 압니다. 아내는 다른 사람에게 폭력을 휘두를 수 없는 사람이라는 걸 알아요.

콘수엘라가 거짓말을 한 탓에 망상이 시작됐어요. 에이미는 자신이 무가치한 인간이라고 생각했기 때문에 증상이 더 악화됐죠. 평생 이름 모를 죄책감에 시달리고 있었는데 콘수엘라가 그 감정에 이름을 붙인 거죠. 살인이라고. 에이미는 그걸 받아들였어요. 가끔은 모호하고 막연한 공포를 안고 계속 살아가기보다는 아무리 심해도 특정한 공포 하나를 받아들이는 편이 더 편하거든요. 아내가 그걸 받아들인 데는 다른 이유도 몇 개 있습니다. 에이미는 윌마에게 적대감을 느끼기 시작했고 윌마가 자기를 이리저리 휘두르는 것이 싫었던 겁니다. 이 감정은 나중에 죄책감으로 바뀌었죠. 그리고 에이미가 술에 취해 있었다는 사실을 생각해보세요. 그래서 콘수엘라가 거짓으로 꾸며댄 사건에 반박할 만한 사실을 명확하게 기억하고 있지 못한 겁니다."

"켈로그 씨는 그게 거짓이라고 주장하시는데요." 도드가 끼어들었다. "확실합니까?"

"내가 확실하다고 믿지 않는다면 당신에게 비밀을 털어놓고 나를 맡기겠습니까? 수없이 법을 어겨가면서 당신과 에이미를 여기까지 데려오고 버튼 양을 끌어들였겠어요? 믿으세요, 도든 씨. 나는 확신하고 있습니다. 확신이 없는 사람은 에이미죠. 그래서 우리가 여기 와 있는 거고요. 에이미가 남은 일생 내내 가장 친한 친구를 죽였다고 생각하며 보내게 놔둘 순 없어요. 에이미는 그런 짓을 하지 않았습니다. 난 알아요. 처음부터 알고 있었어요."

"그럼 어째서 콘수엘라를 단호하게 떨쳐버리지 않았어요?"

"그럴 수는 없었어요. 병원에 입원한 에이미에게 가보니 벌써 피해가 상당히 진행되었더라고요. 에이미는 자기에게 죄가 있다고 확신했고 콘수엘라는 계속 자기 얘기를 우겼어요. 이 여자 하나만 처리해야 하는 간단한 일이었다면 문제가 없었겠죠. 하지만 에이미도 있었거든요. 내 쪽에선 아무 증거도 없었고요. 그저 아내의 성격을 알고 있다는 것뿐이었죠. 이것도 명심해야 합니다. 우린 외국에 있었다는 걸. 나는 여기 수사 절차는 하나도 몰랐고 경찰이 에이미의 자백을 믿어버리면 에이미를 어떻게 할지 짐작도 할 수 없었어요."

루퍼트가 숨을 고르는 동안 도드는 옆방에서 두 여자가 이야기하는 소리를 들을 수 있었다. 부드럽고 불안하게 말하는 에이미와 씩씩하고 자신 있게 말하는 버턴. 윌마의 옷을 입고 화장을 하니 윌마의 태도까지도 이어받은 듯했다. 무대는 세워졌지만 주인공은 아직 나타나지 않았다. 은상자가 제 역할을 해주어야 할 텐데. 도드는 생각했다. 미국인 부인에 관한 에밀리오 이야기를 확인하러 돌아올 수밖에 없을 거야.

루퍼트가 말을 이었다.

"선택의 여지가 없었습니다. 콘수엘라의 요구를 들어주면서 한동안은 시간을 끌 수밖에 없었죠. 에이미에게 얘기를 하니 아내도 내가 하자는 대로 하겠다고 했어요. 잠시 사람들 눈에 보이지 않는 곳에 가 있겠다고. 우린 로스앤젤레스에서 내렸고 아내를 가명으로 요양원에 입원시켰어요. 아내 정체가 드러날지도 모르니 옷가지도 가지고 갈 수 없었죠."

"그래서 짐이 샌프란시스코로 가도록 놔둔 겁니까?"

"짐과 콘수엘라를 놔두었죠." 루퍼트는 음울하게 덧붙였다. "콘수엘라는 통로를 사이에 두고 우리 건너편에 앉았어요. 난 콘수엘라를 아내를 위한 간호 동행인으로 고용하는 척 꾸며서 공식 서류를 얻었죠."

"켈로그 부인은 요양원에 들어간다는 생각에 반대하지 않았습니까?"

"네. 아내는 순순히 따랐어요. 나를 신뢰했고 내가 도우려 한다는 것을 알았으니까요. 나는 아내가 무슨 얘기를 하든 요양원에서는 아무도 믿어주지 않으려니 생각했습니다. 나중에 알고 보니 아내는 비밀을 지켰더군요. 또 내가 시키는 대로 멕시코시티를 떠나기 전 재정 위임권을 넘기고, 오빠인 길의 의심을 물리치기 위해 내가 부르는 대로 편지를 받아썼습니다. 나는 그 편지를 사업 동료에게 부탁해 뉴욕 소인이 찍히도록 편지를 부쳐달라고 했죠. 하지만 길 형님은 넘어가지 않았습니다. 형님의 의심이 얼마나 강한지, 나를 얼마나 싫어하는지 미처 몰랐어요.

헐린의 도움으로 그 사실을 알아채자마자 마음이 흔들린 나는 실수를 저지르기 시작했습니다. 큰 실수들이었죠. 맥의 목줄을 부엌에 놔둔다거나 거짓 전화를 겔더 룬드퀴스트에게 들킨다거나. 실수를 할 때마다 다음 실수는 더 쉽게 하게 되더군요. 더이상은 명료하게 생각할 수가 없었습니다. 아내가 너무도 걱정되었어요. 시간이 지나가면 에이미가 정신을 회복할 거라는 이론에 너무도 기대고 있었던 겁니다. 지나치게 낙관적이었죠. 시간만으로는 상황을 타개할 수 없었어요. 좀더 적극적인 조치가 필요했습니다. 하지만 적극적인 건 아무것도 할 수 없었죠. 심지어 아내를 보러, 의논하러 로스앤젤레스로 갈 수도 없었습니다. 당신과 길 브랜던이 내 꼬리를 밟고 있으니 샌프란시스코에 갇혀 있을 수밖에 없었죠. 역설적으로 나를 적극적으로 움직일 수밖에 없게 밀어붙인 건 콘수엘라 본인이었습니다."

두 사람은 미리 약속을 해서 마켓 스트리트에 있는 극장 안 상영관 뒷줄에서 만났다. 루퍼트가 먼저 도착해서 기다렸다. 마침내 콘수엘라가 나타났을 땐 향수로 떡칠을 하고 있어서, 양탄자 위를 걸어오는 모습을 보거나 발소리를 듣기 전에 냄새부터 맡을 수 있을 지경이었다.

콘수엘라가 예의범절을 알거나 신경쓴다고 해도 그런 걸 따질 만한 때와 장소가 아니었다. 그녀는 불쑥 말했다.

"나 돈이 더 필요해요."

"더이상 없어요."

"그럼 구해 와요."

"얼마나 더 생각하는데요?"

"아, 많이요. 이젠 둘이니까요."

"둘?"

"조와 나요. 우린 어제 결혼했어요. 난 늘 결혼하고 싶었거든요."

"맙소사. 어째서 오도널까지 이 일에 끌어들인 거요?"

"난 아무도 끌어들이지 않았거든요. 그저 그 사람에게 편지를 썼을 뿐이에요. 외로웠으니까. 당신은 이해 못 해요. 친구도 없이 혼자서, 나를 싫어하고 내가 죽길 바라는 사람들하고만 만나며 사는 게 어떤지. 그래서 조에게 편지를 써서 나는 잘 지내고 예쁜 옷과 보석도 많이 샀다고 했어요. 그 사람 머리보다 더 밝은 금발로 염색을 했다고도 하고. 질투하게 만들고 싶었거든요. 어쨌든 그 사람이 약간 돈을 빌려서 여기까지 버스로 왔어요. 그 사람을 다시 보니 이런 생각이 들었어요. 아, 이 사람이 여기 왔으니까 결혼해서 성당의 축복을 다시 받는 편이 좋겠다. 그래서 이젠 두 사람이 된 거예요."

"나보고 두 사람을 먹여 살리라고요?"

"당신이 아니죠. 당신 부인이지. 당신은 아무 부끄러운 짓도 하지 않았잖아요. 어째서 당신이 대가를 치러야 해요? 대가를 내야 할 사람은 켈로그 부인이죠."

"이건 협박이에요."

"뭐라고 하든지 아무 상관없어요. 돈만 주면."

"오도널에게 다 털어놓았겠죠?"

"우린 남편과 아내거든요." 콘수엘라는 정숙하게 말했다. "아내라면 남편에게 비밀이 없어야 하는 법이에요."

"참 멍청한 바보로군."

루퍼트는 옆자리에 앉은 여자의 몸이 굳어지는 것을 느낄 수 있었다.

"당신이 생각하는 것만큼 바보는 아닐걸요."

"협박죄가 얼마나 큰지 알아요?"

"당신이 경찰에 나를 고발할 수 없다는 건 알죠. 그렇게 했다간 경찰이 켈로그 부인을 신문할 거고, 당신 부인은 죄를 인정해버릴 거니까."

"당신이 잘못 생각한 데가 거기요." 그가 재빨리 대꾸했다. "내

아내는 이제 더이상 와이엇 부인의 죽음에 관해 당신이 꾸며낸 얘기를 안 믿어요. 이제 진실을 기억하니까."

"당신도 거짓말에 참 서투르네요. 난 서투른 거짓말쟁이는 언제나 귀신같이 구분해내죠. 나는 거짓말을 잘하니까."

"그래, 나도 그 정도는 알겠군요."

"다만 난 중요한 문제에 관해선 거짓말 안 해요. 와이엇 부인의 죽음 같은 얘기."

"안 한다고요?"

"몇 번을 얘기해야 알겠어요? 난 청소 도구 벽장에서 자고 있었어요. 404호에서 누가 비명을 지르는 소리가 들려서 잠에서 깼죠. 두 여자가 은상자를 두고 몸싸움을 벌이고 있었어요. 내가 가까이 가니까, 켈로그 부인이 상자로 와이엇 부인의 머리를 쳤어요. 발코니 문은 열려 있었고요. 머리를 얻어맞자 와이엇 부인은 뒤로 비틀거리면서 발코니 밖으로, 이어 난간 너머로 넘어갔어요. 난 머리를 재빨리 굴렸죠. 경찰이 켈로그 부인을 살인죄로 고발하면 얼마나 끔찍한 일일지 즉시 생각해낸 거예요. 그래서 상자를 집어서 난간 너머로 던졌어요. 켈로그 부인은 충격으로 기절했고요. 난 화장대 위에 있던 병을 들고 부인 목구멍에 위스키를 부었어요. 부인이 약간 정신이 들자, 내가 이랬죠. '걱정 마요. 난 부인 친구예요. 내가 도울게요.'"

친구. 돕는다. 루퍼트는 특대형 스크린을 말없이 쳐다보기만 했다. 한 남자가 여자를 죽일 의도를 품고 스토킹하고 있었다. 그는 순간 어린아이처럼 자기가 그 남자고 콘수엘라가 그 여자였으면 좋겠다는 바람을 품었다. 콘수엘라가 죽는다면. 자연스럽게든, 사고로든, 계획으로든…….

안 돼, 그는 생각을 돌이켰다. 그걸로는 아무 문제도 해결할 수 없어. 난 에이미를 구하려는 거지 콘수엘라를 벌하려는 게 아냐. 콘수엘라가 죽으면 에이미에게 그 기억이 망상일 뿐이라는 걸 증명할 기회를 잃게 돼. 이 악마를 살려두어야 해. 이 여자가 없으면 망상을 죽일 수 없으니까.

콘수엘라가 계속 지껄이고 있었다.

"바다와 안개는 내게 맞지 않아요. 집에 돌아가고 싶어요. 거긴 고도도 높고 건조하니까. 그러려면 물론 돈이 필요하죠."

"얼마나?"

"만오천 달러."

"미쳤군."

"아, 이게 대단한 거래 같지만 일단 돈을 주면 나를 떨쳐버릴 수 있잖아요. 나를 떨쳐내는 게 그만한 가치도 없어요?" 콘수엘라가 부드럽게 덧붙였다. "조는 그렇게 명청하지 않아요. 벌써 알아봤다고요. 당신이 가진 서류만 있으면 아내 계좌에서 수표를 현금으로 바꿀 수 있다던데."

"그렇게 큰 금액은 사람들 시선을 끌 거요."

"벌써 시선을 많이 끌었거든요. 좀더 끈다고 뭐가 달라지겠어요. 돈 가져올 거죠?"

"그래야 할 것 같군."

"좋아요. 내일, 정오에. 당신이 점심 먹는 식당으로 갈게요. 래시터로. 우연인 것처럼 당신 옆에 앉을 테니까 돈을 줘요. 그러면 모든 일이 끝날 테니."

"어째서 식당 같은 공공장소에서 만나자는 거죠?"

"공공장소니까. 주위에 사람들이 많이 있어야 당신이 마음을 바꾸거나 멍청한 짓을 하지 않을 거 아녜요. 당신이 무서운 건 아니지만 믿을 수 있는 것도 아니라서요. 당신은 그 조그만 아내를 너무 필사적으로 사랑하는 것 같네요. 이런 사랑이 어떻게 생기는 거죠?"

"당신 같은 여자는 절대 알 수 없지."

그가 냉혹하게 대답했다.

그런데 래시터 식당에 헐린이 갑작스레 나타나는 바람에 두 사람은 만날 수 없었다. 루퍼트는 집으로 갔고 그날 오후에…….

"3시 30분경이었어요." 루퍼트가 도드에게 계속 말을 이었다. "내가 이전에 콘수엘라에게 준 돈으로 오도널이 샀다는 중고차를 타고 두 사람이 집으로 왔더군요. 두 사람은 뒷문으로 들어왔고 나는 부엌으로 데려갔어요. 두 사람은 분명 계속 다퉜던 것 같았어요. 콘수엘라는 짜증을 부렸고 오도널은 초조하고 겁을 먹은 것 같았어요. 오도널은 자기가 잡은 게 호랑이 꼬리라는 사실을, 그래서 최선

의 방책은 재빨리 놓고 걸음아 나 살려라 줄행랑치는 것밖에 없다
는 사실을 그제야 깨달았더군요. 오도널의 실수는 꼬리를 놓겠다는
의도를 입 밖으로 내버린 거죠. 그 바람에 호랑이가 펄쩍 뛰어오를
기회를 줬고.

　내가 콘수엘라에게 돈을 건네자마자 오도널은 자기는 빠지고
싶다고 하더군요. 그 여자와 함께라면 멕시코시티든 어디든 가지
않겠다고. 난 두 사람이 종종 심하게 다퉜고 이번이라고 별다르지
않다는 인상을 받았어요. 난 거실 안 서재로 갔죠. 여자가 스페인어
로 결혼 서약이니, 성당의 축복이니 고함치는 소리가 들렸어요. 그
때 남자가 여자에게 스페인어로 뭐라고 하자 갑자기 아주 조용해졌
습니다. 부엌으로 돌아가 보니 오도널이 냉장고 앞에 죽은 채로 쓰
러져 있었어요. 콘수엘라는 놀란 표정으로 칼을 손에 들고 서 있었
고요.

　모든 일이 너무 빨리, 너무 믿을 수 없게 일어나서 마치 꿈속에
서 생긴 일 같았어요. 난 완전히 어안이 벙벙해서 제대로 생각하거
나 계획을 짤 수가 없었죠. 그저 자동적으로, 본능에 따라서 행동
할 수밖에 없었어요. 목욕 수건으로 아수라장을 치워보려고 했지만
소용이 없었어요. 피가 너무 많이 흘렀더군요. 콘수엘라는 계속 울
고 짜기만 했어요. 부분적으로야 자기가 한 짓에 대한 후회도 있었
겠지만, 내가 보기에는 이제 자기는 어떻게 되나 싶은 좌절감이 더
큰 것 같더군요. 바로 이 시점에서 이제까지 내가 이 사건에서 너무

수동적이었다는 것을 깨닫고 말았습니다. 에이미를 도우려 했다면 좀더 적극적으로 행동해야 했습니다. 가만히 앉아서 아내가 정신을 차릴 때까지 시간을 벌며 기다릴 수만은 없었어요. 아까 말한 대로, 나를 행동하도록 밀어붙인 사람은 바로 콘수엘라 본인이었던 겁니다. 오도널을 죽인 것으로요.

안락의자 비평가들이나 내 입장에 처해보지 않은 사람은 아마도 내가 즉시 경찰에 신고하지 않았다고 질책할지도 모르겠군요. 하지만 도드 씨도 아시다시피 나는 그럴 겨를이 없었습니다. 내가 신고했다간 아내가 바로 감옥에 갇힐 수도 있었어요. 콘수엘라가 윌마의 죽음에 대해 꾸며낸 얘기를 경찰에 할지도 몰랐으니까요. 또, 에이미가 그 말을 인정할 가능성이 십분의 일 정도는 되었으니까요. 아내를 보호하기 위해선 콘수엘라도 보호할 수밖에 없었죠. 어쨌든 한동안은.

우리는 뻔한 이유로 오도널의 차를 이용해서 떠났습니다. 맥을 찾으러 보호소에 갔을 때 콘수엘라를 버리고 요양원에 있는 에이미를 태워서 맥과 함께 사라져버릴까 하는 미친 생각이 잠깐 들기도 했죠. 하지만 그래봤자 아무 소용이 없을 걸 알았어요. 한편으론 에이미와 콘수엘라가 대면하도록 해야만 했으니까요. 에이미는 이쯤 되니까 원래 모습으로 꽤 돌아온 듯했고 콘수엘라는 자신을 많이 잃어버렸죠. 만남에서 진실이 나타나지 않을까 생각했습니다. 그래서 빅서에서 도드 씨에게 전화를 걸어 이런 자리를 마련할 수 있게

도와달라고 부탁한 겁니다. 내가 도드 씨를 난처한 입장에 처하게
한 것 압니다. 하지만 믿어주세요. 이건 좋은 목적으로 하는 겁니
다. 아내의 미래가 달려 있어요."

내 미래도 그렇지. 도드는 생각하며 그가 에이미의 미래를 위해
어겨야 했던 수많은 법 조항들을 마음속으로 헤아려보았다. 일곱까
지 세다가 멈추었다. 전망이 너무 우울했다.

옆방에서 전화가 울리기 시작하자 도드가 전화를 받으러 갔다.
두 여자는 그가 전화를 받는 동안 말없이 쳐다보기만 했다.

"여보세요?"

에스카미요가 말했다.

"페드로에게 은상자를 들려 보냈습니다. 받았습니까?"

"네."

"에밀리오는 이제 제 사무실에 있어요. 콘수엘라가 계단으로 올
라갔답니다."

"고맙습니다."

도드는 전화를 내려놓고 몸을 돌려 에이미를 보았다. 에이미는
창백하고 당황스러운 얼굴로 침대 끄트머리에 앉아 있었다. 어쩌다
실수로 이 일로 흘러들게 된 사람 같은 표정이었다.

"준비되었습니까, 켈로그 부인?"

"그런 것 같아요."

"기분은 어떠세요?"

"괜찮아요. 괜찮은 것 같아요."

에이미의 손은 무심하게 침대보의 셔닐 장미를 뜯고 있었다.

"루퍼트가 여기 있으면 좋으련만."

"바로 옆방에 있는걸요."

"여기 있으면 좋겠어요."

짜증이 도드의 얼굴과 몸짓에 확 퍼졌다.

"켈로그 부인, 여기 많은 사람들이 부인을 위해서 얼마나 많은 일을 겪었는지 굳이 다시 말씀드릴 필요도 없겠죠. 특히 남편분이 말입니다."

"알아요. 그건 알아요."

"그럼 협조하셔야죠."

"할 거예요."

"물론 하실 거예요."

버턴이 다정한 목소리로 끼어들었다. 하지만 팔찌들은 불안하게 쩔렁거렸고 황금 눈꺼풀 한쪽은 못마땅하다는 듯 파르르 떨렸다.

도드가 나가자 에이미는 침대에 앉은 채로 그가 한 말을 속으로 되뇌었다. 많은 사람들이 나를 위해서 얼마나 많은 일을 겪었는지. 특히 루퍼트가. 협조해야만 해. 많은 사람들이 나를 위해서 많은 일들을 겪었으니까 협조해야만 해. 해야 해…….

콘수엘라는 청소 도구 벽장문을 열자마자 다시 목소리를 들을 수 있었다. 목소리는 불분명했지만 엿듣는 벽에 귀를 대자 이번에는 그녀의 이름, 콘수엘라를 말하는 목소리를 똑똑히 들을 수 있었다. 또다시, 콘수엘라. 마치 그녀를 부르듯, 소환하는 듯한 목소리.

아니야, 콘수엘라는 생각했다. 아니야, 그럴 리가 없어. 에스카미요는 이 스위트룸이 비었다고 말했잖아. 내가 직접 문을 두드렸는데 아무도 대답하지 않았잖아. 저 목소리들은 나한테만 들리는 거야. 어쩌면 열이 있는지도 몰라. 물론 그렇겠지. 열이 있으면 종종 마음이 술수를 쓰기도 하잖아. 허깨비를 상상만 해도 보고 듣는 거지.

콘수엘라는 한 손을 들어 이마를 짚어보았다. 껍질을 갓 깐 복숭아처럼 축축하고 차가웠다. 열이 나는 기운은 없었다. 그래도 분명히 있을 거야. 콘수엘라는 생각했다. 안에서만 열이 나고 아직 표면으로는 올라오지 않은 거지. 누가 내게 악의에 찬 눈길을 보내기 전에 집에 가서 예방 조치를 취해야 해.

복도로 나온 순간 404호의 문이 빼꼼히 열린 것이 보였다. 콘수엘라는 바람이 불어 문이 저절로 열렸을 리는 없다는 것을 잘 알았다. 삼십 분 전만 해도 그렇게 꼭 닫혀 열쇠를 자물쇠에 집어넣어도 꼼짝도 하지 않았으니까.

콘수엘라는 벽을 타고 가서 반쯤 열린 문으로 안을 들여다보았다. 안에는 두 여자가 있었다. 그중 한 명, 침대에 앉아 있는 자그마한 갈색 머리 여자는 살아남은 사람이었다. 열린 발코니 문 앞에 선

다른 여자는 한 달 전쯤 죽은 사람이었다. 콘수엘라는 바로 이 문간에서 여자가 죽는 장면을 목격했고 마지막 비명도 들었다. 그 여자가 관에서 걸어 나왔다. 마치 파티에라도 갔던 양 치장을 하고 보석을 달고 있다. 똑같은 빨간 실크 정장과 똑같은 모피 코트를 입고 벌레나 곰팡이에게 먹히거나 썩은 데도 하나 없다. 한 달 동안 죽어 있었는데도 여자는 조금도 변하지 않았다. 심지어 콘수엘라를 보았을 때의 표정까지도 똑같았다. 화가 나고 짜증스러운 표정.

그 여자가 말했다.

"아, 당신이군. 또 왔네. 이곳에선 내가 한숨 돌리려 하면 꼭 누가 살금살금 들어와서 침대를 뒤집어놓고 수건을 갈고 한다니까. 누가 나를 훔쳐보는 기분이 든단 말이야."

"여기 사람들은 그저 좋은 서비스를 제공하려는 거야."

친구가 말했다.

"오늘 아침에 저 여자가 놓고 간 수건에선 냄새가 나던데."

"난 모르겠던데."

"넌 담배 피우잖아. 넌 나만큼 예민하게 냄새 못 맡잖아. 냄새났어."

"저 여자애가 있는 앞에서 꼭 그런 식으로 말해야겠니?"

"쟤 얼굴 보니 어차피 무슨 말인지도 모르는 것 같은데."

"여행사는 호텔 직원들은 다 영어 할 줄 안다고 했잖아."

"좋아, 한번 시험해봐."

"해볼 거야." 에이미가 말했다. "이름이 뭐예요? 영어 할 줄 알아요? 이름 말해봐요."

콘수엘라는 돌처럼 벙어리가 되어 가만히 서 있었다. 오른손으로는 목에 건 작은 황금 십자가를 붙들었고 눈은 탁자에 놓인 은상자에 못 박혔다. 모두 이전에 일어났던 대로야. 콘수엘라는 생각했다. 이제 또다시 일어나겠지. 저 미국인 부인은 죽은 것도 아니고 무덤에서 돌아온 것도 아니야. 우리 모두 죽은 거야. 우리 셋 다 죽어서 지옥에 와 있는 거야. 이게 바로 지옥이지. 모든 일이 되풀이되고 되풀이되는 거야. 영원히 언제까지나. 아무도 바꿀 수 없어. 모든 것이 이전에 일어난 대로야. 이제 또다시 일어날 거고. 금방 두 사람이 은상자를 두고 싸우겠지. 그럼 나는 여기 서서 저 여자가 죽는 장면을 보는 거야. 마지막 비명을 들으면서…….

"안 돼요! 안 돼! 제발! 안 돼요!"

콘수엘라는 털썩 무릎을 꿇고 마른 입술에 작은 황금 십자가를 댔다. 스페인어로 어릴 적 배웠던 기도문을 웅얼거렸다.

"거룩하신 성모 마리아님. 우리 죄인들을 위해 지금과 죽을 때에 기도해주시옵소서."

콘수엘라는 계속 기도문을 읊느라 다른 사람들이 방안으로 밀고 들어와도 알아차리지 못했다. 그녀를 향해 고함치고 질문을 퍼붓고 욕을 하는 남자들의 목소리도 잘 들리지 않았다.

"거짓말쟁이!"

"우리에게 진실을 말해요!"

"와이엇 부인은 어떻게 된 거지?"

"당신이 그 여자를 직접 죽인 거지, 그렇지?"

"이 방에 들어와보니 켈로그 부인은 의식을 잃었고 와이엇 부인은 너무 취해서 방어를 할 수가 없었겠지. 그래서 큰 기회를 잡은 거야."

"우리에게 진실을 말해요!"

콘수엘라는 다섯 번째로 읊기 시작했다. "은총이 가득하신 마리아님, 여인 중에 복되시며……."

기도는 기계적이었고 생각과 전혀 연결되지 않았다. 나는 지옥에 있는 거야. 또 막다른 골목이야. 진실을 말해도 과거에 거짓말을 했다는 이유로 아무도 믿지 않을 거야. 그러니까 믿을 만한 거짓말을 해야 하는 거야.

"콘수엘라, 내 말 들려요? 우리에게 진실을 말해요."

콘수엘라는 고개를 들었다. 급소라도 한 대 얻어맞은 양 얼이 빠진 얼굴이었지만 목소리만은 또렷했다.

"들려요."

"이 방에 들어왔을 때 무슨 일이 있었죠?"

"저 여자는 은상자를 들고 발코니에 서 있었어요. 난간 너머로 쓰러져 사라져버렸어요. 난 비명을 들었어요."

"그럼 켈로그 부인은 그 일과 아무 상관이 없는 거죠?"

"아무 상관도 없어요." 콘수엘라는 작은 십자가에 입을 맞췄다.
"아무것도."

"에이미, 여보."

자정에 가까운 시각이었다. 다른 사람들은 다 가버렸고 루퍼트만 아내와 단둘이 남았다.

"이제 울지 마. 다 끝났어. 내일이면 집에 갈 거야. 지난달에 있었던 일은 둘이 함께 노력해서 잊자."

에이미는 잘 시간이 지나서도 잠투정을 하는 아이처럼 그의 품 안에서 몸을 뒤틀었다.

"절대 잊을 수 없을 거예요."

"완전히 잊을 순 없겠지, 아마도. 하지만 점점 희미해질 거야. 더 참을 만해질 거고."

"당신은 내게 너무 잘해줘요."

"말도 안 되는 소리."

"당신에게 다 갚을 수 있으면 좋으련만."

"벌써 갚았어. 진실을 기억해냈잖아. 자신감과 자기 믿음을 도로 찾았고."

루퍼트는 상냥하게 말했다.

"나에 대한 믿음이 한 번도 흔들리지 않았어요?"

"그럼."

"나를 사랑하기 때문이겠죠?"

"어떤 면으로는 그렇지. 또한 당신을 잘 알아서기도 해. 난 당신보다 당신을 더 잘 아는걸."

"그럴까요?" 에이미는 몸을 뒤틀며 한숨지었다. "당신은 나를 위해 너무 많은 일을 겪었죠, 루퍼트?"

"아, 그렇게 대단하지도 않아."

"내가 그만한 가치가 없는 사람이면 어떡하려고?"

"또 시작이다. 그런 말은 이제 그만해. 내 마음이 아파."

"어째서?"

"당신을 사랑하니까."

"나도 당신을 사랑해요, 루퍼트."

에이미는 남편의 가슴에 기대어 익숙한 심장 소리와 낯선 도시의 소음에 귀를 기울였다. 많은 사람들이 나를 위해서 얼마나 많은 일을 겪었는지, 특히 루퍼트는. 난 협조해야만 해…….

비행기가 착륙하고 두 사람이 공항으로 나갔을 때, 얼굴을 붉히고 약간 겁먹은 표정을 한 길과 옷깃에 달고 있는 플라스틱 카네이션만큼이나 가짜 티가 줄줄 흐르는 함박웃음을 애써 명랑하게 짓고 있는 헐린이 기다리고 있었다.

"아가씨, 서방님!"

헐린은 비명을 지르며 두 사람을 함께 끌어안았다.

"다시 만나니 정말 반갑네요! 비행은 잘하셨어요? 둘 다 정말 좋아 보이네요. 물어볼 말이 산더미처럼 많지만 약속한 대로 얌전하게 행동하고 차에 탈 때까지는 아무 질문도 하지 않을게요. 길, 여보, 가서 두 사람 짐 좀 찾아오지그래요?"

"같이 가, 길리 오빠." 에이미가 말했다. "우리 할 얘기가 참 많잖아."

"그래, 그래. 얘기가 많지."

길은 동생의 팔을 잡고 짐을 찾으러 가는 군중 사이를 뚫고 나아갔다.

"좋아 보이는구나."

"그럼, 나 괜찮아."

"내가 루퍼트에게 깊이 사죄를 해야 할 것 같다."

"그럴 필요 없어. 그이도 이해하는걸. 그 사람 아주 이해심이 깊어. 어떤 면에서는."

길은 동생의 말투에 약간 당황해서 내려다보았다.

"어떤 면이라니?"

"음, 내 말은, 그 사람이 모든 걸 이해하는 건 아니란 뜻이야. 오빠와는 달리."

"나야말로 영문을 모르겠다. 난 한 번도 그런……."

"내 말은 나에 대해 말이지. 그이는 나를 이해 못 해. 오빠가 나를 이해하는 식으로는. 알잖아, 그 사람은 나를 사랑하고, 그것 때문에 맹점이 있는 거지. 오빠는 다르잖아. 난 오빠한테는 뭐든 숨길 수 없었는걸. 어쨌든 오빠는 늘 알아내고 마니까."

"늘은 아니지."

"루퍼트는 훌륭한 남자야, 길리 오빠. 그 사람이 나를 위해서 겪은 모든 일들을 생각하면, 그이가 한 고생 모두……."

에이미는 머뭇거리면서 한 손을 새처럼 가볍게 오빠 팔에 댔다.

"길리 오빠, 그 사람에게 절대 말하면 안 돼. 그러면 너무 속상해할 테니까."

길은 팔에 앉은 새가 점점 커지고 무거워지는 기분이 들었다.

"네가 무슨 말 하는지 모르겠다, 에이미."

"우리 둘만의 비밀, 가장 큰 비밀이 될 거야. 오빠, 아무에게도 말하면 안 돼. 특히 루퍼트한테는."

"매제에게 뭘 말하지 말라고?"

"내가 월마를 죽였다는 사실."

작 가
정 보

●

마거릿 밀러
Margaret Millar

마거릿 밀러는 1915년 캐나다 온타리오 주에서 태어났다. 일곱 살부터 학교에 다니기 시작해 여덟 살에는 오빠가 숨겨놓은 펄프 잡지 《블랙 마스크Black Mask》를 읽곤 했다. 그녀는 건방진 말투의 악당도 좋아했고 정의를 실현하는 자경단원에도 흠뻑 빠졌다. 여기에서 비롯된 취향은 나중에 그녀가 범죄소설을 쓰는 동인이 되었다.

고등학교 동창이었던 케네스 밀러(하드보일드 작가 로스 맥도널드의 본명이다)와 1938년에 결혼하고 두 달만에 임신하여 아이를 낳게 되면서, 밀러는 아이의 엄마로만 사는 삶에 회의를 느꼈다. 학창 시절에 어머니를 여의면서 시작된 우울 증세는 1940년경 심각해져서 그녀는 결국 병원에 입원해야 했다. 병실에서의 지루한 생활을 힘들어했던 그녀를 위해 남편은 수십 권의 추리소설을 가져다주었다. 어떤 것은 챈들러의 훌륭한 작품이었고, 어떤 것은 그녀가 책을 집어던질 정도로 형편없는 작품이었다. 그녀가 책을 집어던지며 "이 정도는 나도 쓰겠군!" 하고 화를 냈을 때, 남편은 "한번 해봐"라고 대꾸했다. 그래서 그녀는 글을 써보기로 했다. 새로운 일을 시작하는 것이 치료에 도움이 될 것이라는 의사의 조언도 있었다. 밀러는 남편의 도움으로 플롯을 구상하여 첫 작품을 썼다. 출판사는 이 작품에 『보이지 않는 벌레The Invisible Worm』(1941)라는 제목을 붙여 출간했다. 20세기를 통틀어 가장 훌륭한 여성 범죄소설가는 이렇게 데뷔했다.

데 뷔

『보이지 않는 벌레』로 시작한 시리즈의 주인공, 심리학자 폴 프라이는 이 미터에 달하는 장신에 영화배우처럼 잘생긴 외모로 묘사된다. 시리즈의 다음 작품인 『박쥐The Weak-Eyed Bat』(1942)와 『나를 사랑한 악마The Devil Loves Me』(1942)를 거치며 밀러는 심리학과 범죄소설의 접목을 시도했고 그 결과는 가히 성공적이었다. '폴 프라이' 시리즈는 펄프 픽션이 쏟아지던 범죄소설 시장에 심리 서스펜스라는 새로운 바람을 일으켰다. 그녀는 전업 작가로 정착했고, 바로 다음 작품의 구상에 들어갔다. 다음 시리즈는 '폴 프라이' 시리즈에서 잠시 등장했던 샌즈 경위가 주인공이었다.

두 편의 '샌즈 경위' 시리즈를 쓰며 밀러는 한 인물이 연달아 등장하는 시리즈물에서는 서스펜스를 제대로 구현할 수 없다고 생각했다. 『철문The Iron Gate』(1945)으로 대중과 평론가들에게 찬사를 받았음에도 불구하고 그녀는 당분간 시리즈를 쓰지 않겠다고 결심한다. 그리하여 밀러는 각각 새로운 인물들이 등장하는 독자적인 장편을 쓰기 시작하는데, 1950년대에 나온 작품들이 그녀의 최고작으로 꼽힌다.

독 자 적 인   스 타 일 ,   가 정   스 릴 러

밀러가 활발히 활동했던 1950년대의 가정은 여전히 수도원처럼 폐쇄적이었고 주부들은 다른 직업이 없었다. 왜냐하면 가정의 지배자인 남편이 싫어했고, 사회적으로 아내란 자고로 남편이 꾸며준 안락한 집에서 가정을 돌봐야 한다는 의식이 지배적이었기 때문이다. 순종적이고 충실한 아내가 이상적으로 여겨지던 이 시기에 가정주부의 양면성이 만들어내는 서스펜스를 소재로 삼은 밀러의 작품은 가히 혁신적이었다.

밀러의 작품에 등장하는 아내들은 남편과 마주 앉은 아침 식사 테이블에서 혼자 훌쩍 휴가를 떠나는 자신을 생각(『엿듣는 벽』)하는 정도에 그치지 않고 '죽음의 해독제'까지 생각(『내 무덤의 이방인』A Stranger in My Grave』(1960))하곤 한다. 그러다 남편이 무슨 이야기를 하면 눈을 마주치고 생긋 웃으면서 남편의 일과를 챙긴다. 인물의 양면성, 특히 이상적인 아내의 모습에 감춰진 정신적 감정적인 위기를 드러내어 불안한 분위기를 조성하는 능력은 밀러를 따라올 자가 없었다.

밀러는 신경쇠약을 겪는 여성들에 대해 누구보다 잘 이해하고 있었고, 위태로운 정신 상태를 어떻게 묘사해야 하는지도 알고 있었다. 그녀는 양면성을 가진 인물을 등장시켜 우아하면서도 불편한 분위기를 만들어내는 데 능했다. 이를 위해 자주 다뤘던 소재는 '실종'으로, 가족 구성원의 실종이 위태로운 일상을 무너뜨리고 관계에 내재되어 있던 불안을 도출하며 인물의 잠재적인 성격이 표출되는 과정을 생생히 그려냈다. 또한 밀러는 교양 있는 인물의 깔끔하고 명쾌한 말투로 위선과 허영을 지적하곤 했다. 특히 히스테리와 광기의 경계에 선 위태로운 심리를 묘사하는 능력과, 긴장이 최고조에 달한 클라이맥스에서 독자의 허를 찌르는 밀러의 수법은 오십 년이 지난 지금도 색이 바래지 않는다.

재능의 증명

밀러는 샌타바버라에서 보낸 시간 동안 20세기 후반의 위대한 작가들 사이에서 단연 이목을 끌었다. 그녀는 독특한 인물을 창조하는 데 능했고, 플롯을 비틀어 독자를 함정에 빠뜨리는 데 선수였으며, 간결하면서도 예리한 문체로는 따라올 자가 없었다. 이 세 가지 재능이 한 사람에게서 모두 발견되는 경우는 아주 드물다. 오십오 년간 스무 종이 넘는 장편소설과 수많은 단편소설을 발표하면서 밀러는 자기 기준을 꾸준히 지켰고 그중 가장 뛰어나다고 여겨지는 것이 『내 안의 야수』, 『치명적 공기An Air That Kills』(1957), 『엿듣는 벽』, 『내 무덤의 이방인』 등이다. 『내 안의 야수』는 1956년 미국 추리작가협회에서 최우수 장편소설상을 수상했고, 그다음 해인 1957년에 밀러는 미국 추리작가협회 회장직을 맡았다. 1982년에는 그랜드 마스터상을 수상했다.

/

마 거 릿 밀 러 의 장 편 소 설 목 록

폴 프라이 시리즈

The Invisible Worm (1941)

The Weak-Eyed Bat (1942)

The Devil Loves Me (1942)

샌즈 경위 시리즈

Wall of Eyes (1943)

The Iron Gates [Taste of Fears] (1945)

톰 애러건 시리즈

Ask for Me Tomorrow (1976)

The Murder of Miranda (1979)

Mermaid (1982)

그 외

Fire Will Freeze (1944)

Do Evil in Return (1950)

Rose's Last Summer (1952)

Vanish in an Instant (1952)

Beast in View (1955)

An Air That Kills [The Soft Talkers] (1957)

The Listening Walls (1959) - 『엿듣는 벽』(엘릭시르, 2015, 미스터리 책장 시리즈)

A Stranger in My Grave (1960)

How Like an Angel (1962)

The Fiend (1964)

Beyond This Point Are Monsters (1970)

Banshee (1983)

Spider Webs (1986)

해 설

일러두기
본문에 1), 2) 등 반괄호로 표시된 미주는 모두 해설자 주이다.

"전쟁 이후 두각을 드러낸 범죄 소설가 중 어리둥절함의 기술에 있어 그녀와 맞먹을 작가는 거의 없고, 그녀보다 나은 작가는 아무도 없다. 그녀는 우리에게 그럴싸한 범죄 상황을 제공하고, 그것을 착착 쌓아 올려 흥분되는 클라이맥스로 이끈 뒤, 마지막 불과 몇 쪽에서 만화경을 뒤흔들어 그때까지 우리가 바삐 해독해 온 패턴과는 전혀 다른 패턴을 보여 준다."

『블러디 머더』(김명남 옮김, 을유문화사, 2012, 271쪽)

줄리언 시먼스는 『블러디 머더』에서 자신이 이전에 썼던 글을 인용하며 마거릿 밀러에 대해 위와 같이 설명했다. "그녀가 최고였을 때"라는 조건을 붙이긴 했지만, 추리소설의 역사를 만들어온 작가들을 일람하는 책에서 이 정도로 찬사를 받았다는 것은 밀러가 추리소설가로서 성과를 획득했다는 의미이다. 하지만 이런 찬사 뒤에 "로스 맥도널드의 아내"라는 말로 밀러의 소개가 시작되는 것은 부당하게 느껴진다. 스물여섯 편의 장편소설과 한 편의 회상록, 수많은 단편소설, 희곡, 라디오 대본 등을 발표하고 에드거상을 받은 성공적인 작가인 마거릿 밀러도 여성이기 때문에 하드보일드의 거장인 남편에 딸려 언급되는 운명을 피할 수 없었던 것이다. 그럼에도 변하지 않는 사실은, 마거릿 밀러가 일—가족 사이에서 균형을 유지하는 어려움과 가정에 갇힌 여성으로서의 불안 속에서도 '가정 스릴러'라는 한 장르를 공고히 구축해낸 대가라는 점이다.

추 리 소 설 가   부 부 의   탄 생

1915년 캐나다 온타리오 주, 독일–네덜란드 이민자 마을인 키치너에서 출생한 마거릿 엘리스 스텀은 어린 시절의 인상적인 기억으로 도살장을 꼽곤 했다. 동물들이 비명을 지르는 도살장을 지나 학교에 다녀야 했던 소녀에게 공포와 죽음은 멀지 않은 감정이었다. 1930년대 초, 키치너–워털루 학원Kitchner-Waterloo Collegiate Institute에 입학한 마거릿은 거기서 케네스 밀러를 만났는데, 그녀는 인기 있는 여학생이었고 케네스는 수줍은 남학생이었다. 마거릿이 단편 「즉흥Impromptu」을 교지에 발표했을 때 케네스가 그녀의 단편을 받아준 편집자이기는 했으나 십 대 시절의 인연은 그뿐이었다. 후에 마거릿은 장학금을 받아 토론토 대학에 입학하여 고전을 공부하다가 어머니의 죽음으로 정신적 고통을 겪는다. 이때 웨스턴 온타리오 대학을 다니던 케네스와 다시 조우하고 두 사람은 심리학에 대한 관심을 공유하며 운명적인 연인이 되었다. 대학을 졸업한 후 1938년, 마거릿과 케네스는 결혼하고 그 이듬해에는 딸이 태어났다.

케네스가 교사로 일하기는 했으나 세 식구의 삶은 궁핍했다. 부부는 생계를 유지하기 위해 소설을 쓸 생각을 하면서도 어떻게 해야 할지 방법조차 몰랐다. 케네스는 라디오 프로그램 퀴즈쇼에서 상품으로 받은 타자기로 일단 소설을 쓰기 시작했다. 작가로서 먼저 데뷔한 쪽은 케네스였다. 마거릿은 편집자이자 조수로서 남편의 원고를 타자기로 치며 그의 작품 활동을 돕기 시작했다. 그녀 또한 어린 시절부터 잡지 《블랙 마스크》를 읽으며 키웠던 미스터리 소설에 대한 관심을 되살려 소설을 쓰기 시작하고, 1941년에 장편소설 『보이지 않는 벌레The Invisible Worm』를 발표한다. 마거릿은 꾸준히 작품을 집필하여 1945년 『철문The Iron gate』으로 상업적인 성공을 거두었다. 덕분에 부부는 경제적인 문제도 해결할 수 있게 되었다. 이즈음 해군 장교로 복무하던 케네스가 캘리포니아 남부로 발령을 받아 세 식구는 샌타바버라로 이주했다. 캘리포니아는 그들에게 삶의 터전이자 작품의 무대가 되었다.

케네스가 제대 후 미시간 대학에서 박사 과정을 이수하며 장편소설을 발표하는 동안, 마거릿은 추리소설가로서 입지를 굳히는 동시에 워너브러더스의 시나리오 작가로도 일하며 다방면으로 활동을 펼친다. 그리고 케네스가 로스 맥도널드라는 이름으로 발표한 '루 아처' 시리즈가 독자와 평단의 호응을 얻으며 유명세를 쌓아갈 때, 마거릿 또한 여성의 내밀한 심리를 다루는 소설들로 다른 작가들과 대별되는 자신만의 스타일을 확립한다. 마거릿 밀러도 초기에는 특정 캐릭터가 등장하는 시리즈를 쓰기도 했으나, 중기 이후에는 시리즈에 속하지 않는 스탠드얼론 작품에 집중하게 된다. 그리고 정체 모를 여성 스토커에게 쫓긴다고 믿는 한 여인의 이야기, 『내 안의 야수』(조한나 옮김, 영림카디널, 2011)가 에드거 최우수 장편소설상을 받으며 마거릿은 심리 스릴러의 대표 작가로 우뚝 섰다.

결혼의 문제, 가정 스릴러의 원조

길리언 플린의 『나를 찾아줘』(강선재 옮김, 푸른숲, 2013)가 소설과 영화로 선풍적 인기를 끈 후, 영미 미스터리 소설계에서 가장 각광받는 장르는 심리 묘사에 중점을 둔 가정 스릴러가 되었다. 이 장르의 선배격인 마거릿 밀러의 작품 또한 새로이 주목받고 있다. 현대 가정 스릴러에서 흔히 발견할 수 있는 특성들─견고해 보였던 결혼에 끼어든 의심의 그림자, 현실과 환상의 경계선 사이에서 떠도는 광기 어린 유령, 연약한 신뢰가 깨지며 쌓이는 일상의 공포, 예기치 못한 반전─은 마거릿 밀러가 어떤 미스터리 작가보다도 잘 쓰는 기법이기도 했다.

1959년 작인 『엿듣는 벽』은 마거릿 밀러의 걸작들이 쏟아져 나오던 절정기의 작품으로, 가정 스릴러의 특징을 여실히 보여준다. 언뜻 보기에 소설은 가정의 바깥에서 시작되는 듯하다. 소심한 에이미가 자기주장이 강한 친구 윌마와 함께 휴가차 떠난 멕시코시티는 일상을 벗어난 공간이다. 하지만 여기서 일어난 불행한 사건으로 인해 에이미의 남편인 루퍼트가 개입하면서 소설의 중심 공간은 가정으로 돌아온다. 멕시코시티의 사건에서 에이미의 역할은 무엇이었나? 에이미는 어디에 있나? 루퍼트는 믿을 만한 남편인가? 사건을 목격한 증인의 말은 신뢰할 수 있나? 모든 진실이 흔들리는 아수라장 속에서 조용했던 가정은 무너지고 가장 가까웠던 배우자는 낯선 얼굴을 한다. 밀러의 소설 속에서 독자는 자신이 본 것만을 믿을 수 있지만, 사실은 제대로 보았는지부터 의심해야 하고 이 불확실성 속에서 심리적 긴장은 점차 높아져간다.

비교하자면 로스 맥도널드의 하드보일드 소설들도 가정이 무대였고 믿을 수 없는 관계에서 비롯되는 의심을 소재로 하고 있다. 가령, 그의 대표작인 『소름』(김명남 옮김, 엘릭시르, 2015)에서도 결혼식 직후 사라진 아내, 가정에서의 살인, 속마음을 알 수 없는 배우자들이 등장한다. 하드보일드에서 여성이 성적 욕망이 가득한 악녀나 도덕성에 혼란을 일으키고 적극적으로 악을 실현하는 암흑 속의 인물로 그려진다면, 마거릿 밀러의 소설에서 여성은 좀더 복잡한 존재이다. 그들은 가해자인 동시에 피해자이며, 남성의 시선 하에 놓여 있는 객체라기보다 현실과 환상을 경험하는 인물로 기능한다. 범인인지 피해자인지 알 수 없는 에이미, 협박을 하는 건지 협박을 당하는 건지 모호한 위치에 있는 콘수엘라는 심리적 혼란의 한가운데에 빠져 있다. 정신적 압박이 광기를 빚어내고 삶은 기만으로 유지된다.

『소름』의 경우에는 철저히 사설탐정 루 아처의 시점으로 현실이 관찰되고 재구성된다. 하드보일드의 남성 탐정들에게는 잃어버린 사람과 사물을 찾아 진실에 이르는 임무가 있다. 반면, 『엿듣는 벽』에서도 볼 수 있듯이 밀러의 세계에는 사건을 꿰뚫어보는 남성의 시선이 없으며, 각자 자신의 시점만을 기술할 뿐이다. '현실은 구성될 수 있다'는 심리 스릴러의 기본 전제가 이 소설에도 깔려 있다. 맥도널드의 아처가 죄를 단죄하는 처벌자가 아니라 공유된 죄의식의 증인일 뿐이라고 하더라도, 독자는 단단한 진실의 바닥에 가닿을 수 있었다. 그러나 마거릿 밀러는 언제나 마지막 순간에야 독자를 위한 깜짝 선물처럼 진상을 내민다. 이 결말이 주는 충격은 진실이 마지막에야 밝혀졌다는 쾌감과는 다르다.

독 립 된   여 성 으 로 의   삶

추리소설 작가들은 가정이 누구에게나 이상적인 안식처와 천국이 될 수는 없다는 것을 누구보다 절실히 알고 있었을 것이다. 맥도널드의 소설에 나오는 무너진 가정이 그의 어린 시절 경험에서 비롯되었다는 것은 잘 알려져 있는 사실이고, 마거릿 밀러에게도 가족은 양가적인 감정을 불러일으켰다. 그녀에게 남편은 격려와 지지를 보내주는 동업자이자 동반자이기도 하지만, 비교당할 숙명을 피할 수 없는 경쟁자이기도 했다. 그녀는 언젠가 "여자는 결혼하면 이상한 기분을 느껴요, 특히 나처럼 독립적인 유형은요1)"라고 말하기도 했다. 케네스와 마거릿의 결혼에도 다른 결혼처럼 갈등이 있었고, 그들은 옆집에서 들을 수 있을 정도로 크게 다투기도 했다. 일하는 여성 마거릿에게 어머니의 일은 쉽지 않았다2). 딸 린다는 다루기 힘든 아이로 자랐으며, 열일곱 살이 되던 1956년에는 어느 비 오는 밤에 집을 빠져나가 포트와인 두 병을 혼자 마시고 차로 세 명의 보행자를 친 후 주차된 차를 들이받는 사고를 냈다. 이 사고로 열세 살 난 소년 한 명이 죽고 두 명이 심하게 다쳤다. 필연적으로 뒤따른 재판과 구차하게 얻어낸 사면, 도망이나 다름없는 이사는 그들 가족의 삶에 지울 수 없는 흔적을 남겼다.

하지만 마거릿 밀러의 가장 유명한 작품들은 바로 이 시기에 탄생했다. 가족과 결혼이 여성의 삶에 가하는 속박은 그녀의 작품 속 인물들이 겪는 심리적 구속으로 드러났다. 『내 무덤의 이방인Stranger in My Grave』(1960)의 가정 안에서 여성은 자신의 진짜 모습을 알지 못한다. 『엿듣는 벽』의 여성은 강요된 현실의 암시에 설득되기도 하고, 그 현실을 직접 만들어내기도 한다. 매일 살아가야 하는 일상의 공간이지만 자기기만과 환상 없이는 유지되지 않는다는 것이 가정이 가지는 공포의 핵심이었다. 마거릿 밀러는 그것을 누구보다도 날카롭게 꿰뚫어보고 재현해낸 작가이다. 마거릿은 딸 린다나 남편 케네스보다 오래 살았다. 1970년에는 린다가 자는 중에 숨을 거두었고 1983년에는 남편이 알츠하이머로 세상을 떠났다. 마거릿 밀러는 딸을 먼저 보낸 슬픔으로 잠시 작품 활동을 중단하기도 하였으나, 다시 펜을 들어 1983년에는 『밴시Banshee』로 두 번째 에드거상을 거머쥐며 건재함을 알렸다. 1994년 여든 살의 마거릿이 세상을 떴을 때, 《로스앤젤레스 타임스》는 부고를 전하며 작가 마거릿 밀러를 이렇게 묘사했다. "여성 해방 수십 년 전부터 소설가와 결혼한 소설가로 자신의 입지를 다진 그녀에게 독립은 문제가 되지 않았다."3) 밀러가 묘사한 가정과 결혼의 덫은 그로부터 가장 독립적인 영혼을 가진 인간만이 직시할 수 있다는 역설의 결과물이다.

박현주(작가, 번역가, 장르소설 서평가)

주석

1) Tom Nolan, 『Ross Macdonald : Biography』, 1999

2) 이 사건은 『소름』의 작가 해설에도 언급되었다.

3) "Prolific Mystery Writer Margaret Millar Dies", LA Times, March, 29, 1994

참고 문헌

National Post, "Margaret Millar: The Original Canadian queen of crime"

Tom Nolan, "Ross McDonald and Margaret Millar: Partners in Crime", Mystery Readers Journal, Vol, 17(3), 2001

Katheleen Sharp, "The Dangerous Housewife: Santa Barbara's Margaret Millar", Los Angeles Review of Books

엿듣는 벽
The Listening Walls
/

초판 발행 2015년 9월 4일

지은이 마거릿 밀러 / **옮긴이** 박현주 / **펴낸이** 강병선

책임편집 이송 / **편집** 임지호 / **아트디렉팅** 이혜경 / **본문조판** 이원경 / **그림** 신은정
저작권 한문숙 박혜연 김지영 / **마케팅** 정민호 김도윤 / **홍보** 김희숙 김상만 한수진 이천희
제작 강신은 김동욱 임현식 / **제작처** 영신사

펴낸곳 (주)문학동네 / **출판등록** 1993년 10월 22일 제406-2003-000045호 / **임프린트** 엘릭시르

주소 10881 경기도 파주시 회동길 210
문의 031-955-1918(편집) 031-955-2696(마케팅) 031-955-8855(팩스)
전자우편 editor@elmys.co.kr / **홈페이지** www.elmys.co.kr

ISBN 978-89-546-3700-8 (03840)

엘릭시르는 출판그룹 문학동네의 임프린트입니다.